KB261112

나쁜
것들

IMPARDONNABLES
by Philippe Djian

Copyright ⓒ Philippe Djian and Éditions Gallimard, Paris, 2009
Korean Translation Copyright ⓒ MUNHAKDONGNE Publishing Corp., 2012
All rights reserved.

This Korean edition was published by arrangement with
Editions Gallimard, Paris through Sinwon Agency, Seoul.

이 책의 한국어판 저작권은 신원 에이전시를 통해
프랑스 갈리마르 출판사와 독점 계약한 (주)문학동네에 있습니다.
저작권법에 의해 한국 내에서 보호를 받는 저작물이므로
무단 전재와 무단 복제를 금합니다.

이 도서의 국립중앙도서관 출판시도서목록(CIP)은
e-CIP 홈페이지(http://www.nl.go.kr/ecip)와
국가자료공동목록시스템(http://www.nl.go.kr/kolisnet)에서 이용하실 수 있습니다.
(CIP제어번호: CIP2012003041)

나쁜 것들

필립 지앙 장편소설 | 윤미연 옮김

문학동네

차례

나는 그 아이가 거기에 없다는 것을 확실하게 알고 있었다. 나는
〈패스타임 파라다이스〉를 듣고 있었다. 패티 스미스*의 너무도 매
혹적인, 울음을 머금은 듯한 쉰 목소리. 나는 여전히 뜨거운 늦여
름의 오렌지색 햇빛 속에서 무거운 동체를 떨며 착륙하는 비행기
를 바라보고 있었다. 그 아이는 분명 거기에 타고 있지 않았다.

평소에 나는 그런 종류의 예감을 느끼는 사람이 아니었다. 오
히려 그런 것들에 너무 무감각하다고 비난을 듣는 축이었다. 하지
만 바로 그날 아침, 나는 쥐디트에게 알리스가 비행기를 타지 않은
것 같으니까 고기는 더 기다렸다 주문하는 게 좋을 거라고 말했다.
왜? 그 이유는 설명할 수 없었다. 쥐디트는, 그럴 거면 알리스가

---

* 펑크 록의 시인으로 불리는 미국의 가수이자 작가. 스티비 원더의 〈패스타임 파라
다이스〉를 리메이크해 불렀다.

적어도 전화를 주었을 거라고 했다.

나는 어깨를 으쓱했다. 아내의 말이 분명 옳았다. 하지만 일 분도 지나지 않아, 나는 알리스가 비행기에 타지 않았다고 다시 한번 확신했다.

비행기에서 내린 로제는 알리스가 이틀 전부터 집에 돌아오지 않았다고 말했다. 나는 아무 대꾸도 하지 않고 쌍둥이를 안고 입을 맞췄다. 아이들은 엄마가 없어도 아무렇지 않은 듯 조심스럽게 하품을 하고 있었다.

"아주 멋진 추억을 만드시게 될 겁니다. 애들한테도 도움이 될 테고요." 로제가 말했다.

대체로 도시에서 온 아이들은 피부색이 창백하고 간혹 눈 아래 그늘이 넓게 드리워져 있었는데, 나의 손녀딸들도 예외가 아니었다.

로제는 아이들에게 들리지 않는 곳에서 마치 비밀을 털어놓듯이 낮은 목소리로 이제는 정말 지긋지긋하다고 말했다. 굳이 그런 말을 할 필요도 없었다. 그를 보며 그가 잘 지내고 있다고 생각할 사람은 아무도 없었으니까.

"음…… 이번엔 뭔가? 영화? 연극?" 내가 물었다.

"그게 뭐든 관심 없어요. 이유가 뭐든 그런 건 관심 없어. 이젠 넌더리가 난다고요, 장인어른. 그놈의 여편네, 그냥 콱 뒈져버렸으면."

그는 분명히 인내하는 것처럼 보였다. 하지만 나는 기왕 참는 거 좀더 참아보라고 그를 다독거리는 수밖에 없었다. 만약 딸 내외가 갈라선다면 내가 쌍둥이를 떠맡게 되는 건 아닐까 덜컥 겁이 났기 때문이다. 이 년 전에 이미 나는 유사한 상황을 충분히 경험했다. 그들이 새롭게 시작해보겠다고 둘만의 밀월여행을 떠나 있는 동안 쥐디트와 내가 그 아이들을 맡아서 돌봤으니까.

예순 살이나 되어서 이런저런 구질구질한 일들에 얽혀들고 싶지 않았다. 나는 평화를 갈망하고 있었다. 조용하게 책을 읽고, 음악을 듣고, 이른 아침에 산이나 해변을 거닐고 싶었다. 쥐디트가 쏘아붙이듯 일깨워준 대로 그 아이들은 내 혈육이었지만, 그럼에도 불구하고 이제 나는 아이들을 돌보는 일에 전혀 흥미가 없었다. 나는 알리스와 그 아이 언니를 키우면서 온몸에 힘이 쭉쭉 빠지는 온갖 종류의 일들을 경험했고, 노년으로 접어든 지금도 그때 일들을 생각하면 거의 화가 치밀어오를 정도였다. 이제는 더이상 단 한 줄도 제대로 쓰지 못하고 있긴 했지만 그럼에도 내 시간은 소중한 것이었다.

그래서 식사 후, 쌍둥이가 정원을 엉망진창으로 만들기 전에 그 아이들을 바닷가로 데려가라는 임무가 내게 떨어졌을 때 나는 저절로 인상이 찡그려졌다. 2층 서재의 기분 좋은 어둠 속에서 무릎 위에 노트북을 올려놓고, 그러니까 소파에 앉아 두 손을 머리 뒤에 깍지 끼고서—아, 가능하다면 그런 상태에 있을 때 죽음이 불쑥 나를 찾아온다면 얼마나 좋을까, 병원에서 코에 튜브들을 잔뜩 꽂은 채 죽음을 맞이하기보다는—막 자리를 잡으려는 찰나였기 때문이다. 모든 것이 36층 높이에서 수직 낙하하여 물거품이 되어버렸다. 모든 게 한순간에 날아가버린 것이다. 엄마에게 버림받은 여덟 살짜리 계집아이 둘 덕분에. 나는 아이들에게 사탕을 주었다. 그리고 녀석들이 밖에서 기다리고 있는 동안 알리스에게 전화를 걸었다. 알리스는 전화를 받지 않았다.

*

"여보게 로제, 날 믿어, 난 자네 편이니까. 자네도 알다시피 난 그앨 잘 알아. 그런데 뭐야, 이틀……? 겨우 마흔여덟 시간? 그래…… 음…… 그것보다 더 심할 때도 많았잖나, 안 그래? 아마 별일 없을 거야……"

하지만 그 말은 나 자신을 안심시키기 위한 것이었다. 다른 사람이라면 몰라도 알리스가 겨우 이틀 소식이 없다고 해서 나까지 불안해할 이유는 전혀 없었다. 아침에 눈을 뜬 순간 비행기에서 내리는 그 아이의 모습이 보이지 않을 거라는 확신이 들지만 않았더라면. 이걸 어떻게 해석해야 할지 알 수 없었지만, 내내 알리스 생각이 머리를 떠나지 않았다. 알리스는 꼬박 일주일 동안 사라지는 경우도 간혹 있었다. 그런데 겨우 이틀 정도로 왜 내 마음속에 불안의 그림자가 어른거렸을까?

"장담하네만, 이번 주 내로 연락이 올 거야." 나는 그렇게 덧붙였다.

 내가 잘못 생각하고 있을 가능성은 거의 없었다. 알리스가 정신을 완전히 놓은 적은 여태껏 한 번도 없었다. 그 아이는 은행가와 결혼하지 않았던가? 그 아이가 그 시절에 음악가, 돈도 없이 빈둥거리는 백수, 마약중독자 들과 사귄 건 사실이다. 하지만 그 무리들 가운데에서 은행가 녀석을 낚아챈 건 정신 줄을 제대로 붙들고 있어야만 가능한 일이었다. "이제야 말하지만 너 때문에 우리 간담이 다 내려앉았었다." 알리스의 결혼식 날 나는 그 아이에게 그렇게 털어놓았다. 알리스는 대답 대신 나를 노려보기만 했다.

*

 이튿날, 로제는 알리스의 허벅지와 가슴에 난 자국들에 대해 말했다. 나는 잠을 푹 자지 못했다. 쌍둥이는 악몽을 꾸었고 로제는 내 조언에 따라 로히프놀 4밀리그램을 먹었다. "자국들이라고 했나?" 단골가게에서 약간 농익은 망고들을 만져보던 나는 눈살을 찌푸렸다. "자국이라니, 그게 무슨 소린가, 로제?"
 나는 오후 내내 그 문제에 대해 생각했다. 그 아이는 왜 단 하루도 내 마음을 편하게 해주지 않는 걸까. 이번에는 그리 간단한 문제가 아닐 것 같다는 생각이 들었다. 로제는 계속해서 통화를 시도했지만 매번 허사였다.

날이 저물면서 바람이 불었다. 로제는 나를 도와 파라솔을 접고 윙윙거리는 어두운 하늘로 날아갈 만한 것들을 정리했다. 돌풍이 집 벽을 매섭게 내리치고 분꽃들의 목을 댕강댕강 자르고 있었다. 등대 불빛이, 무시무시하게 몰려 있는 시커멓고 커다란 적란운들을 스쳐가듯 비추었다.

쥐디트는 폭풍우가 시작되기 직전에 돌아왔다. 그녀는 폭풍우가 산세바스티안에서부터 자기를 바짝 뒤쫓아오고 있었다고 말했다. 오후부터 갑자기 마른번개가 치기 시작했다고.

쌍둥이는 마치 두 개의 물방울처럼 서로 닮았지만 안 뤼시가 뤼시 안보다 손가락 반 마디 정도 키가 작았다. 그런 안 뤼시가 두 발로 폴짝폴짝 뛰어오르면서 수영복을 입을 거라고 했다. 약속은 약속이었다. 바깥에는 대양을 따라 넘실거리는 파도와 함께 희끄무레한 물거품이 날아올라 해변을 두르고 있는 종려나무 사이로 떨어지며 부서지고 있었다. 목소리가 들리게 하려면 고함을 질러야만 했다. 로제는 완전히 정신이 나간 것 같아 보였다.

저녁에는 원래 수영하는 사람들이 별로 없었다. 더욱이 그날은 한 명도 없었다. 그래서 우리는 제법 높다란 파도가 바다 위로 일렁이는 작은 내포 앞에 자리를 잡았다. 장관이었다. 물보라를 가르며 나아가는 뱃머리에 서 있는 기분이 바로 그러했으리라.

쥐디트는 당황스러워했다. "로제, 내 생각엔 알리스가 일부러 자네 전화를 받지 않는 것 같아. 그앤 영리하니까. 하지만 알리스

도 이젠 철없는 짓을 할 나이는 아니잖아? 그러니까 알리스를 믿
어보자고. 그애는 바람을 쐬면서 조용히 휴식을 취할 필요가 있어.
직업이 그러니까 할 수 없지. 알리스에게 그건 일종의 의무 같은
거야. 이번 일을 꼭 나쁜 쪽으로만 생각할 필요는 없어.”

나는 쥐디트의 말에 동의한다는 의미로 고개를 끄덕이며 한눈으
로는 뤼시 안을 계속 지켜보고 있었다. 물에 들어간 아이가 좀처럼
수면 위로 올라오지 않고 있었다.

“이번 일을 나쁜 쪽으로만 생각할 필요는 없다고요?” 로제가 날
이 선 목소리로 외쳤다. “장모님은 제가 괜히 이런다고 생각하시
는 겁니까? 그게 제 잘못이에요?”

그의 시선이 내 시선과 마주쳤다. 나는 내 딸이 성녀라고 주장한
적이 없었다. 그 아이는 엉뚱하고 돌발적인 행동으로 악명이 높았
다. 그 세계에서는 일거수일투족이 까발려졌다. 나는 내가 뭘 잘못
했는지, 무엇을 자책해야 하는지 알 수 없었다.

“제발 그런 식으로 날 쳐다보지 말게. 나는 내 자식들을 훌륭하
게 키웠다고 생각해. 헤아릴 수조차 없이 많은 낮밤을 그애들의 교
육에 바쳤어. 몇 달, 몇 년을. 이봐 로제, 난 아무 잘못 없어.”

나는 안 뤼시를 물에서 끌어내려고 몸을 일으켰다. 손목을 다친
것 같았기 때문이다. 그리고 나도 잠시 수영을 하기 위해 아이를
제 아빠에게 맡겼다.

나는 곧 예순 살이 될 터였다. 의사들은 오래 살려면 가급적 수

영을 많이 하고 건강식을 하라고 조언했다. 그것은 지금 내 나이에
지켜야 할 두 가지 수칙이었다.

*

일주일이 지나자, 우리는 결국 경찰에 알리기로 했다. 거대한 조
수가 밀려왔다. 로제는 이제 거의 입을 열지 않았다. 우리는 전화
를 걸 만한 곳은 한 군데도 빠짐없이 연락해보았다. 알리스의 친구
들과 그 친구들의 친구들, 심지어 그 아이를 정말이지, 전혀 탐탁
지 않아하는 사람들에게까지도 수소문을 해봤지만 뭐든 단서가 될
만한 것을 아는 사람은 단 한 명도 없었고, 지난 열흘 동안 그 아이
를 봤다거나 말을 섞었다는 사람조차 없었다. 알리스의 행방을 아
는 사람은 아무도 없었다.

쥐디트는 다시 산세바스티안으로 돌아갔고, 그래서 나는 거의
일주일 내내 로제와 쌍둥이하고만 지냈다. 로제는 굶어죽을 심산
이 아닌가 싶었다. 이제 겨우 서른을 넘긴 녀석이 벌써부터 머리숱
이 줄기 시작했다.

"로제, 먹고사는 게 쉽다고는 말하지 못하겠네. 하지만 여자를
잃기는 쉬워. 그 두 가지에는 약간의 차이가 있어. 눈을 크게 뜨고
그애가 더이상 우리 곁에 없다는 사실을 인정하게. 우린 그애를 잃
어버렸어."

나는 때때로 그를 혼자 내버려두었다가 한두 시간쯤 지난 후 다시 가보곤 했는데, 그때마다 그는 같은 장소에서 한가하게 반쯤 졸고 있었다. 안간힘을 다해 버텨보려 애쓰는 중이라고 말할 게 틀림없었다.

우리는 오전 내내 경찰서에서 파견된 수사관들과 함께 지냈다. 여하간 그들에게 아무것도 기대해서는 안 된다는 것을 깨닫기에 충분한 시간이었다. 그 남자들과 여자들은 저녁이 되면 자기 집으로 돌아가서 그들 자신의 문제들, 배우자들, 자식들, 이웃들을 만났다. 완전히 무관심하지는 않다 할지라도 그들에게 알리스를 찾아 데려오기 위해 소파를 박차고 뛰어나갈 용의가 있는 것 같지는 않았다.

이번에는 내가 불안에 휩싸여가고 있었다. 확실한 것이라곤 아무것도 없는 가운데 시간만 자꾸 흘러가고 있었다. 나는 종종 쌍둥이를 데리고 밖으로 나갔다. 집으로 돌아와 보면 그애들 아버지가 긴 소파에 축 늘어져 있는 모습을 맞닥뜨리기 일쑤였다. 힘내라는 말은 지금의 그에게 적절한 격려가 아니었다.

음식은 내가 만들었다. 쥐디트는 최근 몇 달 사이에 집값이 천정부지로 뛰어오른 어느 해안가 주택의 매매를 성사시키기 위해 국경 너머에서 더 머물러 있어야만 했다. 날씨는 계속 불안정했다. 알리스. 내 딸. 나는 줄곧 그 아이를 생각하고 있었다. 옛날 일들이 다시 떠올랐다. 예를 들어 요리하는 장면. 나는 그 아이에게 요리를 가르쳐주었다. 우리가 함께 산 이 년 동안, 그러니까 그 사고가 일어난 후부터 내가 쥐디트와 결혼한 그날까지, 나는 알리스에게 피망 오믈렛이나 구운 콩팥 프리카세 같은 몇 가지 기본적인 요리를 가르쳐주면서 우리에게 닥친 시련을 조금이라도 수월하게 넘기려 애썼다. 우리는 대화를 할 수 있었다. 알리스와 나는 함께 투신자살하지 않고 그 시련을 이겨냈다. 그건 정말로 대단한 일이었다.

나는 탐정을 고용했다. 로제가 비용을 분담하겠다고 했지만 나는 거절했다. 나는 한 여자를 선택했다. 우리 집에서 5백 미터 정도 떨어진 곳에 사는 안 마르그리트 레모라는 여자. 사실 그녀와 나는 학창 시절에 알고 지내던 사이였다.

주위에서 주워들은 바에 의하면 안 마르그리트는 그 분야에서 최고였다. 나는 딸의 실종 사건을 의뢰하기 위해 즉시 그녀를 찾아갔다.

기별 없이 지낸 지 적어도 사십 년은 족히 되었기에 우리는 오래전 추억들을 나누고 그간의 삶을 간단히 밝히는 데 얼마간 시간을 할애했다. 그녀에게는 아들이 하나 있었고, 남편은 심장병으로 죽었다. 사설탐정으로 활동하기에는 적지 않은 나이였지만 엉덩이는 아직까지 탄탄해 보였다.

안 마르그리트는 1996년 가을, 내가 아내와 큰딸을 잃은 그 사건을 풍문으로 들어 이미 알고 있었다. 신문에서 오랫동안 떠들어 댔었다. 나는 그녀의 위로를 받아들이면서 당시 상황을 설명해주었다.

나는 그녀에게 착수금 조로 2천 유로를 건넸다. 그녀는 한때 절친한 사이가 아니었느냐며 절반만 받았다. 과장이었다. 그 시절에는 너나없이 상대를 가리지 않고 같이 잤다. 창밖으로 비가 쏟아지는 동안, 시내 중심가에 위치한 보험회사 한 켠 사무실에서 그녀는 꼼꼼하게 몇 가지 메모를 했다.

"가능한 한 빨리 알리스를 찾았으면 좋겠네요." 그녀가 나에게 악수를 청하며 말했다.

이제야 약간이나마 열의를 보이는 사람을 만났다. 마침내 나에게 솔직한 미소를 보내는 사람을. 그녀는 내 손을 꼭 잡아주었다.

안 마르그리트 레모. 거의 옆집 사람. 세상은 우스꽝스러운 우연들이 넘치는 작디작은 마을에 지나지 않는 게 아닐까?

*

로제는 며칠 후 파리로 돌아갔다. 나는 그를 붙잡지 않았다. 오히려 빨리 가라고 부추기기까지 했다. 침통해 있는 그 녀석과 함께 지내느니 쌍둥이를 맡는 게 낫겠다 싶었다. 그 녀석과 함께 있으면 내내 불안할 게 틀림없었으니까.

우리는 아주 하찮은 정보라도 서로 공유하기로 했다. 나는 그에게 자낙스 두 알을 건네주고 등을 가볍게 토닥여준 다음 공항까지 바래다주었다.

쌍둥이에게 쥐디트만큼 훌륭한 할머니는 없었다. 아이들은 그녀를 몹시 따랐다. 덕분에 나는 밤마다 침대맡에 붙어 앉아 책을 읽어주는 임무를 떠맡지 않아도 되었다. 쥐디트가 집에 있을 때만큼은.

라 콘차 만*을 몽땅 다 팔아 치우고 있는 건지, 어쨌든 그녀의 모습은 별로 볼 수가 없었다. 그녀는 집에 돌아오면 우리가 어떻게 지냈는지 물었다. 그리고 다시 떠날 때면 나에게 이런저런 지시를 내렸다.

그녀는 일이 너무 많아 정신을 차릴 수 없다고 했다. 종류를 막론하고 그녀와 나 사이에 성적인 행위는 전무했다.

나는 쌍둥이에게 『브리짓 존스의 일기』를 읽어주었다. 깊은 침묵이 방 안을 사로잡으면서 나에게 조용히 숨을 참고 살금살금 뒷걸음질 쳐서 밖으로 나가라고 명령하는 그 순간이 올 때까지.

밤이 찾아와 혼자가 되면, 나는 안 마르그리트에게 전화하고 싶은 욕구를 억누를 수 없었다. 그녀에게서 전화가 없다는 건 새로운 소식이 없음을 의미한다는 걸 아주 잘 알고 있었다. 하지만 그녀는 나의 멍청한 전화질에 화를 내거나 귀찮은 내색을 보인 적이 한 번도 없었을 뿐만 아니라, 오히려 마음을 다해 염려해주며 나를 위로하곤 했다. 나는 그런 그녀가 고마웠다. 시간이 갈수록 나는 알리

---

* 스페인의 산세바스티안에 위치한 만.

스 이야기를 더 자주 해야만 했다. 그 아이의 이름을 입 밖으로 내는 게 그 아이를 지켜줄 거라는 생각이 들었기 때문이다.

알리스의 실종에 관해 최초로 보도한 언론 기사를 보는 순간 나는 피가 얼어붙었다. 그리고 그 이후 전화통에 불이 나기 시작했다. 그쪽 세계는 특종에 굶주려 있었고, 이 나라 배우들의 절반—나머지 절반은 대기 상태로 두었다—이 앞을 다투어 내 귀에 대고 긴 비명과 탄식을 내지르고 싶어했다. 하늘은 낮게 드리워져 있었다. 전화를 끊을 때마다 쌍둥이의 시선이 느껴졌고, 나는 아이들 앞에서 어미의 실종을 입에 올린 나 자신에게 속으로 욕을 퍼부었다. 내가 도대체 정신을 어디다 둔 거야. 하지만 전화가 또다시 부르르 떨어댔다.

오후가 지났을 때 나는 전화기의 진동판을 떼어버렸다—오래전부터 내 전화기에선 벨소리 대신 진동판이 울렸다. 전화기 너머의 그 모든 한숨과 눈물은 어느 순간 나에게 아무런 도움도 되지 않는 흐리터분하고 침울하고 지겨운 타령으로 변해버렸다.

나는 아이들에게 점심을 챙겨주지 못한 것을 사과하는 의미에서 평소보다 근사한 간식을 만들어주기로 했다. 평소에는 점심이라고 해봤자 커다란 사발에 시리얼을 담아주는 게 전부였다—나는 쌍둥이가 집에 와 있을 때면 반사적으로 벽장마다 그것들을 잔뜩 쟁여놓곤 했다. 저지방 멸균우유도 함께.

안 마르그리트의 아들은 감옥에 있었다. 그녀는 내가 간식으로 크레이프를 굽는 동안 그 얘기를 들려줬다. 그녀는 어깨를 으쓱했다. 강도미수. 나는 믿을 수 없다는 듯이 잠시 그녀에게 눈길을 돌렸고, 그사이 달아오른 프라이팬들이 공중에 연기를 피워올리고 있었다. 고통을 즐기는 사람이 아니라면, 아버지나 어머니라는 역할은 분명 이 세상 최악의 역할이 아닌가? 사례야 우글우글하다. 그렇지 않은가?

"신문을 보면서 당신 생각을 했어요." 그녀가 말을 이었다. "프랑시스, 이건 분명히 잠시 스쳐 지나갈 나쁜 순간일 거예요."

그건 그랬다. 언론이 떠들어대건 말건. 친구들이 있건 없건. 전화가 오건 말건.

*

여러 날에 걸친 탐문 수사와 내 딸의 과거 전적들로 미루어, 경찰은 이번 사건을 알리스가 그동안 간간이 저질러온 엉뚱하고 모험적인 해프닝들 중 하나이거나 구속을 싫어하는 예술가의 돌발적이고 격정적인 도피 행각이라고 생각하고 있었다.

그들은 말했다. 수사를 중단하겠다는 의미는 아니다, 하지만 종적을 전혀 찾을 수 없고 새로운 단서조차 전무한 상태라서 수사가 더이상 진척되지 못하고 있는 점을 이해해달라. 계속 찾기는 할 건가? 물론 수색은 계속할 거라고 그들은 대답했다. 나는 불쾌한 감정을 숨기지 못했다. 제자리를 맴도는 걸 좋아할 사람이 누가 있겠는가? 이 사건이 빨리 만족스럽게 해결되기를 바라지 않을 사람이 누가 있겠는가? 당신 딸을 구해내어 건강한 모습으로 데려다주고 싶지 않을 경찰이 어디 있겠는가?

사복경찰에게서 그런 말을 들은 나는 한층 더 불안해졌다. 나는 그때까지 내 딸의 '목숨'이 위험에 처해 있을 가능성에 대해서는 전혀 생각하지 않고 있었던 것이다.

"안 마르그리트, 나는 단 일 초도 그런 걸 상상해본 적이 없어요. 일부러라도 그런 생각은 하지 않으려 했어. 내가 어떻게 그런 걸 상상할 수 있겠소? 날 완전히 무너뜨릴 수도 있는 것을 어떻게 상상해?"

안 마르그리트는 고개를 끄덕였다. 그녀는 사흘 동안 파리에서 수사를 진행했지만 아무런 소득 없이 돌아왔다. 나는 정말로 혼자라는 느낌이 들기 시작했다. 쌍둥이가 내 옆에 있어주어서 그나마 이 시련을 버텨낼 수 있었다―로제는 아직도 충격에서 헤어나지 못하고 있는지 아이들을 데려갈 생각을 좀처럼 하지 않았다. 그렇지만 안 마르그리트가 집에 들러 나와 교대를 해줘야지만 겨우 숨을 돌릴 틈이 생겼다. 그녀가 집에 와 있는 시간만큼은 아이들의 대화에 의무적으로 끼어드는 수고를 하지 않고도 그 아이들이 건강하게 떠들고 노는 소리를 들으며 위안을 받을 수 있었다.

이런 힘든 상황이 발생한 건 전적으로 쥐디트―그녀의 상징적인 부재—탓이었다. 그녀가 나를 도와주러 올 생각을 거의 하지 않기 때문이었다.

십 년간의 결혼생활은 그녀와 나를 녹초가 되게 만들었다. 쓰러지기 일보 직전의 그로기 상태. 우리에게 일어난 일을 제대로 설명할 수도 없는 상태. 마치 마취된 것 같은. 우리는 그 사실을 분명하게 말로 표현하지는 못했지만 그렇다고 그걸 모르는 척하지도 않았다.

그녀는 자주 집을 비웠다. 점점 더 자주. 언젠가부터 그녀가 며칠 동안 사라져서 보이지 않는 일이 드물지 않게 되었고, 집으로 돌아온 그녀가 사정을 설명하면 나는 그것으로 만족하고 그녀의 스케줄을 세세하게 알려고 하지 않았다. 그저 우리 사이에 세워지고 있는 뛰어넘을 수 없는 장벽을 알아차리고는 망연자실할 따름이었다. 서로의 눈을 쳐다보는 건 더이상 아무런 의미도 없었다. 그녀가 떠날 때 나는 그녀에게 잘 다녀오라고 말했고 그녀는 나에게 전화를 하겠다고 약속했다. 그리고 그녀는 약속을 지켰다. 물론 그녀가 전화카드를 갈아 끼울 만큼 길게 통화한 적은 한 번도 없었지만.

이유야 어쨌든, 쌍둥이를 나한테만 떠넘기고 나 몰라라 하는 건 허리띠 아래를 가격하는 것과 다름없는 야비한 행동이었다. 그토록 긴장과 불안에 휩싸여 지내는 나에게 말이다. 하지만 나는 그런 걸 따질 처지가 못 되었다.

그날 저녁, 그녀는 스페인 부동산업자들과 어느 시드르 양조장에서 저녁식사를 하느라 더 일찍 빠져나올 수 없었다고 말했다.

"그럼 일찍 돌아온다는 전화는 뭐하러 했어? 아예 하지를 말지. 아이들이 늦게까지 잠 안 자고 당신을 기다렸잖아."

"하마터면 고슴도치를 칠 뻔했어요."

"아이들을 재우느라고 내가 얼마나 고생했는지 알아? 당신이 쓸데없이 전화를 하는 바람에 일이 그렇게 됐잖아."

"고슴도치가 안전하게 도로를 건너갈 때까지 기다리느라 늦었다니까요. 내가 잘못한 거예요?"

초인종이 울렸다. 우리를 본 안 마르그리트는 자기가 방해가 됐거니 생각하고 그냥 돌아가려 했다. 하지만 나는 뒤돌아서는 그녀를 붙잡아 두 사람을 소개시켰다.

안 마르그리트, 내가 얼마 전부터 부르기 시작한 대로라면 안 마르, 또는 그녀의 아들이 부르는 대로라면 A. M. 그녀는 쌍둥이에게 별 문제가 없는지 보려고 들른 참이었다. 그리고 나는 쥐디트의 시선에서 한순간 번갯불이 번쩍, 하는 것을 보았다. 나의 탐정 친구를 향한 탐색과 짜증이 뒤섞인 눈빛이었다.

*

쥐디트는 오십 줄에 접어들었지만 누가 보더라도 탐낼 만한 매력적인 여자였다. 반면에 나는 더이상 나의 매력에 자신이 없었다. 사실 나는 그녀를 알리스의 생모 조아나를 대신할 여자로 삼으려 한 끔찍한 실수를 저질렀다. 그리고 나의 그런 정신 나간 짓거리가 결국 우리를 이 지경으로 만들었다. 쥐디트와 나 사이의 극복할 수 없는 거리감, 어찌할 바를 모른 채 점점 어긋나기만 하는 관계로 인해 무력하게 느린 종말의 과정을 지켜볼 수밖에 없었던 것은 바로 그 때문이었다.

안 마르는 내 처지를 진심으로 가슴 아파하는 것 같았다. 하지만 고통이 사람을 어리석게 만든다는 것을 그녀도 잘 알고 있었고— 나는 그녀의 말을 믿을 수밖에 없었다—그래서 더더욱 나를 비난 하지 않으려 했다.

알리스가 실종된 지 스무하루가 되었다. 나는 불에 타는 듯한 위 경련 때문에 160밀리그램짜리 판토프라졸을 습관처럼 삼키곤 했다.

안 마르는 새로운 흔적들을 찾으러 다시 파리로 갔지만, 역시 성 과는 전혀 없었다.

"어떻게 생각해요? 안 마르, 가망이 없으면 없다고 솔직하게 말 해줘요. 그걸 아는 편이 나아. 만일 뭔가를 알아냈다면 아주 사소 한 거라도 숨김없이 말해줘요. 설사 당신의 느낌에 불과한 것이라 하더라도."

"프랑시스, 전혀 가망이 없는 건 아니에요. 내 생각에는 납치를 당한 것 같아요. 내가 말했잖아요, 난 당신 딸이 살아 있다고 확신해요.”

‘나는 당신 딸이 살아 있다고 확신해요.’ 그녀가 그렇게 말해주었을 때 나는 무척 고맙고 기뻤다.

나는 로제에게 전화를 걸었다. 그리고 그가 앓는 소리로 신세한탄을 하도록 한참을 내버려두고 난 후에, 쌍둥이를 데려가라고 말했다. 왜요? 내가 일일이 설명을 해주어야 하는 건가? “로제, 자네 장인은 더이상 스무 살이 아니기 때문이야. 물론 나는 그애들을 사랑해. 말할 수 없이 좋아한다고. 하지만 문제는 그게 아니잖나.” 그러고 나서 얼마 지나지 않아 마드리드에서 쥐디트의 전화가 걸려왔다. 나의 비정함을 힐난하기 위해서였다. 그 뻔뻔스러움이라니.

그러나 나는 지지 않았다. 로제는 이튿날 비행기 편으로 날아왔다. 쌍둥이가 가방을 꾸리는 동안 그와 나는 겨우 몇 마디 말을 주고받았다. 전화로 그렇게 우는소리를 하고 비명을 질러대더니만 예상만큼 몰골이 수척해진 것 같지는 않았다. 씁쓸한 표정 때문에 입가에 계속 잡혀 있는 주름만 아니라면 안색도 그다지 나빠 보이지 않았다. 그는 원래부터 창백했으니까.

집 앞 유칼립투스 나무들의 껍질이 벗겨지고 있었다. 나는 아이들을 데려가라고 전화를 걸 수밖에 없도록 만든 그를 원망하면서 전날 쌍둥이가 준비한 파티를 위해—나는 가까스로 그 파티에 참석하지 않아도 되었다—낮은 나뭇가지에 걸어둔 종이 초롱들을 물끄러미 바라보고 있었다. 죽은 올가는 이 아이들 나이 때 종이

초롱을 훨씬 더 다양하고 예쁘게 만들었다. 올가는 손재주가 아주 뛰어난 아이였다.

그들이 마침내 공항을 향해 출발했을 때, 나는 고개를 숙인 채 내가 잘못한 건 아닌지 자문했다. 갑작스러운 정적. 텅 빈 것 같은 기분.

내 주위가 온통 텅 빈 것 같았다.

나는 불을 피웠다. 타닥거리는 소리를 듣기 위해. 벽과 벽 사이로 일렁이는 불꽃의 춤을 보기 위해. 그리고 대체로 효과 빠른 진통제 역할을 해주는 플래너리 오코너*의 서한집을 들고 자리에 앉았다. 해가 지고 있었다. 스페인 연안은 이미 어둠 속에 잠겨 있었고, 초저녁 별들이 정원 위에서 반짝이고 있었다. 하지만 알리스의 실종이 쉼 없이 나를 짓누르고 있었다.

무력함은 최악의 고문이었다.

안 마르는 그걸 알고 있었다. 안 마르는 그걸 이해했다. 그녀는 친절하게도 나를 보러 와주곤 했다. 그녀는 쥐디트와 내가 더이상 완전한 사랑을 엮어나가지 못하고 있고 그래서 나를 조금이나마 도와줄 필요가 있다는 것을 분명하게 알아차렸다. 그녀는 내가 가는 길로 몰려드는 태풍들, 내가 건너고 있는 폭풍우들을 정확히 헤아리고 있었다.

---

* Flannery O'Connor(1925~1964). 미국의 여류 소설가로 남부 고딕문학의 대표 작가.

"아직도 아주 아름답던데요. 가슴이 아주 근사하더군요." 안 마르그리트가 말했다.

"그래요. 내가 아는 바로는 아이에게 젖을 물린 적이 없으니까. 아마 그래서 그럴 거요."

나는 그녀에게 칵테일을 만들어주기 위해 자리에서 일어났다. 그녀는 블러디 메리를 무척 좋아했다.

그녀는 교도소에 다녀오는 길이었다. 아들과의 고통스러운 면회를 끝마치고. 그래서 우리의 역할은 기이하게도 역전되었다. 이제 내가 그녀에게 어깨를 빌려줘야 할 차례였다. 나는 이제 제레미 레모에 관해 모든 걸 알고 있었다. 그를 실제로 만나본 적은 없지만 사람들 가운데서도 그를 알아볼 수 있을 정도로.

*

면회실로 안 마르그리트를 따라갔던 날, 나는 그녀가 나에게 묘사해준 아들의 모습과 실제의 그가 너무도 닮아서 한순간 입이 딱 벌어졌다.

그는 경계의 눈빛으로 나를 계속 노려보았다. 그렇지만 아무리 눈썹을 찡그리며 인상을 험악하게 지으려 해봤자 그는 스물다섯 살보다 훨씬 어려 보였다.

안 마르그리트는 아들 녀석 때문에 자기 머리가 하얗게 센 거라고 말했다. 그는 내가 내민 손을 무시하더니 곧바로 자기 어머니를 창녀 취급했다. 그녀와 나는 면회실에서 나와 바다에서 불어오는 서풍을 맞으면서 내 차가 있는 곳으로 돌아왔다.

우리는 차의 지붕을 걷었다. 그녀의 아들이 우리를 연인 사이로 생각했다는 사실에 우리는 결국 미소를 지었다.

*

안 마르는 나만큼 나이가 들어 있었다. 나만큼이나 늙은 정부를 두는 것에 내가 무슨 흥미를 느끼겠는가? 나는 지금도 한창나이의 젊은 여자들, 훨씬 더 육감적인 여자들과 어울리는 꿈을 꾸고 있는데 말이다…… 게다가 그런 관점에서 최근의 필립 로스*는 나를 도덕적으로 타락시켰다. 며칠 동안 거의 초죽음 상태에서 기력을 회복하지 못할 정도로.

안 마르그리트는 나에게 혐오감을 주지 않았다. 늙었다는 건 불쾌하다는 의미는 아니었다. 하지만 아주 간단하게 말해서 그녀의 몸은 더이상 어떤 신호도 주지 않았다, 적어도 나에게는. 깊이 팬 주름들은 그녀를 죽은 것처럼 보이게 만들었다. 그렇다 해도, 분명히 말하지만, 그건 그녀가 추하다거나 불쾌한 냄새를 풍겼다는 의

---

* 『에브리맨』『휴먼 스테인』 등의 작품을 통해 어린 여성을 사랑하는 노인의 심리적 슬픔, 욕정 등을 묘사했다.

미는 아니다.

그녀의 이목구비는 반듯했다. 70년대에 찍은 어떤 사진들에서 그녀는 쥘리에트 그레코를 닮아 있었다. 그녀의 혈통을 증명하는 코도 그렇고.

*

쥐디트는 부동산 매매를 인생의 큰 낙으로 삼고 있었다. 십 년 전 그녀는 나에게 지금 우리가 살고 있는 이 집을 팔았고, 그래서 나는 부동산 매매를 성사시키는 그녀의 탁월한 재능을 직접 목격한 산증인이라 할 수 있었다. 안 마르그리트가 사설탐정으로서 최고인 것처럼 쥐디트 역시 부동산 중개업 분야에서 최고였다. 최고가의 부동산 매물들은 모두 그녀의 손을 거쳐 거래되었다. 그녀는 이 지역 전체를 자기 손바닥처럼 훤히 꿰고 있었고, 자신의 능력을 유감없이 발휘했다. 그녀는 러시아어와 스페인어에 능통했다. 우랄과 스텝 지역에서 남자들이 현금이 가득 든 트렁크를 들고 그녀를 찾아오곤 했다. 그 덕분에 나는 때때로 목이 달아날 위험을 감수하면서 그 돈뭉치들을 며칠씩 집에다 보관해두어야 했다. 그녀는 구매자의 언어에 맞춰 거래를 했다—특히 러시아어를 할 때 그녀는 훨씬 수다스러워졌다. 어쨌든 그건 다른 부동산 회사들에서는 찾아볼 수 없는 특별한 서비스였고, 그 서비스는 약간의 평온함과 안정을 찾아, 그리고 순수한 바다 공기를 호흡하고 솟구치는 물보라를 음미하러 이곳으로 온 우리의 동유럽 친구들에게 완벽한 신뢰감을 안겨주었다. 러시아인들은 자신들의 돈을 기꺼이 '쏟아부었다'. 그래서 이곳 시장과 그 떨거지들은 이 지역을 찬양하면서 이 지역에 투자하고 정착하고 기타 등등을 해야 하는 당위성과 이익을 역설하기 위해 상트페테르부르크까지 달려갔다. 그 결과, 쥐디트는 더이상 나에게 할애할 시간이 없게 되었다.

사실 아무리 바쁘다 해도 그녀가 자신의 스케줄을 그렇게까지 빼곡하게 채울 필요는 없었다. 하지만 우리는 결혼 이후 가장 힘든 고비를 넘기고 있었고, 그래서 한 발짝 물러나 거리를 갖기로 합의를 보았다. 산세바스티안의 부동산 가격은 날개를 단 듯 하루가 다르게 치솟고 있었다.

그녀는 생각이 날 때마다 나에게 담배를 가져다주곤 했다. 어느 날 그녀가 담배 한 보루를 내밀면서 말했다.

"있잖아요, 그 여자…… 난 그 여자에게 아무런 불만 없어요. 하지만……"

"아니, 잠깐…… 당신이 무슨 말을 하고 싶은 건지 알아. 다만……"

"사실 내가 나설 입장은 아니지만, 어떤……"

"그녀는 최선을 다했어. 난 알아. 우린 그녀를 절대로, 조금도 비난해선 안 돼. 난 그녀가 최선을 다했다는 걸 알아. 정말 좋은 여자야. 날 믿어."

노골적이진 않았지만 우리 사이엔 긴장이 지속적으로 드러나고 있었다. 나는 그게 그녀가 어떤 사내와 관계를 맺었다는 표시인지 아니면 욕구불만의 표시인지 판단이 안 됐다. 국경 저쪽에는 족제비처럼 머릿기름을 바른 '스페인 놈들'이 있었으니까.

"경찰이 제대로 일을 한다고 생각해?" 내가 덧붙였다. "그들이 조금이라도 수사에 진전을 보였어?"

그녀는 비극적인 사건으로 이미 끔찍한 고통을 겪은 나의 과거를 알고 있었기 때문에 지금의 내 심정이 어떨지 누구보다 잘 이해하고 있었고, 그래서 내 행동이나 말에 뭔가 미심쩍은 기분을 느끼면서도 내 비위를 건드리지 않으려고 조심하고 있었다.

그 어떤 여자도 내가 잃은 여자를 대신해주지 못할 거라는 사실을 내가 납득하기까지는 시간이 필요했다. 그러나 나는 아주 빠르게 빛을 향해 나아갔고, 그 결과 모든 것—적어도 본질적인 것—이 아무런 예고도 없이 내 눈앞에서 파괴되어갔다.

아주 간단히 말해서, 나는 쥐디트를 실망시켰다.

내 인생이 전복되고 있고 내가 더이상 어떤 것에도 영향력을 미칠 수 없는 지금, 나는 그런 생각을 하고 있었다. 내 딸이 실종되었다는 무시무시한 사실이 날마다 독화살처럼 내 가슴에 날아와 꽂히곤 했다. 어떤 녀석이 십이 년 간격으로 딸 둘을 차례차례 잃을 수 있단 말인가? 아무리 저주받은 운명이라 해도 불운이 이토록 악착스럽게 따라다닐 수 있는 것일까?

생각만으로도 온몸이 떨려왔다. 하지만 나는 아주 분명하게 알고 있었다. 조금이라도 분별력이 있는 여자라면—그리고 쥐디트는 분명히 그런 여자였다—나 같은 부류의 사내를 만나고 싶어하지 않을 것이고, 일을 마치고 집으로 돌아왔을 때 자신을 우울하고 짜증나게 만드는 남자의 몸을 만지고 싶은 생각이 들지 않으리라는 것을. 나는 그녀가 나와 함께 저녁시간을 보내기 위해 서둘러 집으로 돌아오지 않는 것을 충분히 이해할 수 있었다.

나는 그녀를 실망시켰다. 그것은 더없이 분명한 사실이었다.

심지어 나는 그녀가 아직도 나를 떠나지 않았다는 사실에 감사해야 할 판이었다. 어쨌든, 현재 나는 그 비슷한 생각을 하고 있었다. 이제 나는 밖으로 나가 드넓은 바다를 마주 보며 깊게 숨을 들이쉬어봤자 더이상 폐를 가득 채울 수 없는 몸이었다. 이따금씩 그녀가 와서 내 어깨를 주물러주었다.

언제나 내가 로제에게 전화를 걸어야만 했다. 그 녀석은 나에게 전화를 거는 법이 없으니까. "가끔씩 전화라도 좀 하게. 듣고 있나? 새로운 소식이 없어도 연락 좀 해. 그럴 수 있겠지, 응? 제발 나에게 전화해서 새로운 소식이 아무것도 없다는 말이라도 해줘. 알겠나? 한숨을 푹푹 내쉬며 한탄을 늘어놓아도 좋으니까 전화를 좀 해달란 말이야."

*

아무런 단서도 찾아내지 못하고 한 달이 지나자 마침내 경찰도 뭔가 조짐이 좋지 않다는 것을 인정했다.

"그 이야기를 하러 온 겁니까? 새벽 두시에?"

나는 이제 잠을 거의 자지 않았다. 그게 아니면 조각조각 토막잠을 자거나. 나의 밤들은 불면과 수면을 번갈아 오가는 열두 개의 얇은 조각들로 잘렸다. 그 결과 낮시간에 서너 번씩 잠이 들곤 했다. 슈퍼마켓이건 술집이건, 신문가게건, 어떤 곳에서든지 코를 처박고서.

사람들은 내가 무엇 때문에 괴로워하는지 알고 있었다. 일부 상인들은 나에게 의자에 앉으라고 권하고는 내 고개가 가슴께로 떨어지는 모습을 측은하게 바라보았다. 마치 도시의 절반이 내 등을 어루만져주려 애쓰는 것 같았다. 내 아내와 딸이 죽었다는 소식을 들었을 때 그들은 자진해서 추모미사를 올렸다. 성가대와 함께. 일부러 산에서 내려온 사람들까지 있었다.

그들 중 대부분은 알리스가 커가는 모습을 옆에서 지켜본 사람들이었다. 아주 예쁜 여자아이, 아주 훌륭한 여배우, 추호의 의심도 없이 아버지를 끔찍이 자랑스러워하는 딸. 나는 내 딸의 이력을 줄줄이 읊어대는—별로 내세울 게 못 되는 부분은 재빨리 넘어가면서—동네 여자를 만나지 않는 날이 단 하루도 없었다.

"차를 타고 다니지 그래요? 그러면 스페인으로 장을 보러 갈 수도 있잖아요……" 쥐디트는 나에게 그렇게 조언하곤 했다.

"내가 스페인까지 가서 살 게 뭐가 있다고." 나는 그렇게 대답하곤 했다.

더구나 나는 운전하고 싶은 생각이 조금도 없었다. 그리고 배가 고프지도 않았다. 나는 혼자 있을 때는 아무것도 먹지 않았다. 먹고 싶은 생각이 없었다. 안 마르그리트는 내가 혼자 있다는 걸 알면 하던 일을 뒤로 미루고 샌드위치나 핫도그, 중국음식이나 인도음식, 이탈리아음식, 그리스음식, 심지어 일본음식까지 갖고 오곤 했다. 사실 어떤 음식이냐는 별로 중요하지 않았다. 뭐든 내 입에는 똑같이 느껴졌으니까. 커다란 생강 조각조차 말없이 목구멍으로 씹어 넘길 수 있을 정도로.

내가 입을 다물었기 때문에, 이야기를 하는 건 언제나 안 마르였다. 어떤 날에는, 운이 좀 따랐는지 향유고래 한 마리가 해변 위로 올라왔다는 이야기를 들려주었다. 또 어떤 날에는, 1킬로그램씩 포장된 헤로인 꾸러미가 바다에 내던져져 있었다는 이야기를 들려주기도 했다. 또는 새 골프장을 개장한다는 이야기. 럭비 팀의 체력조절에 관한 이야기. 스페인 경찰 초소에 가해진 테러. 등대 발치의 덤불 숲속에서 체포된 게이들 이야기. 이런 이야기, 저런 이야기.

아니면, 자기 아들 제레미 이야기를 들려주기도 했다. 그는 곧 출감할 거라고 했다. 그리고 그녀는 그 순간을 두려워하고 있었다.

제레미가 유순한 녀석이 아니기 때문이었다. 내 식대로 표현하자면, 성질머리가 더러운 놈이라고 할까.

안 마르는 우리가 함께 있는 모습을 그 녀석에게 미리 보여주는 편이 좋을 거라고 생각했다. 그래야 출소했을 때 그녀 주위에 나라는 존재가 있다는 것을 인정하고, 자기 어머니가 옛날 남자친구―잠자리를 같이하는 친구가 아니라―를 우연히 다시 만나게 되었다는 사실을 자연스럽게 받아들일 수 있을 거라고 말이다.

제레미가 출소하던 날, 내가 그를 데리러 갔다. 출소 절차는 그런대로 별탈 없이 진행되었지만, 내 마음은 내내 다른 곳에 가 있었다. 알리스가 사라진 지 얼마나 되었지? 한 달 반? 나는 절망에 사로잡혀 있었다. 내가 과속방지턱들을 덜컹덜컹 넘으면서 소나무숲 쪽으로 차를 모는 동안 계속 나를 살피고 있던 제레미가 마침내 경계의 눈초리를 풀었다. 그래, 그애가 사라진 지는 정말 오래되었어, 무려 사십오 일이라니.

나는 그의 집 앞에 차를 세웠다. 안 마르가 현관에 나타났다. 나는 손짓을 보내고 나서 그곳을 떴다.

*

제레미는 주유소를 털다가 현장에서 붙잡혔다. 얼떨결에 쏜 총알이 계산원의 가슴 한복판에 가 박혔다.

그는 감옥에서 육 년을 썩었다. 그가 세상 무엇보다 애착을 갖는 건 워크맨인 듯했다. 그는 영국 록을 주로 들었다.

"일자리를 구할 생각이 있으면 나한테 말하게." 나는 그에게 말했다. "어쩌면 내가 자넬 도와줄 수 있을지도 모르니까."

"남의 일에 쓸데없이 끼어들지 마쇼!"

안 마르는 그에게 시간을 주어야 한다고 생각했다. 적어도 몇 주 정도는 지난 다음에 일자리 얘기를 꺼내는 게 좋지 않겠느냐고. 제레미는 그녀의 아들이었다. 그런 얘기를 해야 할 사람은 내가 아니라 그녀였다. 게다가 안 마르가 자기 아들을 위해 뭘 어떻게 하는 게 좋은지 나는 알 수 없었다. 나는 알리스의 실종 이외에 다른 문제에 정신을 쏟을 여유가 없었으니까.

어느 날, 이른 아침에 해변을 산책하던 나는 축축하고 창백한 새벽빛 속에서 모래언덕을 올라가다가 우연히 모래밭에 앉아 있는 제레미를 보았다. 그는 며칠 전부터 그 부근을 어슬렁거리던 강아지에게 나무토막을 던져주고 있었다.

"그건 딱딱해서 입에 물기 힘들 거야. 나라면 그러지 않을 걸세."

내가 해변 저 끝까지 걸어갔다가 되돌아왔을 때도 그는 여전히 그곳에 앉아 있었다. 그 강아지 역시. 저 아래쪽에서는 잔잔한 파도들이 아침햇살 속에서 반짝이는 모래 위로 밀려오고 있었다. 눈이 부셔 눈을 제대로 뜨고 있기가 힘들었다.

"커피 한 잔 마시러 가지 않겠나?" 나는 그에게 알리스 이야기를 하고 싶은 억누를 수 없는 욕구를 느끼고 있었다. 그 청년은 내 눈에 광활한 처녀지처럼 보였다.

나는 그의 맞은편에 앉았다. "자네가 제임스 본드 시리즈 최신편에 출연한 그앨 봤어야 하는 건데. 아니면 〈부아시〉 잡지에 나온 걸 보거나."

알리스 이야기를 할 때면 때때로 이미 이 세상에 없는 두 여자의 모습이 겹쳐지면서 느닷없이 오열이 밀려와 목이 메곤 했다. 그럴 때면 하수관에서 나는 듯한 꾸르룩 소리를 내거나 트림을 하듯 꺽꺽거리거나, 그도 아니면 배를 잡고 바짝 웅크렸다.

내가 두 딸의 아버지이자 아주 특별한 여자 조아나의 남편이던 그 시절 그들이 내 눈앞에서 죽어가는 것을 지켜보던 그때를 입에 올리는 순간 내 배 속에서 신음 소리가 새어나올 때에도, 제레미는 다른 이들과는 달리 눈썹 하나 까딱하지 않았다. 그는 내게 어디가 안 좋으냐고 묻고 나서 이어 물었다. "크루아상 몇 개 먹어도 될까요?"

몇몇 젊은이들이 물을 뚝뚝 흘리면서 윈드서핑 보드를 들고 바닷물 속에서 나와 바다를 감상하러 테라스에 자리를 잡고 있었다.

"얼마든지 먹게." 내가 말했다. "물론 내 딸이 평소에 모범적으로 처신했다는 건 절대로 아니야. 그 아이의 행실이 조신했다고 말하려는 것도 아니고. 하지만 그 아이한테는 그렇게 행동할 수밖에 없는 분명한 이유들이 있어. 내가 보기에…… 아니, 그렇게 생각하지 않나? 그리고 그 세계가 어떤 곳인지는 너무나 잘 알려져 있지, 안 그런가? 그 세계에서 아무런 상처도 입지 않고 온전하게 빠져나오는 건 실제적으로 불가능해. 그런 곳에 몸담게 하느니 차라리 자기 자식을 집어들어 창밖으로 내던지는 게 더 낫지 않을까? 농담일세."

나는 몸을 굽히고 강아지에게 설탕 한 조각을 주려 했다. 하지만 제레미가 설탕은 이빨에 좋지 않다면서 나를 제지했다.

"이봐, 이건 젖니야. 이 녀석의 이빨은 이제 곧 전부 빠질 거라고."

"여하튼 주지 마시라고요."

*

마지막으로 내 집에 들렀을 때 알리스는 '권력 남용은 놀랄 일이 아니다'라는 영문이 새겨진 티셔츠를 두고 갔다. 하지만 그 옷은 내게는 너무 작았다. 세탁과 다림질이 되어 있었고 향긋한 세제 냄새가 나서, 당연히 딸의 체취는 전혀 느낄 수 없었다.

내가 어떻게 이런 일을 예견할 수 있었겠는가? 이제 거의 두 달이 다 되어가고 있었다. 끔찍했다.

그 옷을 입어보려 했지만 머리부터 걸렸다. 억지로 머리를 쑤셔 넣는다 해도 그 티셔츠의 밑자락은 내 배꼽에도 닿지 못할 터였다. 결국 옷을 입지 못한 나는 그것을 두 손으로 감싸 쥐고 있는 것에 만족해야만 했다.

　신문에선 그 아이의 실종에 대해 연일 떠들어대고 있었다. 알리스가 마약중독 치료차 아니면 아무도 모를 어떤 이유 때문에 어느 개인병원에 숨어 지내고 있을 거라고 확신하는 데도 있었다. 나는 그 치료기관들에 차례로 전화를 걸어보았지만 헛수고였다.

　적어도 그런 문제에 있어서는 그 아이도 시간이 지나면서 분별력 있는 모습을 보였다. 쌍둥이 역시 그 아이가 현실감각을 되찾는 데 한몫을 했다. 로제 역시 많이 어른스러워졌다. 그는 이제 자기 아내의 탈선에 이전만큼 즐거워하지 않았다. 안 뤼시가 자기 때문에 손가락뼈 두 개를 다친 그날 저녁 이후로 그는 이제 다시는 마약에 손을 대지 않겠다고 굳게 다짐했다.

　나는 몸값을 지불하라는 연락이 오기를 애타게 기다리고 있었다. 현금이 가득 든 트렁크를 들고 도시를 가로질러 숲속 깊숙이 걸어 들어가고 싶었다. 내가 원하는 것은 오로지 그것이었다. 나도 도움이 되는 존재가 되고 싶었다. 하지만 아무도 나에게 전화를 걸어오지 않았다.

　쥐디트는 2층에서 자고 있었다. 그녀는 식사를 마치기도 전에 하품을 시작했다. 계속되는 왕복 여행이 그녀를 지치게 만들었고, 그 때문에 나도 지쳐갔다. 나는 불안감 때문에 그녀의 가방을 꼼꼼하게 뒤져보지 못했고, 그래서 그녀가 그처럼 빈번하게 출장을 다니는 게 무엇 때문인지 아무런 단서도 찾아내지 못했다. 우발적인 불륜의 증거를.

　내게 아직 뭔가를 입증할 수 있는 능력이 있는지 자문해보았다. 내 머릿속을 가득 채우고 있는 내 딸의 실종 때문에 그 뭔가를 찾아내지 못한 건 아닌가 하는 생각도 들었다. 쥐디트의 가방을 뒤지는 동안 내게 질투심이 일기를 바랐지만 그런 일은 일어나지 않았다. 나는 사실 내가 무엇을 하는지조차 거의 인식하지 못했다.

　그녀가 집에 없을 때면 나를 혼자 내버려둔 그녀를 원망했다. 하지만 그녀가 돌아오면 그녀의 존재가 거추장스러웠다. 나는 멍해 있는 나 자신이 부끄러웠고, 그래서 재빨리 시선을 외면하거나 알아들을 수 없을 정도로 빠르게 말을 내뱉곤 했다.

　그녀는 부동산 시장 과열 현상이 이대로 지속된다면 아예 산세바스티안에 방을 하나 얻을 생각이라고 말했다.

　"맙소사, 일이 아주 우습게 되어가는군."

　"그게 무슨 뜻이죠? 프랑시스, 왜 그런 소릴 하는 건지 모르겠군요. 월세로 집을 얻으면 호텔에 묵는 것보다 경비를 훨씬 더 절약할 수 있을 거예요. 그것 외에 다른 뜻은 전혀 없어요."

　"충분히 이해가 돼. 정말이야. 내가 요즘 신경이 곤두서 있어서 그래, 이해해주면 고맙겠어."

　쥐디트가 집에 있을 때면 그녀의 시선이 나를 마구 짓누르는 듯했기 때문에, 나는 무기력한 상태로 있지 않기 위한 방법을 찾아야만 했다. 특히 그녀가 밤의 어둠을 틈타 나를 관찰할 때. 내 속마음

이 이마에 나타나 있어서 그녀가 그걸 읽을 수 있다는 생각이 들곤
했는데, 그건 정말이지 싫었다.

나는 담배를 다시 피우기 시작한 것에 만족하고 있었다. 그 대신
많이 걸었다. 이제는 그 어떤 책도 나에게 더이상 절박하지 않았
다. 책을 읽는 것도 쓰는 것도. 나에게는 시간이 있었다. 그래서 낮
시간 동안 때때로 제레미와 우연히 마주치곤 했다. 그가 입양한 듯
한, 눈에 띄게 뚱뚱해지고 있는 그 개와 함께. 나뭇조각이나 솔방
울을 쫓아 달리는 데 대단한 재능을 타고난 녀석.

"자네 입장을 이해해. 자네 어머니 부탁이 있어서 이러는 것뿐
이야. 받아들이건 거절하건 자네 자유야. 나는 그냥 정보를 전해주
는 것뿐이니까."

"제기랄, 내가 카지노에서 뭘 해요?"

"그거야 나도 모르지. 딜러? 내가 한번……"

그가 나무토막을 허공으로 던지자 개가 짖어대면서 빙글빙글 도
는 나무토막을 향해 전속력으로 달려갔다.

"차라리 뒈지고 말지." 그가 말했다. 무심한 보름달이 바다 위에
서 찰랑거리다 소나무들을 적신 후 도로 위로 튀어올라와 정원 안
으로 불쑥 쳐들어왔다.

*

안 마르그리트는 어떤 방법으로도 자기 아들을 설득할 수 없다는 게 드러났음에도 불구하고, 그가 아직 사회에 적응할 준비가 덜 되어서 그런 반응을 보이는 거라며 안타까워했다. 그녀는 내가 나서서 자신의 뜻을 전하고 내 나름대로 유익한 조언을 덧붙여주기를 바라는 게 분명했다. 하지만 그 청년은 아무 말도 들으려 하지 않았다. 나는 이 문제를 어떤 식으로 해결해야 할지 전혀 감이 오지 않았다.

그녀는 마침내 한숨을 내쉬면서 그를 그냥 내버려두기로 했다. 나는 특별히 훌륭한 아버지는 못 되었다. 아니, 이런 문제에 있어서는 아무런 권위도 내세울 수 없을 정도로 무능한 아버지였다. 하물며 내 자식도 아닌 제레미의 경우는 내 능력을 훨씬 넘어서는 일이었다.

쥐디트는 나에게 그들 문제에 지나치게 개입하지 않도록 조심하라고 말했다. 인터넷으로 찾아보았는데, 제레미의 무장 강도 사건은 그녀로서는 일말의 동정심이나 연민도 허락할 수 없는 흉악한 범죄행위였다고 했다. 총을 쏜 게 누구냐는 별로 중요하지 않았다. 그 계산원은 사망했다. 주유소를 습격하겠다고 마음먹은 한 멍청이 때문에. 하지만 나는 그를 애처롭게 여기지 않았던가.

제레미는 쥐디트가 자기를 좋아하지 않는다는 것을 피부로 느끼고 있었다. 하지만 그는 자기가 그녀의 입장이라도 당연히 거부감을 느낄 수밖에 없을 거라고, 그녀의 태도를 충분히 이해한다고 말했다.

그녀가 집에 있을 때면 그는 한참을 쭈뼛거리다가 가까스로 용기를 내어 정원 안으로 들어왔고, 그러면 그녀는 그에게 들어오라는 말 한마디 없었다. 하지만 나는 둘 사이에 끼어들고 싶지 않았다. 그럴 때마다 나는 재빨리 그를 밖으로 데리고 나가서 그와 함께 담배를 피웠다. 그와 나는 말을 많이 하지 않았다. 우리는 어둠 속으로 소리를 지르며 사라져가는 갈매기들을 따라 달리는 개를 쳐다보고 있었다. 쥐디트는 자기를 내버려두고 밖으로 나가버릴 정도로 그렇게 중요한 일이 대체 뭐냐고 묻곤 했고, 나는 그 물음에 대답하기 위해 고심해야 했다.

내가 그 청년에게 직장을 구해줄 이유는 전혀 없었다. 내 생애 최악의 시련들 중 하나를 겪고 있는 마당에 그럴 여유도 없었고.

그에게도 자신만의 문제들이 있었다. 그의 삶은 순탄하지 않았다. 바로 그러한 유사성, 그 음울한 공통점에 마음의 짐을 덜어주는 힘이 있는 것 같았다. 그것이 있어 서로가 그 짐들을 견뎌내는 것이 훨씬 덜 힘들어지는 것 같았다. 자기만큼 상처 입고, 자기만큼 망가지고, 자기만큼 막막하고, 자기만큼 짓밟힌 존재를 눈으로 보는 것만으로도 위안이 되지 않는가?

어느 날 아침 안 마르그리트는 나에게 대략적인 이야기를 들려주었다. 제레미의 열여섯 살 생일 파티가 있고 나서 며칠 후에 제레미의 아버지가 그 아이의 품에서 죽었는데, 바로 그 순간부터 제레미가 온갖 파행을 저지르기 시작했고 결국에는 전과자로 전락했다는 것이었다.

그녀의 얘기를 들은 나는, 쥐디트라면 그건 구차한 변명에 불과하다고 생각할 거 같다고 말했다. 우리는 앤초비를 사러 가기 위해 자리에서 일어났다. 어둠 속에서 희미하게 모습을 드러내고 있는 인근의 산들을 옅은 아침안개가 아직도 장막처럼 뒤덮고 있었다. 안 마르그리트는 보일 듯 말 듯 어깨를 으쓱했다. 어쨌든 그녀는 그의 어머니였다.

내가 저지른 실수 중 하나는 쥐디트에게 아이를 갖지 않겠다고 단호하게 선언한 것이었다. 그녀는 그 말을 듣고 엄청난 충격을 받았노라고 나중에 고백했다. 그리고 나는 지금 그 잘못에 대한 대가를 치르고 있었다. 나는 그녀의 마음을 차갑게 식어버리게 만들었다. 그래놓고도 그녀를 그렇게 만든 결정적인 책임이 바로 나에게 있다는 사실을 잊어버리고는—내가 어떤 인간인지를 뻔뻔스럽게도 잊어버리는 이 비참한 기억상실증—그녀가 보여주는 노골적인 냉담함에 문득문득 놀라곤 했다. 제레미에 대한 그녀의 태도 역시 그런 냉담함을 여실히 증명하는 하나의 예였다.

안 마르는 자기 집안 대대로 내려오는 비법에 따라 앤초비를 절인다고 했다. 고운 소금으로 재우는 게 그 비법이었다. 반드시 '고운 소금'으로 켜켜이. 그렇게 해야 육질이 단단하면서도 붉은색을 그대로 유지할 수 있다고, 그러니까 간단히 말해서 맛 좋은 상태가 유지된다는 얘기였다. 그리고 앤초비에 얽힌 백 퍼센트 믿을 수 있는 이야기가 그녀의 집안에 전해 내려오고 있는데, 그 이야기에 따르면 젊은 시절에 안 마르의 어머니가 절인 앤초비 맛을 본 헤밍웨이는 노벨상을 수상하고 나서도 변함없이, 죽을 때까지 그녀의 어머니에게 앤초비를 주문해 먹었다고 했다. 안 마르의 어머니는 어획량이 많은 해건 적은 해건 간에 그렇게 절인 앤초비 오십 병을 나무상자에 넣어 매년 그에게 보냈는데, 마지막 나무상자가 보내진 곳은 아이다호의 케첨이었다. 그런데 우리의 어니스트, 여기서 부르는 대로라면 에르네스토, 에르네스토 헤밍웨이는 마지막으로 배송받은 앤초비값을 영원히 떼먹었다.

*

안 마르그리트는 앤초비 5킬로그램 앞에다 우리를 부려놓았다. 제레미와 내가 그것들의 내장을 빼내고, 손질하고, 씻고, 통조림 병 속에 채워넣는 등등의 일을 해야 한다고 했다. 무슨 일인지는 모르지만—그녀는 자신의 일 이야기는 거의 하지 않았기 때문에—여하튼 그녀는 급한 일이 있어 시내로 나가봐야 했기 때문이다. 일을 해야 할 자리에서 반쯤 졸고 있는 제레미를 발견한 나는 덜컥 겁이 났다. 그는 돌아오는 차 안에서도 계속 잠을 잤었다. 나 혼자서 5킬로그램을 전부 떠맡는 건 별로 달갑지 않았다.

새벽이 오고 있었다. 나는 커피를 준비했다. 스물다섯 살에 나도 저랬을까? 저 친구보다는 아주 조금 부지런했던가? "자, 그럼 슬슬 일을 시작해볼까." 내가 블라인드를 젖히면서 말했다. 제레미는 노란 미나리아재비 색을 띤 빛 속에서 인상을 찌푸렸다. "아무 소식도 없이 두 달이 흘러갔어, 제레미. 벌써 두 달이 되어간다고. 알겠나?"

나는 앤초비 한 마리를 집어 배를 가른 후 내장을 들어내고 재빨리 물에 헹구고, 물기를 뺀 다음 소금 받침대 위에 눕혔다. 그리고 제레미에게도 그렇게 하라고 시켰다.

"그 일은 십이 년 전 어느 날 아침에 일어났어. 자네 아버지에게 일어난 것과 똑같은 일이 어느 운전기사에게 일어났지. 심장발작. 나는 알리스와 함께 차에서 내려 카페테리아로 걸어갔다네. 우린 바캉스를 떠나던 중이었어. 그 남자는 이미 의식을 잃었던 것같아. 기름을 가득 실은 그의 탱크차가 마치 대포알처럼 주차장을 가로질러 달려와 우리 차를 들이받았어. 차 안에 남아 있던 아내와 딸이 산 채로 불탔지. 제레미, 아내와 큰딸이 우리 눈앞에서 불에 타 죽었어. 둘 다. 알리스의 엄마와 언니가 말일세. 그애를 비난하기 전에 그걸 잊어선 안 돼. 자네가 알리스를 이해할 수 있도록 이야기를 해주는 거야. 코트니 러브*를 봐. 그녀가 때때로 무절제한

---

* 그룹 너바나의 리더였던 커트 코베인의 아내. 그룹 홀의 리더이자 영화배우. 커트의 자살 이후 엽기적이고 무절제한 행각이 더욱 심해졌다.

행동을 저지른다고 해서 누가 그녀를 비난하겠나? 어쨌든, 자네도
이제 그 사건을 알게 되었군. 정신이 온전하다고 해도 살아가기 쉽
지 않은 게 그쪽 세계인데 하물며 그런 사건을 겪었으니. 내 딸은
거기서 살아남기 위해 발버둥을 쳤어. 그 아이에겐 용기가 필요했
어. 나는 누구보다 그걸 잘 알아. 그건 내가 그 아이의 아버지이기
때문이 아니야. 사위 얘기로는, 알리스가 아직도 잠을 자다가 소스
라치게 놀라 깨어난다더군. 땀에 흠뻑 젖은 채. 너나없이 달려들어
자기 면전에 있는 사람의 꼬투리를 잡으려고 혈안이 되어 있는 그
런 세계에서……”

나는 그가 나를 노려보고 있다는 것을 알아차렸다. 지하묘지의
뚜껑이 다시 내 위로 닫혔다. 내 무덤의 무거운 돌이 제자리로 돌
아와 나를 침묵하게 만들었다.

“그런 표정 짓지 말아요.” 그가 말했다. “모든 걸 다 잃은 건 아
니잖아요.”

*

로제는 만성절 휴가를 보내기 위해 쌍둥이를 다시 내게 데려왔
다. 나는 쥐디트가 국경 너머에서 돌아와 그 아이들을 맞이해준 데
대해, 이 세상의 모든 할머니들처럼 손녀들을 품에 안아줄 수 있었
던 데 대해 하늘에 감사했다. 체면을 지키면서 자신의 숭고한 역할

을 다하고 싶어하는 모든 할머니들처럼…… 그리고 그녀가 그 역할을 아주 완벽하게 소화해냈기 때문에 더더욱. 아이들은 그녀의 굿 나이트 키스 없이는 잠을 자려 하지 않았다.

공항으로 아이들을 마중 나갔을 때, 쥐디트는 딱하다는 눈빛으로 나를 슬쩍 쳐다보았다. 어린 순무처럼 안색이 형편없는 아이들. 로제가 먹을 것을 제대로 챙겨줬을까? 그가 아이들을 잘 돌보았을까? 틀림없이 아이들의 할머니가 약간 과장해서 생각하는 것이리라. 그녀는 파리의 공기가 건강한 사람들의 신체기관마저 병들게 하고 더없이 튼튼한 사람들조차 슬금슬금 독살시킨다고 믿고 있었다. 쌍둥이의 안색이 평소보다 약간 더 파리하고 눈 밑에 푸르스름한 기가 돌긴 했지만 그렇다고 아주 심한 건 아니었다. 로제 역시 그다지 나빠 보이지 않았다.

그는 한낮이 되기를 기다렸다가, 내일 기자회견을 하기 위해 이곳으로 신문기자들을 불렀다고 우리에게 말했다. 쥐디트와 나는 서로를 쳐다보았다. 신문기자들을 부르다니.

로제는 우리가 숨을 돌릴 틈도 주지 않았다. 그는 이대로 가다가는 알리스의 실종 사건이 묻혀버릴 수도 있다고 했다. 이 사건을 계속 환기시켜 화젯거리가 되게 만들고, 우리 모두가 눈물을 흘리며 슬퍼하고 있다는 것을 알리는 동시에 희망이 전혀 없는 게 아님을 보여주어야 한다고 했다. 자기를 믿으라고 했다. 지난주에 그는 거리의 벽과 전철역 들을 알리스의 사진으로 도배했다. 삼 년 전

시드니 영화제에서 찍은, '그녀를 돌려줘요'라는 제목이 붙은 사진이었다. 그 주의 〈엘〉지에 알리스는 패리스 힐튼—그 비장한 금발머리 여자—과 한 페이지에 나란히 실렸다.

"그만둬." 내가 말했다. "진지하게 하는 얘기야. 더이상 쓸데없이 소란 피우지 말게나."

그는 경멸의 눈초리로 나를 쳐다보았다.

"포기하자는 건가요? 이제 희망을 버린 거예요?"

"그렇지 않아. 하지만 로제, 그런 것들은 그애한테 아무런 도움이 안 된다고 생각해."

"그렇게 해선 안 되는 분명한 이유를 한 가지만이라도 대보세요. 기자회견을 여는 게 알리스에게 어떤 점에서 해가 되는지 말해보시라고요, 그러면 당장 그만둘 테니까. 저는 장인어른처럼 두 손 놓고 앉아 있을 수 없어요."

"이건 조심스럽게 다뤄야 할 문제야, 제발 성급하게 덤비지 말게."

저녁에 정원에서 바비큐 파티를 열어도 될 만큼 날씨는 아직도 상당히 좋았다. 저 멀리 해안에서 파도들이 밀려와 부서지면서 획획 소리를 내고 있었고, 비둘기 한 마리가 이웃집 정원의 가문비나무 속에서 구구거리는 동안 그 비둘기의 짝은 피레네산맥의 라 륀 산 위로 별들이 총총히 떠 있는 조용한 하늘을 향해 날아올랐다. 로제가 나에게 마리화나를 갖다주었다.

그는 거의 언제나 눈살을 찌푸리고 있었다. 하지만 어쩌다 눈살을 찌푸리지 않을 때면 그는 그다지 괴로워 보이지 않았다. 쥐디트는 나의 그런 분석에 동의하지 않았고, 심지어 너무 냉혹하다고 나를 비난하기까지 했다. 고통을 분명하게 나타내주는 징표들, 이를테면 창백한 안색이나 수척한 모습, 신음 소리 등등을 요구하는 내가 냉혹하기 그지없는 인간이고, 괜히 쓸데없는 것에 꼬투리를 잡아 스스로를 궁지에 몰아넣는 멍청함까지 갖추었다며 비난했다.

"당신은 로제가 병이라도 걸렸으면 좋아하겠군요? 그러면 기분이 낫겠어요?"

어쨌든 나는 로제의 건강 상태를 걱정하지는 않았다. 내가 이런 말을 해도 될까? 내가 이런 소리를 할 자격이 있을까? 로제가 정신도 말짱하고 안색도 그리 나빠 보이지 않는다고 생각해도 되는 걸까?

"우리 카지노에 갈까? 가서 돈이나 좀 써보자고." 식사가 끝나고 나서 내가 그에게 제안했다.

나는 자리에서 일어났다. 쥐디트에게 우리가 외출한다는 걸 알리러 2층으로 올라간 나는 반쯤 열려 있는 손님방 앞에서 멈춰 섰다. 쥐디트는 쌍둥이에게 제인 오스틴의 책을 읽어주고 있었다. 쌍둥이는 감정이 복받쳐 목이 멘 듯 할머니에게 바짝 달라붙은 채 몸을 웅크리고 있었다. 나는 그런 쥐디트의 모습을 보면서 아이들에게 할머니라는 소리를 듣고 있지만 아직도 나무랄 데 없는 그녀의 아름다움에 숨이 멎을 뻔한 게 한두 번이 아니었다. 내가 어떻게

저런 여자에게서 멀어질 수 있었던 말인가? 내가 미쳤지, 나는 자주 그렇게 중얼거리곤 했다. 나는 너무도 아름다운 갈색머리 여자와 결혼한 것에 만족했어야 했다. 최고로 멋진 여자. 내가 눈이 멀었던 게 틀림없었다.

조아나도 갈색머리였다. 그녀의 숱 많은 아름다운 머리가 한순간에 붉게 타오르고 있었다. 마치 그녀의 머리에서 불꽃들이 솟아나는 것 같았다. 나는 알리스를 품에 꼭 끌어안았다. 하지만 그사이에 몇몇 장면들이 그 아이의 마음속에 각인될 시간 여유가 있었고, 그래서 그 아이는 오랜 세월 수많은 정신과의사들을 만났다. 그 아이가 나에게 안겨준 근심 걱정은 채석장 하나를 가득 채우고도 남았으리라.

나는 알리스를 진심으로 사랑했다. 온 마음을 다해. 하지만 그 아이 때문에 내가 참고 견뎌야 했던 그 모든 일을 생각하면 아직도 뼛속까지 아픔이 느껴졌다. 교통사고, 약물 과다 복용, 취기가 사라질 때까지 유치장에 갇혀 있었던 시간들, 물에 빠져 죽을 뻔했던 사건. 그래서 나는 이번 사건에서도 치명타를 입을 각오를 하고 있었고, 쥐디트는 나를 기다리고 있는 견딜 수 없는 시련 앞에서 나를 도와주고 내 편을 들어줄 사람은 자기밖에 없다는 것을 여실히 증명해주고 있었다. 그러므로 모든 게 먼지구름 속으로 사라지면 나는 쌍둥이를 슬쩍 밀어내고 그녀 곁에 누워야 할 것이다. 덜떨어진 인간처럼 굴어서는 안 되었다.

그녀가 눈을 들어 나를 쳐다볼 때 나는 그녀에게 미소를 지으며 외출하겠다는 신호를 보냈다.

*

우리는 해변을 따라 걸어갔다.

"그러실 줄 몰랐어요." 그가 말했다.

"뭘?"

"장인어른이 두 손 놓고 가만히 계실 줄은."

"나는 두 손 놓고 가만히 있지 않았어."

"그러셨겠죠, 제 말이 바로 그 말이에요. 장인어른이 두 손 놓고 가만히 계시지 않을 줄 몰랐다고요. 어쨌든 전 그럴 줄 몰랐다고요."

우리가 걸어가고 있는 판자길은 군데군데 모래에 파묻혔다가 잿빛 반사광과 함께 다시 모습을 드러내곤 했다. 갈매기들은 날갯짓을 하지 않고 바람에 몸을 맡긴 채 떠돌고 있었다.

"장인어른이 아셔야 하는 건……" 그가 말했다. "장인어른이 분명하게 아셔야만 하는 건, 지금 제가 하고 있는 일은 오로지 알리스를 위한 거라는 사실이에요. 저는 알리스를 위해 이 일을 하는 거라고요, 그걸 분명히 아셔야 해요."

"하지만 일을 벌이기 전에 우리한테 미리 귀띔이라도 해줬으면 좋았잖나."

"네, 알아요. 장인어른 말씀이 옳아요. 정말 죄송해요. 저에게
밤새도록 용서를 빌라신다면 그렇게 하겠어요."

"그거 괜찮은 생각이군. 어디 시작해보지."

"기자회견을 한다고 장인어른을 죽도록 괴롭히지는 않을 거예
요. 수사가 완화되어선 안 돼요. 수사를 강화해야 한다고요. 무슨
말인지 아시겠어요? 그래야만 제대로 된 수사를 할 수 있다고요.
사람들이 알리스에 대해 더 많이 떠들어댈수록 그만큼 효과가 커
질 거예요. 뭐라고요? 장인어른은 뉴스도 안 보세요? 언론의 집중
을 받지 못하는 사람들의 말로가 어떤 건지 모르세요? 그걸 정말
모른단 말이에요?"

갑자기 나는 와플이 먹고 싶어졌다. 바다는 검게 반짝이는 광활
한 스크린을 펼치고 있었고, 그 위로 가느다란 푸른 실들이 타래지
어 꼬이면서 엄청난 양의 요오드를 함유한 미지근한 기류가 미끄
러져 흐르고 있었다. 어느 허름한 노점의 화덕에서 바닐라를 넣은
밀가루 반죽이 익으며 향긋한 냄새를 풍기고 있었다.

"온 사방에서 그애 얘기를 떠들어대는데 더이상 뭘 바라나? 나
는 내 딸에 관해 이렇게 대대적으로 떠들어대는 걸 여태껏 한 번도
본 적이 없네. 눈길 돌리는 곳마다 그애가 보여. 그애가 사라지고
없는데도. 날 괴롭히는 건 바로 그거야. 극심한 대비. 자네한테 솔
직히 말하자면 말이네."

"알았어요, 알았다구요. 그게 장인어른을 힘들게 만든다는 걸

이해해요. 하지만 장인어른은 알리스를 위해 그걸 해야만 해요. 젠장, 해야 한다고요!"

나는 그를 쳐다보았다. 어둠 속에서 환각 상태로 보낸 세월들이 그의 핏기 없는 안색, 악덕 은행가다운 안색을 부각시키고 있었다. 그 젊은 은행가를 내가 어떻게 생각하는지는 알리스에게 이미 밝혔었다. 그 은행은 모나코에 정착한 어떤 가문 소유였다. 그는 자기 사무실의 소파베드 위에 목깃을 풀어헤친 채 드러누워 미팅을 모조리 취소시키고, 술을 엄청나게 퍼마신 것처럼 환각 상태에 빠져서 몇날 며칠이고 헛소리를 지껄이며 허송세월을 보내고 있었다. 나는 알리스의 눈에 씌인 콩깍지를 벗기려 애썼지만 아무 소용이 없었다.

그즈음 나는 쥐디트와의 결혼을 앞두고 있었다. 내 입장이 그렇다보니 무조건 그들의 결혼을 반대할 수도 없었다. 어쨌거나 단호한 모습을 보여줄 수 없었고 충분히 설득할 수도 없었다. 그래서 우리는 각자 한 달 간격으로, 체리나무가 꽃을 활짝 피우는 계절에 생 장 바티스트 성당에서 결혼식을 올렸다. 운명이 그렇게 결정을 내렸기 때문이었다. 우리는 더이상 참고 견딜 수 없었다. 불꽃을 꺼뜨려야 했다.

그 두 해. 그 사고 이후의. 그 악몽의 이 년.

지금도 간혹 로제를 지켜볼 때면 내 딸과 결혼식을 올리던 좀비, 성당 안으로 비틀거리며 걸어 들어오던 그의 모습이 떠오르면서 이제 그가 그런 상태에서 벗어났다는 것을 분명히 인정하게 될 때가 있었다. 머리부터 발끝까지 랄프 로렌으로 쫙 빼입고 있다는 사실 때문만이 아니더라도.

"몸값을 달라는 연락이 왔어요." 로제는 마치 내가 방금 자신의 발을 밟기라도 한 것처럼 인상을 찌푸리면서 말했다. 나는 그 자리에서 얼어붙었다.

"죄송해요, 하지만 어쩔 수가 없었어요. 비밀을 유지하라고 했기 때문에."

나는 목청을 가다듬기 위해 마른기침을 했다. "그애가 살아 있어?"

"네? 아 예…… 죄송해요. 네…… 알리스는 살아 있어요. 하지만 경찰은 여전히 제자리걸음을 하고 있어요, 물론."

"몸값? 무슨 몸값? 왜 이제야 나한테 그 애길 하는 건가?"

나는 먹다 남은 와플을 쓰레기통에 집어던졌다. 몇 초 동안 머리가 멍했다. 나는 넓게 퍼져 있는 늙은 위성류渭城柳 가까이 놓인 벤치로 가서 앉았다.

"내가 그애 소식을 목이 빠지게 기다린다는 걸 자네도 알고 있지 않았나. 최악의 소식을 듣게 되지나 않을까 얼마나 두려워하고 있었는지, 얼마나 불안해하고 있었는지 자넨 분명히 알고 있었어. 자네는 그런 내가 불쌍하지도 않았나? 그 애길 진작 해줬더라면 최소한 안도의 한숨이라도 내쉴 수 있었을 텐데. 자네는 내게 그것조차 허락하지 않았군. 안 그래?"

그가 내 쪽으로 몸을 굽혔다. "잠깐만요, 장인어른. 잠깐만. 이것만큼은 확실하게 짚고 넘어가자고요. 저는 알리스가 무사히 돌아오는 게 무엇보다도 중요하다고 생각했어요. 죄송해요. 경찰은 그 사실을 극비에 붙이고 일을 진행시키고 싶어했어요. 그래서 저는 경찰들에게 '좋습니다, 그렇게 합시다. 곰곰이 생각해봤는데 당신들 말이 맞는 것 같군요'라고 말하고 경찰들이 하자는 대로 내버려둔 겁니다. 죄송해요."

나는 잠시 그를 노려보다가 입을 열었다. "도대체 자넨 어떻게 된 인간이야? 어떻게 그렇게 어리석을 수가 있어…… 그래서 결국 경찰 녀석들이 그 기회를 놓쳐버렸다 이거야? 지금 그 소리야?"

갈매기들이 내 와플을 두고 다투고 있었다. 하얀 크림 조각들이 사방으로 튀어올랐다. 흥분한 나의 두 손이 떨리고 있었다.

*

로제가 그 어처구니없는 사실을 말해준 후 나는 온몸에 맥이 빠져서 쥐디트와의 잠자리에서 헛힘만 쓰며 아주 형편없는 섹스를 했고, 그 때문에 다음 날 하루 종일 우리 두 사람 모두 몸이 피곤하고 기분도 언짢았다. 심지어는 그후로도 여러 날 동안 그 여파가 미쳤다. 비록 쥐디트는 그걸 부인했지만. 어쨌든 그렇게 끔찍한 하룻밤을 보내고 그 이튿날 아침 내가 커피머신 쪽으로 걸음을 옮기고 있을 때 사위가 오른쪽에서 불쑥 튀어나왔다. 오전 일곱시였다. 그런 시각에 일어나 있는 그를 보는 건 좀처럼 없는 일이었다.

"신문기자들이 곧 들이닥칠 거예요."

"무슨 신문기자들?"

"다 아시잖아요, 장인어른. 시치미 떼지 마세요."

나는 기자회견을 다음 날로 연기하자고 했다. 하지만 그는 이내 탄식을 내뱉더니, 끙끙 앓는 소리를 내면서 내가 모든 일을 수포로 돌아가게 만들고 싶어한다고 했다. 그러면서 자기 생각밖에 할 줄 모르는 지독한 이기주의자처럼 군다며 나를 비난하기 시작했다.

"그 사람들은 일부러 파리에서 오는 거예요. 제가 그 얘길 했던가요? 그들을 이곳으로 불러들이려고 제가 얼마나 고생했는지 아세요?"

날이 밝아오고 있었다. 나는 커피머신의 전원을 켜고 바로 '리반토' 하나를 내리면서, 지금 내 나이에 이런 시련을 겪으면서도 섹스 능력을 유지하려면 어떻게 해야 하는 걸까 자문하고 있었다.

나는 그를 뚫어지게 쳐다보았다. "'당장' 돈부터 준비했어야지. 그들의 지시를 '당장' 따라야 했어. 그들에게 돈을 가져다주었어야 했어, 시키는 대로 해야 했다구. 그 외에 다른 건 아무것도 시도해선 안 되었어. 조금이라도 머리를 굴려선 안 되었어. 로제, 잔꾀를 부리려 해선 안 되었다고. 아주 간단한 일이었단 말일세."

경찰의 손에 내 딸의 운명을 맡겨두었다니, 로제 녀석은 엄청난 고통을 받아 마땅했다. 만일 그의 행동이 알리스를 위한 게 아니었다는 의심이 조금이라도 들었다면 나는 그에게 달려들어 주먹을 날렸을지도 몰랐다. 나는 그곳에 서서 가증스러운 멍청이의 말을 듣고 있었다. 또다른 가증스러운 멍청이들에게 이야기하는 멍청이의 목소리를. 그 멍청이들과 함께 작전을 세우는 멍청이의 목소리를. 몸값을 지불하러 가지 못해 모든 걸 수포로 돌아가게 만든 그 지긋지긋하고 한심한 카우보이 무리들.

"내가 이렇게 고통스럽지만 않았어도 웃음보를 터뜨렸을 거야." 나는 말했다. "그렇게 어수룩하게 굴다간 큰코다쳐. 진심으로 하는 말이야, 로제."

그는 불만에 가득 차서 말없이 고개를 숙이고는 화제를 딴 곳으로 돌리고 싶은 마음에 초조하게 발을 동동 구르고 있었다. 바다 위로 드리운 하늘은 맑고 투명했다. 주차장에 도착한 젊은 친구들 몇몇이 서핑보드를 옆구리에 낀 채 약간 뻣뻣한 걸음걸이로 해변으로 내려가고 있었다. 시내에서는 청량음료를 파는 가게 주인들이 테이블을 내놓고 있었고, 정육점 주인들은 햄을 진열하고 있었다. 시장에서는 손님 맞을 채비를 하고 있었다. 파리행 첫 비행기가 해만 위를 선회해 날아갔다.

"이젠 어쩔 도리가 없어요." 그가 탄식조로 말했다.

나는 아무 말도 하지 않았다. 그의 심정이 어떨지 이해가 갔다.

"완전히 빼도 박도 못하는 상황이라고요."

그는 내가 기자회견에 꼭 참석해야 한다고 했다. 내 손은 여전히 떨리고 있었다. 나는 안 마르에게 전화를 걸었다. 그 전날 나는 그녀에게 그녀가 정확하게 판단했다고, 이번 일은 납치 사건이라고 말해주었었다. "하지만 기자들 얘긴 못 했어요." 나는 그녀에게 말했다. "지금 사위가 내 옆에 있는데, 내가 기자회견에 참석해야만 한다는군요. 신문기자들과 인터뷰를 해야 한다고…… 그럼요, 말했지요…… 앞으로는 행동을 조심해야 할 거라고, 그럼요, 그렇게 말했어요…… 그가 알아들었다는 신호를 하는군요. 그는 이제 이해했어요…… 앞으로는 절대로 쓸데없이 나서서 일을 만들지 않을 거예요. 네, 그가 알아들었으리라 믿어요. 그가 나에게 알겠다는 신호를 하고 있어요."

*

그러면 나는? 나는 그게 '카메라로 촬영되는' 기자회견이라는 것을 제대로 알고 있었을까? 그는 내 기분을 상하게 하는 재주가 있었다. 그는 그런 상황에 대해 나에게 말했었다고 맹세했지만, 나는 그런 말을 들은 기억이 전혀 없었다. 그는 회견을 취소하기에는 너무 늦었다고 단정적으로 말했다. 그는 달려온 것도 아니면서 갑자기 숨을 헐떡거렸다. 그의 말에 따르면, 나는 곰곰이 생각해야 했다. 나는 잘 생각해야 했다. 항상, 끊임없이 내 딸을 생각해야 했다. 모든 걸 해야 했다. 쓸데없는 자존심은 전부 버려야 했다. 자존심 따위는 완전히 억눌러야 했다. 저녁 여덟시 뉴스에 모습을 나타내야만 했다.

그건 지독하게 지겨운 일이었다. 로제는 땀을 뻘뻘 흘리고 있었지만 자기 생각을 굽히지 않았다. 〈파리 마치〉는 다음 호에 그 회견 내용을 싣겠다고 제안했고, 〈부아시〉는 로제가 그 잡지사에 전화를 건 이후로 예전 기사들을 재검토하고 있었다.

나는 눈을 떠야 했다, 그의 말에 의하면. 현재 일어나고 있는 일들을 두 눈을 뜨고 똑똑히 보아야 했다. 악명이 무명보다 낫다는 원칙을 놓고 본다면, 나에게는 망설일 권리가 없었다. 나는 카메라 앞에 서서 딸의 목숨을 살려달라고 유괴범들에게 애원하고 새로운 제안을 해야 했다. 그들에게 내 딸이 얼마나 대단한 여자인지, 얼마나 훌륭한 딸이자 어머니인지, 얼마나 매력적인 피조물인지 말해야 했다. 그 아이가 육 년 전에 탄 세자르상, 그 아이의 전도유망한 미래, 에이즈 퇴치를 위한 노력 등등은 말할 것도 없고. "울음을 터뜨리는 게 더 좋을까?" 나는 물었다.

그는 쥐디트를 나에게 보내, 알리스에 대한 동정 여론을 유발하려면 인질범들이 몸값을 요구하고 있다는 사실을 이용해야 한다고 설명했다. 몇십 만 권의 책을 판 덕분에 나는 완전히 무명인은 아니었고, 그래서 그는 텔레비전 화면에 비친 나의 통곡이 어떤 효과를 낳을지 아주 잘 헤아리고 있었다.

"나도 그 생각을 안 해본 건 아니야. 하지만 아무래도 그건 곤란해. 괜히 우리 꼴이 우스워질 수도 있어."

그자들이 우편으로 알리스의 한쪽 귀를 보낼 때까지 기다리고 있자는 심산이었을까? 그런 일은 다른 사람들에게나 일어나는 일이라고 믿고 싶었던 것일까?

그들이 거실에 조명을 설치했다. 그들은 내 눈에 문제가 있다고 생각했다. 내 눈이 갑자기 압정 대가리만 해졌던 것이다. 젊은 여자 하나가 분장을 시켜주었고 또다른 이가 마이크를 달아주었다.

나는 몸 안쪽에서부터 꽁꽁 얼어붙는 것 같은 기분이었다.

"선생님, 선생님이 원하실 때 시작하죠. 추우세요?"

*

적어도 우리 중 한 사람은 만족감을 드러냈다. 저녁때가 되자, 로제는 내 어깨를 두드리며 알리스는 정말 멋진 아버지를 두었다고 말했다. 내가 완벽하게 해냈다는 뜻이었다.

좀전에 나는 쥐디트가 스페인어로 소곤거리며―나는 스페인어를 할 줄 모른다―한창 전화 통화를 하고 있는 현장을 목격한 참이었다. 나는 말없이 어둠 속으로 물러났다. 희미한 빛 속에서 그녀가 자기 목을 어루만지고 있는 것 같았다.

나는 조아나에게 이상적인 남편이 아니었다. 그런데 쥐디트에게도 최고의 남편이 아닌 듯했다. 조아나와의 경험에서 교훈을 얻고 최선의 노력을 다했어야 했지만 그러지 못한 것 같았다.

"지금 무슨 생각을 하고 계시는지 알아요." 로제가 말했다.

나는 눈길을 돌려 그를 쳐다보았다.

"하지만 꼭 필요한 일이었어요." 그가 계속해서 말을 이었다. "절 믿어주세요, 한 번만."

나는 쥐디트에게로 고개를 돌렸다. 그녀는 사무실에 다시 나가봐야 한다고 했다. 밤 열한시였다. 나는 그저 고개를 끄덕이는 것으로 알겠다는 뜻을 전하고 눈으로 그녀의 뒤를 좇았다. 나는 그녀가 좀더 그럴듯한 핑곗거리를 찾아내려 하지도 않았다는 사실에 거의 모욕감을 느끼고 있었다. 그녀는 이제 구실을 찾아내는 수고조차 하지 않았다. 밤 열한시에 사무실이라니. 정말 가당찮았다.

나는 안 마르그리트에게 상황을 설명하고 쥐디트의 뒤를 밟아보면 어떨지 상의했다.

"문제를 뒤섞지 않았으면 좋겠어요." 안 마르그리트가 말했다. "나는 지금 인질 사건을 조사하고 있어요. 지금은 그 문제에만 전념하고 싶어요."

"알았어요. 그 얘기는 더이상 꺼내지 않겠소."

"프랑시스, 나와 계속 좋은 관계로 지내고 싶다면 내 말대로 하세요. 당신 아내 문제는 다른 사람에게 맡겨요."

　나는 오래 생각할 것도 없이 즉시 제레미를 떠올렸다. 나는 그에게 아주 간단한 일을 한 번만 해주면 보수를 두둑이 주겠다고 넌지시 말해보았다. 단지 쥐디트의 스케줄과 그녀가 어디서 누구를 만나는지 알고 싶을 뿐이었으니까.

　"지금 5백, 그리고 일주일 후에 5백. 점심과 기름값은 따로 지불하지. 하겠나? 좋아, 그럼 계약이 이루어진 거야. 하지만 우리 둘 사이의 계약을 쓸데없이 자네 모친한테 알리진 말게. 괜히 걱정시키고 싶지 않으니까."

　쥐디트는 새벽 한시경에 돌아왔다. 나는 자리에서 일어나 열쇠 구멍에 눈을 갖다댔다. 그리고 그녀가 옷을 벗는 모습을 지켜보았다. 그녀는 침착하고 평온해 보였다.

*

　이튿날 아침, 로제는 여섯 종류의 신문을 내 앞에 펼쳐놓고는 우리가 일을 아주 잘해냈다고 떠들어댔다. 그는 야후 메인 페이지에 뜬 알리스의 사진도 보여주었다. 내가 눈물을 쏟을 기회를 엿보고 있는 모습을 줌으로 촬영한 동영상의 일부도.

　안 마르그리트는 몸값 작전이 실패한 원인을 좀더 자세히 알아보기 위해 파리로 다시 올라가 있었다. "그녀가 깜짝 놀랄 만한 뭔가를 알아낼지도 몰라. 근성이 있는 여자거든. 그녀와 나는 좋은 관계를 유지하고 있네. 그리고 그녀의 최고 장점은 자유롭게 한 가지 일에 전념할 수 있다는 거야. 온갖 일들을 동시에 하지 않아도 되니까 경찰들과는 다르지. 안 마르라면 모든 걸 샅샅이 조사할 수 있을 걸세. 그녀는 치밀한 여자니까. 나는 그녀를 믿네. 로제, 다시 희망을 가진다는 건 끔찍한 거라네. 물론 내가 희망을 완전히 포기했던 건 아니야, 하지만…… 그런데 나는 이제 다시 새로운 희망을 갖게 되었어. 자네는 모를 거야. 적어도 나는 그애가 어느 호수 밑바닥에 있지 않다는 걸 알아. 적어도 그애가 어느 크레바스의 밑바닥에 누워 있지 않다는 걸 안다고. 그렇다고 안심하고 있다는 건 아니야. 분명히. 정신 나간 인간들이 곳곳에 우글거린다는 건 자네도 알고 나도 아는 사실이니까. 나는 죽을 만큼 두렵네. 두려워 죽을 지경이라고. 그자들은 왜 우리에게 다시 연락을 하지 않는 걸까? 그자들은 왜 질질 끌며 즐기고 있는 걸까? 도대체 어떻게 된 일일까? 하지만 난 그편이 더 좋다네, 로제. 귀를 멍하게 만드는 침묵보다는 그게 나아. 나는 지칠 대로 지쳤어. 자네도 충분히 짐작했겠지만. 그동안 아무런 소식도 접하지 못했어, 로제. 난 그동안 아무 소식도 모르는 채로 있었다고."

나는 집요하게 그에게 비난을 퍼붓고 괴롭혔다. 자기 딴에는 최선을 다하고 있다는 것을 나도 잘 알고 있었다. 비록 그의 전략이 훌륭했다거나 여하한 효력이 있는 것으로 드러났다거나 적절했다고 확신하지는 않았지만. 여하튼 그는 현재 가족의 일원이었다. 그리고 너무도 많이 죽임을 당해서 이제 몇 명 되지도 않는 가족인데, 그 적은 구성원들 중 하나를 내쫓거나 잘라내버리는 건 별로 현명한 처사 같지 않았다. 그게 은행가가 된 마약중독자라 할지라도.

내가 로제를 알게 된 건 약 십여 년 전이었다. 결혼하고 처음 몇 달 동안 그는 몇 번이나 나에게 끔찍한 공포를 불러일으켰다. 이런저런 걱정거리들을 거르지 않고 안겨다주었고, 매달 골치를 썩였다. 그렇지만 그가 마약중독에서 벗어나기 위해 확실한 과단성을 보여주었다는 것을 나는 다시 한 번 분명하게 인정해야만 했다. 정말로. 사실 로제는 멋지게 마약중독에서 벗어난 완벽한 본보기였다. 알리스가 어쩌다 임신을 하게 된 그날부터 그는 독한 마약들을 끊겠다고 맹세하면서 갖고 있던 것들을 모두 화장실 변기에 던져넣었다. 내가 증인이었다. 그는 내가 그 현장을 지켜봐주기를 원했다. 자신의 맹세를 옆에서 들어주기를.

그 시절을 머릿속에 떠올리느라 나는 입을 굳게 다물고 있었다.

"기계장치가 너무 일찍 작동했대요." 그가 마침내 설명했다. "작동 원리에 대해선 저도 정확하게는 몰라요. 하지만 슈트케이스가 열리는 순간 이런저런 방식으로 작동되면서 지워지지 않는 잉크가 그 지폐들 위로 분사되는 거였나봐요. 가방을 연 사람도 얼굴에 잉크를 뒤집어쓰게 되고요. 대부분 완벽하게 작동한다고 해요."

"내 조부께선 베르됭 전투에서 돌아가셨어. 돌격 때 당신의 1886년형 레벨 소총이 고장 나는 바람에."

"그 사복경찰은 자기 무릎 위에서 슈트케이스가 폭발하는 걸 보았어요. 팡! 아무 이유도 없이. 리옹 역의 중앙 홀에서. 그는 약속 시간보다 십 분 일찍 나가 있었어요. 바닥에 아직도 푸른색 잉크가 그대로 있어요."

다시 희망을 가지는 것, 이상하게도 구역질이 날 것만 같았다. 그래서 나는 바닷가까지 걸어갔다. 그동안 로제는 자기 딸들에게 먹을 것을 주고 있었다. 갑자기 경련이 이는가 싶더니, 나는 마치 물속에 발을 딛고 있는 것처럼 휘청하면서 허리를 굽혔다.

바다에다 토하는 건 몇 가지 이점이 있다. 나는 잠시 술 취한 사내처럼 비틀거리다가 그 자리에서 몇 걸음 떨어진 곳까지 가서 얼굴을 헹구기 위해 몸을 굽혔다. 다행히 이제 한여름이 아니었기 때문에 해변에는 사람들이 붐비지 않았고, 우리와 가장 가까운 거리에 있는 산책자들도 성냥 크기만 하게 보였다. 그 사람들을 따라가던 개가 전속력으로 달려와 펄쩍 뛰어오르며 물속으로 들어가더니 둥둥 떠 있는 토사물들을 게걸스레 먹어대기 시작했고, 그러는 동안 그 개의 주인이 "렉스! 렉스!"라고 외치며 종종걸음으로 다가오고 있었다.

나에게는 이제 예전과 같은 지구력이 없었다. 나는 더 약해졌다. 아니, 솔직하게 말하자. 나는 더 감상적이 되었다. 알리스의 부재는 그 아이의 엄마와 언니의 환영을 다시금 출현시키고 있었다. 내가 원하지 않았음에도. 게다가 이제는 '희망'마저 다시 나타나 나를 괴롭히고 있었다.

터무니없는 희망. 확실한 근거라고는 전혀 없는. 복통을 일으키고 콧물을 바람에 휘날리게 만드는 그놈의 희망.

불타는 차의 모습이 되살아나고 있었다. 내부를 가죽으로 마감한 카브리올레 형 사브 9000. 한 번도 바깥에서 재우지 않았던 차. 그 엄청난 광경. 으르렁대는 불길들. 내 가슴에 얼굴을 파묻은 알리스. 그 아이의 비명, 그 아이의 떨림. 두 여자가 두 팔을 촛대처럼 들어올린 채 횃불처럼 활활 타오르는 광경을 지켜보는 동안. 조아나, 내 딸아이들의 엄마. 올가, 나의 맏딸.

나는 더이상의 시련을 원하지 않았다.

쥐디트와 내가 결별의 과정으로 접어드는 것 역시 바라지 않았다.

때때로 인생이 우리를 조롱하고 있는 것 같은 이 느낌은 어디서 비롯되는 것일까?

*

그 시절 내 책들은 상당히 잘 팔리고 있었다. 사고가 일어난 그날 우리 네 사람은 팜플로나*를 향해 가고 있었다. 내가 막 독일 〈플레

---

* 스페인 북동쪽 피레네산맥 기슭에 위치한 작은 도시. 어니스트 헤밍웨이가 『그래도 태양은 다시 떠오른다』에서 이곳의 유명한 소몰이 축제(산 페르민 축제)를 묘사했다.

이보이〉에 단편 하나를 (비싼 값에) 팔고 난 후였다. 하지만 조아나와 나는 그 전날 심하게 다투었고, 그래서 집에서 출발한 이후로 둘 다 굳게 입을 다물고 있었다.

하시라도 내 얼굴에 따귀가 날아들 분위기였다. 나는 도로를 노려보면서 두 손으로 핸들을 붙잡고 있었다. 일견 의미심장해 보이는 일들이 있긴 했다. 하지만 실제로는 내밀한 의도라곤 전혀 없는 일들이었고, 따라서 나는 별 의미를 둘 필요가 없다고 생각했다. 하지만 유감스럽게도 조아나는 그렇게 생각하지 않았다.

그리종*에서 있었던 한 평범한 문학 축제가 사단이었다. 낭독회는 새벽까지 꼬리를 물고 이어졌고, 술은 밤새도록 실컷 퍼마실 수 있었다. 그리종에서. 말하자면 사람이 사는 세상의 끝에서. 그곳에 도착한 날 출판사 여사장인 마를렌과 나는 누군가가 우리를 위해 2인실을 예약해놓았다는 사실을 알고 웃음을 터뜨렸다. 밖에서는 소떼 우는 소리, 종소리, 나막신 소리들이 들려왔다. 역에서부터 그곳까지는 우편배달 차를 타고 낭떠러지 옆으로 난 작은 도로를 따라 거의 한 시간을 달려야 했다. 저녁이 되자마자 엄청난 양의 압생트가 돌기 시작했고, 각각의 낭독회는 억누르기 힘들 정도로 아드레날린을 솟구치게 만들었다. 그래서 그리종의 저 끄트머

---

* 그라우뷘덴의 프랑스어 지명. 스위스 동남부 끝에 위치한 알프스산맥의 중심지로 유명한 관광지가 많다.

리 골짜기, 니체가 살았던 실스 마리아*에서 돌을 던지면 닿을 수 있는 그곳에서 나는 제정신을 잃었던 것이다. 맹세코. 하지만 그 어떤 말로도 조아나의 자비심을 일깨울 수 없었다.

그 시절 나는 헤밍웨이에게 경도되어 있었고, 그래서 팜플로나로 드라이브를 다녀올 생각에 한창 들떠 있었다. 하지만 곧 환상에서 깨어날 수밖에 없었다. 그날 아침은 너무도 청명했고, 주위의 공기는 온화하고 감미로운 데다 도로까지 시원하게 뚫려 있긴 했지만.

나는 전화기를 집어들고 그 자리에서 당장 출판사를 다른 곳으로 바꿨다. 하지만 그것으로는 충분하지 않았다. 조아나는 마음에 깊은 상처를 입은 것 같았다. 위기는 이틀 전부터 계속되고 있었다. 첫날 밤에는 한숨도 자지 않았고, 그다음 날에도 자다 깨다를 반복했다. 나는 축제들과 자극적인 투우가 우리의 기분을 바꾸어주리라 생각했다. 그래야만 했다. 하지만 분위기는 험악했다.

나는 인터체인지로 접어들어 간이식당 옆쪽의 약간 그늘진 곳에 차를 세웠다. 그리고 조아나에게 눈짓으로 물었다. 대답을 얻어내지 못한 나는 차에서 내렸다. 헤밍웨이가 지금의 내 입장이라면 어떤 얼굴이었을까 궁금했다. 곧이어 알리스가 차에서 내렸다. 나는 조아나가 나에게 한 맺힌 원한을 품게 된 이유를 딸아이들에게 설

---

* 니체가 팔 년 정도 머물면서 『차라투스투라는 이렇게 말했다』를 비롯해 여러 책들을 집필한 스위스의 작은 마을.

명할 때 그 아이들이 어떤 표정을 지을지 궁금했다. 판단능력이 아직 완전하지 않은 그 아이들이 섣불리 나를 비난하지는 않을까 걱정이 되었다. 그래서 나는 나에게 집행유예가 내려질 거라는 환상을 품지 않았다. 하지만 조아나가 결국엔 풀어지리라는 것을 알고 있었다. 그녀가 나에게 그렇게 말했었다. 그녀는 나에게 그걸 숨기지 않았다.

상점 앞에서 알리스와 다시 만났다. 나는 우리를 둘러싸고 있는 숲 위의 푸른 하늘을 살펴보면서 그 아이를 기다리고 있었다. 헤밍웨이는 피레네산맥을 건너가면서 이끼 낀 푸르른 산맥의 공기를 자신의 폐에 가득 채웠다. 건강한 남자.

그후 알리스와 나는 이 년 동안 함께 살게 되었다. 끔찍했던 이년. 세 공간으로 나누어진 집에서. 우리에게는 아마도 그 두 배의 크기가 필요했으리라. 아니면 세 배였을지도.

*

나는 손녀들에게 책을 읽어줄 기분이 아니었다. 그래서 로제에게 그걸 이해해주었으면 좋겠다고 말했다. 그리고 더 확실히 해두기 위해 나에게는 새로운 소설을 구상할 시간이 필요하다며 정원 깊숙한 곳으로 달아나 착상을 떠올리는 척하면서 그가 자기 새끼들을 알아서 돌보게 내버려두었다.

로제가 집 안으로 들어가자마자 제레미가 나타났다. 그의 손에 수첩이 들려 있었다.

"아저씨가 오해한 것 같아요." 그가 말했다. "부인은 매물로 나와 있는 집들을 손님들에게 보여주면서 하루 종일 바쁘게 뛰어다니던데요. 여기 목록이 있어요."

"내가 오해한 거라면 좋겠군. 그 목록을 좀 보여주겠나? 하지만 대답해보게. 쓸데없는 일에 돈을 마구 퍼다 버리는 사람이 이 세상에 있을 것 같나? 자넨 나를 바보 멍청이라고 생각하는 거야? 그녀를 계속 감시하게. 내가 말한 대로 해. 정신 차려. 그 여자는 바보가 아니야, 아주 영리한 여자라고."

물론 그는 나를 바보 멍청이로 생각하고 있었다. 그녀가 그를 속이고 있는 게 분명했다. 나는 혹시 몰라 그에게 냉장고를 가리켜 보였다. 그는 고개를 저었다. 그는 그런 여자를 얻는 행운을 누린 남자가 그런 여자를 달아나게 만들 수도 있다는 걸 이해하지 못했다.

"자, 양젖 아이스크림이라도 꺼내 먹게. 주저하지 말고. 수줍어할 필요 없어."

수줍음을 타는 사람이 사냥총을 들고 주유소를 습격하려 할 수도 있었다. 그 증거가 여기 있었다.

한두 번 제레미와 마주친 적 있는 로제는 그를 심리적으로 불안정한 사람이라고 생각했다. 그리고 안 마르는 제레미가 감옥에서 출소한 이후로 가능한 한 빨리 일자리를 찾으라고 아들에게 엄명을 내렸다. 할 일 없이 빈둥거리다보면 쓸데없는 잡생각을 하게 마련이고 해서는 안 될 일들에 손을 대고 싶어진다는 것이었다.

그가 멀어져 가는 동안 나는 눈으로 그를 좇았다. 그의 개가 뒤를 바짝 쫓고 있었다. "그 개 이름은 언제 지어줄 생각인가?"

사무실에서 돌아온 쥐디트는 나에게 얼굴이 왜 그렇게 창백하냐고 물었다. 새삼스레 나한테 신경을 쓰다니 나는 속이 빤히 드러나 보인다고 생각했다.

*

그다음 날도 똑같았다. 그녀는 조용히 집을 팔았다. 그리고 그다음다음 날도 똑같았다.

"이제 이 짓은 더이상 못하겠어요."

"뭘? '뭘' 더이상 못하겠다는 거야?"

"부인을 미행하는 거요. 별로 내키지 않아요."

"아, 그녀가 안됐다는 생각이 든 건가. 맙소사. 그렇게 잘난 척하지 마." 나는 두 손을 그의 어깨에 올려놓으며 말했다. "제레미, 이건 내가 개인적으로 자네한테 부탁하는 일이야." 나는 그의 눈을 똑바로 노려보았다. "이제 와서 날 버리면 안 돼. 그만두기에는 때가 이미 늦었다고."

"이봐요, 난 사람을 염탐하는 짓은 하고 싶지 않아요."

"물론 그렇겠지. 그렇게 생각하는 게 당연해. 하지만 이번 한 번이면 돼. 딱 일 초만 내 입장이 되어서 생각해주게. 내겐 믿을 만한 사람이 필요해."

나는 그가 나 이외에 어떤 사람들을 만나고 다니는지 전혀 알지 못했다.

"보수가 마음에 들지 않아서 그러는 건가?"

그는 보수는 충분하다고 했다. 그러면서 내 아내에게 정부나 연인이 없다는 걸 인정하는 게 좋을 거라고 덧붙였다.

"증거가 나타난다면 인정하겠네."

그가 내 쪽으로 몸을 기울였다.

"하지만 그렇다 해도 뭘 어쩔 건데요? 그래서 얻는 게 뭔가요? 어쨌든 두 사람 사이가 예전처럼 좋아지진 않을 것 같은데."

"난 진실을 알고 싶어. 그뿐이야. 난 요즘 알리스 문제로 정신이 하나도 없어. 그것만 아니라면 내가 직접 그 일을 했을 거야. 날 믿어…… 자넨 일자리가 필요해, 그걸 잊지 말라구…… 언제든 주머니에 돈이 좀 들어 있는 게 좋아. 한두 주 정도만 더 버텨봐. 이봐, 조금만 곰곰이 생각해봐. 한 달에 겨우 천 유로를 벌려고 60층 건물의 타일바닥을 닦고 있는 젊은이들도 많다는 걸 생각해보라고."

어둠의 길을 선택했던 청년 앞에서 천 유로도 못 버는 일자리들이 있다는 그런 이야기를 한 건 분명히 잘못이었으리라. 바로 그날 아침에 나는 한 남자가 수백 미터 높이에서 바람을 맞으며 기중기의 지브 위를 위태롭게 걷는 광경을 보았었다. 나는 그가 안전모의 끈을 단단히 매었기를 바랐다. 태양의 첫 광선들이 노란 안전모를 마구 공격해대고 있었다.

"자네는 지금 상상도 못할 최고의 스승에게서 인생의 조언을 듣고 있는 거야. 내가 하는 말 허투루 듣지 말게. 이건 그리 쉽게 잡을 수 있는 행운이 아니니까."

"알아요. 하지만 문제는 그게 아니잖아요."

"그만해, 제발. 빌어먹을. 주위를 둘러봐. 자네 주위를 보라고. 이건 농담이 아니야, 자네도 알잖아. 이 나라의 주유소를 죄다 쓸어버릴 생각이 아니라면, 사설탐정이라는 직업은 그렇게 나쁜 선택이 아니라고 봐. 내가 자네였다면 그 일을 싫어하지 않을 거야. 사람들 뒤를 밟는 것. 글을 쓰는 것도 약간은 비슷한 일이라고 할 수 있지, 알겠나? 그렇다고 그것 때문에 내가 완전히 딴사람이 되진 않았어. 우리 잘 지내보자고. 자네 인생을 몽땅 그 일에다 바치라는 게 아니야. 하지만 이건 자네가 인생을 새롭게 시작할 수 있는 좋은 기회야. 그리고 나는 모든 게 다 잘될 거라고 확신해. 어쨌든 도박장에 취직하는 것보다야 이게 훨씬 나아."

이런 유의 대화는 그의 걸음을 더 빨라지게 만들었다. 이윽고 그는 나를 따돌리고 자기 개와 함께 종종걸음으로 사라졌다. 다시 한 번. 별도리가 없었다. 안 마르그리트의 불안은 결국 적중한 것 같았다. 감옥에서 육 년이라는 세월을 보낸 건 하찮은 시련이 아니었다. 그 상처는 깊은 것이었다. 그 고통의 뿌리들은 아주, 아주 깊었다.

*

또 한 번의 전화 통화에서 안 마르그리트는 내가 친절하게도 제레미와 그 문제를 의논해줘서 정말로 고맙다고 말했다.

"지극히 당연한 거예요. 당신에게 도움이 될 수 있다면 더할 나위 없겠는데."

뭔가가 그녀를 괴롭히고 있었다. 그 얘기를 꺼내기에는 아직 때가 너무 일렀지만, 곧 말해줄 것이었다. 내게는 그게 뭔지 알아내려고 애쓸 만한 여력이 없었다.

"파리는 어때요? 올라간 김에 개인적인 일을 볼 짬도 조금 있으면 좋을 텐데 말이오." 나는 그녀가 레 알 지구에 사는 어떤 여자와 특별한 관계라는 것을 알고 있었다.

"그럭저럭. 당신도 알잖아요. 지속적인 관계를 맺으려면 정말로 일찍 일어나야 해요."

나는 그녀의 애인을 사진으로 볼 기회가 있었다. 학교 여선생 같은 분위기의 여자였다.

"그 개가 제레미에게 도움이 많이 되는 것 같더군요." 내가 말했다. "당신의 든든한 지원군이 된 듯했어. 그 녀석에게 빨리 이름을 붙여줘야 할 텐데, 그렇게 생각하지 않소?"

함께 있는 그 둘을 바라보는 것으로 충분했다. 버려진 개와 출소한 젊은이. 그 자체로 이미 한 편의 시였다.

"하지만 항상 조심해야 한다는 당신 생각은 옳아요." 내가 다시 말했다.

"아, 나는 ‘극도로’ 조심하고 있어요."

"운이 나쁠 수도 있으니까요."

나는 그를 충분히 알지 못했고, 그래서 만일 그가 그 비밀을 알게 되면 어떤 반응을 보일지 예측하기가 어려웠다. 그저 적당히 인정할 거라는 생각이 들었다.

"그애 아버지는 섹스 파트너로는 정말 형편없는 남자였어요." 그녀는 무감정한 목소리로 말했다.

"당신은 분명히 아주 잘한 거예요. 나는 단 일 초도 그걸 의심하지 않아요. 하지만 사내아이가 자기 아버지에 대해 품고 있는 환상은 조심해야 해요. 그걸 건드리는 건 다이너마이트에 불을 붙이는 거나 마찬가지니까. 그 점은 알고 있는 게 좋지. 우린 아버지들의 실수와 모욕 들을 속죄하면서 인생을 보내지 않소?"

내가 수화기를 내려놓았을 때, 쥐디트가 맞은편에 앉아 있었다. 그녀는 조깅을 마치고 돌아온 참이었다. 그녀 주위로 눈에 보이지 않는 미립자들이 부글거리고 있었다.

"잘되어가요?" 그녀가 물었다.

"뭘 말하는 거야? 잘되어가고 있는 것들도 있고 잘 안 되고 있는 것들도 있지."

그녀는 짧은 한숨을 한 번 내쉬고는 눈을 들어 자기는 그런 것들에 끼어들고 싶지 않다는 뜻을 표시했다. "새로운 소식은 없어요?"

나는 고개를 저었다.

"난 그녀를 전적으로 믿어. 만약 찾아낼 게 있다면 그녀가 그걸 찾아낼 거야."

우리는 알리스를 '우리' 딸이라고 불렀다. 하지만 알리스는 그녀의 딸이 아니었다. 그건 틀림없는 사실이었다. 그녀가 이 상황을 침착하게 받아들이고 있다는 게 바로 그 증거였다. 조아나였다면 근심과 불안에 완전히 짓눌려 미칠 지경이 되었을 테니까. 나, 그 아이의 아버지인 내가 그런 것처럼.

이 상황을 마치 남의 일처럼 받아들이고 있다고 내가 그녀를 비난한다면 그녀가 어떤 반응을 보일지 이미 알고 있었기 때문에 나는 그런 쪽으로는 최소한의 비난도 하지 않으려고 조심했다. 그래 봤자 무슨 소용이 있겠는가? 돌이켜보면, 기억에 남을 만한 우리의 다툼들은 대부분 알리스 때문에 일어났다. 그러다가 마침내 알리스 문제에 대해서는 더이상 거론하지 않기로 결정을 보았다.

"나는 당신 여자친구에 대해 아무 불만도 없어요." 그녀가 잠시 나를 응시하더니 말했다. "단지 당신이 올바른 선택을 했기를 바랄 뿐이에요."

"고등학교 때 처음 만났어. 베트남 전쟁에 반대하는 시위에 함께 참여했고. 내가 누굴 더 믿을 수 있겠어?"

"그 여자랑 잤어요?"

"그걸 내가 어떻게 알아? 그 시절엔 밤마다 혼란 그 자체였는데. 마약들이 지천에 깔려 있었어. 어쨌든 그녀는 내 애인이 아니야."

나는 그녀의 다리와 팔을 주의 깊게 살폈다. 어떤 징후들, 흔적들을 찾기 위해. 그러나 특별한 건 전혀 발견되지 않았다.

*

나는 다시 한 번 그녀의 애정을 얻어보려 했다. 시험 삼아. 요전 날 밤의 실패 이후로 나는 그걸 확인하고 싶었다. 그래서 밤이 오자 빗질을 한 번 하고는 지체 없이 그녀의 방으로 들어갔다.

불이 꺼져 있었다. 희미한 한 줄기 빛이 두꺼운 커튼을 뚫고 들어오고 있었다. 나는 침대로 다가갔다. 그녀는 마치 나를 기다리고 있었던 것 같았다. 시트는 젖혀져 있었다. 그녀는 하얀색 프티 바토 표 속옷만 걸치고 있었다.

사실 그녀는 자고 있었다―나는 단번에 그걸 알아차렸다―아니면 자는 척하고 있었거나. 날씨는 좋았고, 우리는 아직 실내에 난방을 하지 않았다. 여담이지만, 살다보니 남쪽에서 사는 게 확실히 나왔다. 난방비 고지서만 보더라도—산더미 같은 땔감을 태우는 것보다는 장작 하나로 겨울을 나는 게 더 나으니까. 바스크 지역은 그런 면에서 아주 훌륭한 곳이었다. 이곳은 아름답고, 초목이 푸르고, 스위스에서나 볼 수 있을 암소들이 있었다. 아름다운 작은 초목 그늘에 앉아 무지개 송어를 낚을 수 있는 곳들도 있었다—파리 모양의 인조 미끼들만 잘 준비한다면. 그 너머로는 드넓은 바다가 에레스* 수영복을 입고 파도를 타는 다 큰 처녀들과 함께 펼쳐져 있었다. 코르시카를 선택할 수도 있었다. 아니면 코트다쥐르에 있는 몇몇 마을들이나. 하지만 그런 곳들은 분명히 그게 다였다. 기껏해야 가르다 호수의 연안들. 구석진 장소들은 별로 많지 않았다.

그녀를 깨운다? 그녀를 깨워야 할까? 짐승 같은 인간이라는 소리를 들을 위험을 무릅쓰고?

그녀를 만족시킬 자신도 없으면서?

게다가 내 물건은 아직 설 기미도 보이지 않고 있었다. 나는 커튼을 한 손가락으로 살짝 벌리고 밖을 내다보았다. 모래언덕은 한산했다. 멀리, 카지노의 불빛들이 위성류들 사이에서 떠다니고 있었다. 나는 다시 한 번 알리스를 생각했다. 비늘처럼 벗겨지고 있는 창틀이 눈에 들어왔다.

나는 몸을 돌려 쥐디트의 얼굴 옆 베개 위에 내 그것을 올려놓

---

* 샤넬 사의 최고급 수영복 브랜드.

았다. 그녀가 그걸 빨아주기를 간절히 원했고, 그걸 통해 나의 정력이 조금이라도 되살아나기를 바랐다. 하지만 아무 일도 일어나지 않았다. 나는 그녀의 입술, 아직도 놀라울 정도로 탐스럽고 보드라운 그녀의 입술로부터 2센티미터 떨어진 곳에 있었다. 그런데도 나의 피는 나의 해면체를 팽창시키지 못했고, 그래서 몹시 당혹스러웠다. 나는 즉시 뒤로 물러났다. 그녀가 성불구자가 된 사티로스 같은 꼴사나운 자세를 취하고 있는 나를 본다면 그보다 더 끔찍한 상황은 없을 것이었다. 그런 생각을 하자 몸서리가 쳐졌다. 나는 몇 걸음 뒤로 물러났다. "이봐, 이제 자네도 비아그라를 사용해야 할 날이 멀지 않았군." 나는 혼자 중얼거렸다. "그래, 그런 것 같군. 이제 다 됐어. 완전히 쪼그라들었어. 이제……" 나는 비틀거렸다.

내 방으로 돌아온 나는 온몸이 땀으로 흠뻑 젖은 채 숨을 헐떡이고 있었다. 차갑게 얼어붙고 소름이 돋은 채.

*

며칠 후, 제레미의 개가 오후 내내 몰려왔던 거대한 파도—달의 변화가 있었다—에 휩쓸리며 바위에 부딪쳐 박살이 났다. 뼈는 완전히 으스러졌고 머리는 다진 고기 꼴이 되어 있었다.

다른 개 두 마리와 고양이 몇 마리, 그리고 아두르 강에서 밀려온 암소 몇 마리도 발견되었다. 거센 폭풍우가 지나가고 나면 늘 그렇듯이, 이번에도 마약, 지폐 다발, 박스 포장된 담배 등등이 떠내려왔다. 시청에서는 사람들을 고용해 그것들을 전부 치우게 했다. 대부분 석연치 않은 것들이었고, 어떤 것들은 핏빛을 띠고 있었다. 제레미의 개는 이빨이 하나도 남아 있지 않았고, 혀는 잘려 있었다.

저녁이 오고 있었다. 나는 그가 자기 개를 찾아다니고 있다는 걸 알았다. 몇 시간 전에 불안한 기색으로 나를 찾아와 혹시 자기 개를 못 봤느냐고 물은 참이었다—그 개가 쌍둥이와 함께 산책을 나가는 경우가 종종 있었기 때문이다. 나는 그를 진정시키기 위해 그 개가 얼마나 총명하고 민첩하며 조심성이 많은지 그에게 상기시켰다. 애완동물을 별로 좋아하지 않는 내가 보기에도 그렇다고. 날씨가 나빠지면 알아서 재빨리 몸을 피할 정도로 영리하다는 말도 덧붙였다. 그는 그 개 때문에 얼굴이 거의 사색이 되어 있었다. 그의 뒤로 바다가 으르렁대고 있었고, 금빛을 띤 적갈색 하늘에는 낮게 내려앉은 구름들이 잠수함들처럼 달리고 있었다.

"소식이 있으면 나한테도 알려주게. 휴대폰으로 전화해. 아무 일 없을 테니까 믿고 기다려."

잠시 후 뇌우가 잦아들었다. 그리고 그후로 두 시간 동안 나는 그들, 그러니까 그와 그의 개를 완전히 잊어버리고 있었다.

로제는 내가 모르는 무슨 일을 벌이기 위해 시내로 나갔고, 쌍둥이는 집에 번개가 내리치는 걸 봤다면서 하늘이 번쩍이고 귀를 찢는 폭발음이 집 전체를 뒤흔드는 동안 내게 꼭 달라붙은 채 나뭇잎처럼 떨고 있었다.

그 아이들은 내 스웨터를 잡아당기고 있었다. 나는 아이들을 양쪽 무릎에 한 명씩 앉혀놓았다. 하늘이 모래언덕 한가운데로 번개를 내리칠 때마다 아이들은 몸을 웅크리면서 내 귀에 대고 고함을 질러댔다. 뇌우가 멀어져갈 무렵 정원에서 무언가가 불쑥 튀어나왔고, 그걸 본 아이들이 마지막으로 새된 비명을 질렀다. 엄청나게 쏟아지는 빗속에서, 김이 피어오르는 젖빛 어깨 위로 보이는 꼼짝도 하지 않는 유령 같은 얼굴. 수없이 많은 빗방울들이 그 어깨 위에서 튀어오르고 있었다.

제레미가 죽은 개를 품에 안아 들고 있었다.

"너희들 방으로 가 있거라."

하지만 아이들은 이미 내 무릎에서 뛰어내려, 내가 말릴 틈도 없이 문을 열고 제레미에게 달려들고 있었다. 아이들 역시 순식간에 머리부터 발끝까지 흠뻑 젖었다.

나는 모두를 부엌으로 몰아넣었다. 쌍둥이는 소란스레 투덜대며 발을 동동 굴렀다. 제레미는 충격에 사로잡힌 것 같았다. 나는 그에게서 개를 받아 들어 빨래건조대 위에 올려놓았다. 손에 닿는 기분 나쁜 느낌, 어림잡아 10킬로그램쯤 되는 밀랍 인형.

나는 모두를 부엌에서 나가게 했다. 쌍둥이는 흐느껴 울면서 나에게 매달렸다. 내가 어떻게든 조치를 취해 개를 되살릴 수 있을 거라고 믿고 있었다. 나는 아이들과 제레미를 모두 홈바로 데려갔다. 그에게 70도짜리 위스키 한 잔이 절실하게 필요할 것 같아서였다. 오, 불의 강이여, 새로운 힘을 주는 타는 듯한 느낌이여.

"다들 의자에 앉자꾸나. 숨을 깊게 들이마셔봐. 애들아, 괜찮아? 마음을 가라앉혀. 그리고 제레미, 자네는 이걸 쭉 들이켜. 다시 한 잔 따라줄 테니까. 자, 애들아. 잠시 날 놓아주렴. 울부짖는 건 아무 도움이 안 돼. 너희 아빠는 어디 있어? 도대체 어디 간 거야? 둘 다 완전히 젖었구나. 수건을 가져와. 제레미와 내가 너희들을 닦아줄 테니까. 그래줄 거지, 제레미? 안 그래, 제레미? 이 가련한 친구야. 참 재수도 없지. 이 불쌍한 개 말이야. 하지만 그렇게 멍청이처럼 서 있지 말고 자리에 앉게. 그래 앉아, 걱정 말고. 방수 가죽이니까, 그런 건 신경쓰지 않아도 돼. 마음을 편하게 가지려고 노력해봐. 심호흡을 해봐. 숨을 깊이 들이마셨다 내쉬어보라고. 자 이렇게, 바위틈에서 찾은 건가? 등대 밑에서 찾았다고 했나? 자넨 이 개가 그 높은 곳에서 떨어진 거라고 생각해? 개가 덤불 속에서 못된 게이들한테 붙잡혔다고 생각하는 거야? 흠, 그럴 수도 있지. 불가능한 일은 아니야. 그들은 방해받는 걸 좋아하지 않으니까. 하지만 자네의 주장을 뒷받침할 만한 증거는 없는 것 같은데. 그 친구들이 자네 개를 물에 처박았을까? 그렇다면 왜 그랬을까? 제레미? 날 봐. 무슨 일이야? 잠깐만 기다려. 애들아, 내 말을 들어. 계속 말 안 들으면 화낼 거다."

아이들이 2층에 있는 옷장 쪽으로 가는 동안, 나는 그에게로 몸을 기울였다.

"자네 혹시 그 친구들을 골탕 먹이러 갔었나? 그렇지? 그렇다는 대답은 하지 말게, 제레미. 날 봐. 그 친구들을 골탕 먹이러 갔던 거야? 도대체 자네 머릿속에 무슨 생각이 들어 있는 건가? 그래서 그 결과가 이건가? 그런 관점에서 자네 아버진 자네에게 도움이 되지 않았어. 솔직히 말하지만, 자네 아버진 자네한테 별로 도움이 되지 않았다고."

그가 고개를 푹 숙이고 있어서 나는 그의 얼굴에서 더이상 아무것도 읽을 수 없었다. 그의 얼굴에서 떨어지는 것이 빗물인지 눈물인지도 알 수 없었다. 이제 집 안 전체에 물에 젖은 개 냄새가 진동하고 있었다. 그의 발밑에 흥건히 괸 물이 반짝이고 있었다. 애통한 사건. 쓰라린 결과를 개 혼자 감당한, 혼란으로 가득한 사건.

"내 말 잘 들어. 이런 날씨에 숲에다 개를 묻을 순 없어, 절대로. 그건 미친 짓이나 마찬가지야, 알아듣겠나? 이런 날씨에 무덤을 파겠다고? 아니, 자네 지금 농담하는 건가? 등대 불빛 아래에서? 50센티미터나 다리가 푹푹 빠지는 진창 속에서? 내리치는 빗속에서?"

뉴스에서 폭풍우가 잦아들고 있다는 소식이 전해졌다. 달이 떠오르면서 검은 들판의 물이 빠지기 시작했다.

나는 그를 도와 개를 내 차 트렁크에 실었고, 그동안 쌍둥이는 집 안을 뒤지면서 눈에 보이는 램프란 램프는 모조리 주워 모으고 있었다. 서랍에서 식기들이 왈츠를 추고, 벽장 문들이 쾅쾅 여닫히는 소리가 들려왔다.

밖으로 나오자 수영장 물속에 몸을 담그는 기분이었다. 나는 쥐디트에게 메시지를 남겼다. 혹시라도 그녀가 집에 돌아와 집 안이 텅 비어 있는 것을 발견할 경우를 대비해, 우리가 어떤 모험을 시작하게 되었는지 그녀에게 알려두려는 거였다. 혹시라도 그녀가 돌아온다면 말이다. 완전히 자신할 수 있는 일은 아니었지만. 나는 애처로운 목소리로 이렇게 덧붙였다. "나는 당신이 어디 있는지도 몰라."

나이를 먹으면서 나는 점점 더 감상적으로 변해가고 있었다. 계속 이런 식으로 가다가는 얼마 지나지 않아 정말로 기괴하고 꼴사나운 존재가 되어 있을 터였다.

반 시간 후, 우리는 숲 한가운데에서 멈췄다. 아직도 제법 세찬 비가 내리고 있었다. 캄캄한 밤이었다. 쌍둥이는 뒷좌석에서 손수건으로 입을 막은 채 여전히 딸꾹질을 하고 있었다. 나는 뒤쪽으로 고개를 돌리고 이제부터 제레미와 나는 땅을 파야 하니까 그동안 차 안에서 꼼짝도 하지 말라고 명령했고, 아이들은 그러겠다고 굳게 약속했다.

땅은 파자마자 금세 진창으로 변했다.

흙은 시커멓고 기름졌다. 아무리 깊이 파 들어가도 구멍에는 계속해서 빗물이 들어찼다. 차 안에 서린 김 너머로, 아이들이 눈을 동그랗게 굴리면서 우리를 지켜보고 있었다. 주위로 내리는 비가 프라이팬에 놓인 베이컨처럼 지글거리는 소리를 내고 있었다.

"이 세상이 끝날 때까지 자네한테 아무것도 묻지 않겠네." 나는 빗속에서 거의 고함을 지르다시피 말했다. "걱정하지 마. 하지만 마지막으로 딱 하나만 묻겠네. 제레미, 괜찮나? 혹여 불편한 데가 있다면 즉시 응급실로 데려가 치료를 받게 할 거야, 알아들었나? 그러니 어서 빨리 입을 열고 뭐든 말을 해, 알겠어?"

그가 고개를 끄덕였다. 그것으로는 충분하지 않다고 내가 말했다.

"예, 괜찮아요." 그가 마침내 입을 열었다. "그 이야기는 더이상 하고 싶지 않아요."

우리는 캠핑족이나 관광객들이 유니폼처럼 입고 다니는 후드 달린 방풍 점퍼를 입고 있었는데, 그게 마치 음식물을 진공 포장하는 얇은 랩처럼 우리 살갗에 찰싹 달라붙어 있었다.

"그놈들이 내 개를 죽였어!" 그는 으르렁거리듯 내뱉고는 미친 듯이 삽질을 하기 시작했다.

나는 잠시 그를 지켜보고 있다가 이윽고 입을 열었다. "어떻게 자네가 그럴 수 있었는지 깜짝 놀랐어. 정말 놀랐다고. 어머니가 이 이야기를 들으면 아주 기뻐하시겠군. 참 자랑스러워도 하시겠다고. 두 가지 의미에서. 하지만 그 전에, 자네는 그것에 대해 아무것도 몰라. 자네는 그들을 비난하지만, 확실한 사정은 전혀 모르고 있어. 그러니 자넨 그들을 비난할 권리가 없어.”

그가 몸을 일으키며 성난 표정으로 나를 노려보았다. 하지만 그의 입에서는 어떤 말도 새어나오지 않았다. 그는 들고 있던 삽을 거칠게 내동댕이치고는 씩씩거리며 트렁크를 향해 갔다.

우리는 이미 그것에 대해 이야기를 나눈 바가 있었고, 그래서 그는 그 문제에 관한 나의 생각을 알고 있었다. 내 입장이 어떤지. 그럼에도 불구하고 나는 그게 자신의 아버지나 어머니와 관련된 경우 자식으로서 처신이 쉽지 않다는 것을 인정했다. 나는 그의 고통을 이해할 수 있었다. 나는 그런 부모를 둔 자식의 머리가 절대로 평온할 수 없다는 것을 충분히 이해할 수 있었다. 하지만 우리라고 광견병이나 척수회백질염 또는 숫자 편집증을 피해갈 수 있다는 확실한 보장이 있는 것도 아니지 않은가.

그는 차 트렁크를 열고 한동안 꼼짝도 하지 않았다. 갑자기 더 거세진 빗줄기가 그의 두개골을 사납게 때리고 있었다. 이윽고 그가 개를 들어내기 위해 몸을 숙였다. 다시 한 번 나는 감옥에서 육 년을 썩은 후 출소한 젊은이에게 개를 잃은 아픔은 너무도 혹독한 것임을 정말로 인정하고 싶었다. 어쨌든 그 모든 것은 나의 차에 그리 유익할 것이 없었다―나는 아우디 사가 내 차 트렁크 내부에 녹 방지 처리를 해놓았는지 어떤지 알지 못했다.

*

그 이튿날, 십자가를 꽂으러 그곳으로 다시 가야 했다. 그러지 않았다가는 쌍둥이의 히스테리 발작에 직면해야 할 것이고—알리스는 아이들을 잘못 키워놓았다—신앙 없는 인간으로 분류되는 벌을 받아야 하기 때문이었다—알리스는 마침내 딸아이들에게 세례를 받게 했고, 그래서 종교는 이미 그 아이들의 어리고 여린 머릿속에 깊숙이 침투해 있었다. 무덤에 십자가를 꽂지 않다니 어떻게 그럴 수가 있어? 할아버진 도대체 정신이 어떻게 된 사람이야?

밤새 폭풍우가 몰아쳤음에도 날씨는 언제 그랬냐는 듯 화창하기만 했다. 하늘은 물에 씻긴 것처럼 맑았다. 이 기회에 그물버섯을 딸 수도 있겠다는 생각이 들어 나는 아이들의 요구를 받아들였다. 단 아이들이 십자가를 만드는 데 내 도움을 청하지 않는다는 조건 하에서. 나는 그럴 정신이 없었으니까.

나는 애들 아버지를 깨울까 말까 망설였다. 그리고 점심을 먹고 우편물을 살펴보았다. 나는 아직도 몇몇 신문에 단편을 쓰고 있었고 편집 과정에서 아주 까다롭게 굴었다—나는 이 나라 전체에서 가장 골치 아픈 작가, 지나칠 정도로 깐깐한 작가로 정평이 나 있었다. 다시 말해 나는 아직도 나름대로 활동을 하고 있었던 것이다. 그래서 그 아이들의 놀이, 그 아이들의 의식, 그 아이들의 시시한 요구에 일일이 시간을 할애할 수 없었고, 해서 쌍둥이가 이런저런 날카로운 도구들에 다치지 않기를 빌면서 차고 안에 자기들끼리 있도록 내버려두었다.

나로서는 두 개의 나뭇조각을 가로 세로로 이어 붙일 생각을 차마 할 수가 없었다. 나무가 아니라 다른 어떤 재료가 되었든지 간에. 알리스가 아직 이 세상에 살아 있을 가능성만큼.

한밤중에 돌아온 쥐디트는 자고 있었다.

그녀를 깨워봤자, 그녀라고 무슨 뾰족한 수가 있겠는가? 가만히 생각해보면, 눈이 부시게 햇살이 빛나던 한낮에 쌍둥이가 주고받은 그 대화 내용은 나에게 아주 잘 어울렸다. 바다에서 위성류 냄새가 뒤섞인 한 줄기 가벼운 바람이 불어왔다. 나는 손녀들에게 다시 가서 부서진 새장의 창살 조각과 뒤틀린 못으로 만든 십자가를 살펴보았다. "정말 훌륭하구나." 나는 차고 문을 작동시키면서 상냥하게 말했다. "이걸 보고 아주 기뻐할 사람을 내가 알고 있지."

나는 제레미 얘기는 꺼내지 않았다. 그럼에도 불구하고, 내가 차의 시동을 걸고 있을 때 백미러에 바로 그 제레미의 모습이 비쳤다. 나는 냉담한 눈빛으로 쌍둥이를 힐끗 쳐다보았다. 그러고 나서 후진하여 그가 있는 곳에서 멈췄다.

"자네한테 내 기분을 말해주지." 나는 잠시 그를 뚫어지게 노려본 후 말했다. "자넨 집으로 그냥 돌아가. 이 일은 우리가 처리할 테니."

그는 있는 힘껏 이를 앙다무는 것 같았다. 결국 나는 그에게 차에 타라고 했다. "다 자넬 위해서 한 소리야." 도로로 접어들면서 내가 말했다. 그가 어깨에 비스듬히 둘러메고 있던 천 가방에서 십자가 하나를 꺼냈다. 놀라울 정도로 정교하게 조각을 하고 공들여 다듬고 사포질을 한, 마치 방금 왁스칠을 마친 오래된 마룻바닥처럼 멋지게 반짝거리는 십자가였다.

여자아이들이 환호성을 질렀다. 그는 어깨를 으쓱했다. 감옥에서 소일거리로 그런 기술을 익혔다고 했다. 정성스럽게 매만진 그 십자가는 자기 친구, 감방 동료 덕분이라고. 적어도 그것만큼은.

정말 유치한 짓거리였다. 쌍둥이는 지체 없이 성수를 달라고 했다. 하지만 아이들은 아직 죽은 풍뎅이를 땅에 묻을 나이였고…… 그는 주유소를 습격할 나이였다.

밤을 꼬박 샌 게 분명했다. 아주 유치한 짓거리였다. 나는 그의 손 상태를 보지 않아도 그가 겪고 있는 시련을 충분히 짐작할 수 있었다. 하지만 나 자신이 겪고 있는 시련에 비추어볼 때 그를 동정하기가 쉽지 않았다.

어쨌든 그는 아주 부정적인 파장을 내뿜고 있었다. 나는 그가 자기 어머니가 집을 비운 동안 아무것도 먹지 않았으리라 짐작했다. 안 마르그리트는 떠나기 전, 전자레인지에 넣어 간단히 데워 먹을 수 있도록 음식들을 하나하나 낱개 포장해서 냉동실 안에 가득 채워놓았다. 하지만 제레미는 그런 간단한 수고조차 할 생각이 없는 듯했다. 그의 얼굴빛은 극도로 창백해져갔다.

가는 동안 그는 한마디도 하지 않았다. 나는 아이들의 등쌀에 부화뇌동해 이런 멍청한 짓거리를 하는 게 올바른 행동인지 판단이 서지 않았다. 그나마 제정신을 기대할 만한 사람은 우리 중에서 가장 나이가 많은 나인 듯했다. 우리 중 누구에게도 별 의미가 없는 이 짧은 드라이브를 시작하기 전에 제동을 걸어야 할 사람은. 그렇지만 나는 그렇게 하지 않았다. 나는 그들 셋을 현실로 되돌아오게 하기 위해 손뼉을 치지 않았다. 나는 그들을 정지시키지 않았다. 오히려 차문을 열고 제레미에게 차에 타라고 간청했다.

내가 항복한 이유를 말하기는 아주 어려웠다. 그러나 그 결과 우리는 지금, 상상할 수 없을 만큼 무거운 분위기 속에서 작은 초목들 사이로 구불거리며 나 있는 이 도로를 타고 언덕을 향해 올라가고 있었다.

제레미가 조각한 그 십자가, 그는 분명히 자신의 재능과 열정을 다 바쳐 그걸 만들었을 것이고 그 때문에 이 일을 훨씬 더 엄숙하고 막중한 임무처럼 느끼고 있을 터였다. 피해야 할 것은 바로 이런 것이었다. 하지만 이제 되돌아가기에는 너무 늦었다.

잠시 후, 제레미가 오디오 쪽으로 몸을 숙이고 버튼을 차례차례 누르기 시작했다. "커렌트 93* 틀어도 돼요?" 목적지를 향해 가는

____

* 1982년에 결성된 영국의 일렉트로닉 그룹. 묵시록적인 가사와 철학, 창조적인 실험정신이 돋보이는 음악을 선보인다. 데이비드 티벳이 여러 음악가들과 공동 작업을 하는 1인 밴드.

동안 그가 물었다. 무성한 나뭇잎 사이에서 금빛 꽃잎들이 바르르 떨며 비처럼 떨어져 내리고 있었다. 밤새도록 내린 세찬 비 때문에 차도는 아직도 번쩍거렸다. 나는 승낙했다. 이제 그런 건 아무래도 상관없었다. 나는 백미러를 보았다. 쌍둥이가 두 손을 모으고 입술을 움직이고 있었다. 기도문이라도 외우고 있는 게 아닌가 하는 생각이 들었다.

우리는 그 전날 내리치는 빗속에서 개를 묻었다. 하지만 장례식의 마무리만큼은 전 세계가 시샘하는, 은총으로 충만한 그 유명한 가을날에 치를 수 있었다. 저 멀리 스페인 해안으로, 우리 뒤쪽으로 펼쳐진 해만이 자수정, 사파이어, 터키석 등등이 가득 든 보석 상자처럼 찬란하게 빛을 발하고 있었다. 에르네스토는 이곳을 자주 거닐었었다. 헤밍웨이가 이곳으로 자주 산책을 나왔었다는 얘기다. 그는 되풀이해 말하곤 했다. 작가에게 이곳보다 더 좋은 장소는 이 세상에 결코 존재하지 않는다고. 그의 말은 과장이 아니었다. 그는 내 이모와 함께 이 외진 곳에 정기적으로 찾아와 그물버섯을 따고 몇백 년 묵은 떡갈나무와 밤나무 아래에서 낮잠을 자곤 했다. 그 자존심 강하고 호탕한 남자.

제레미는 십자가를 고정시키기 위해 손가락만 한 못들과 망치를 준비해 왔다. 그의 개가 묻혀 있는 나무등치는 돌덩이처럼 단단해 보였다. 그는 데이비드 티벳의 비밀이 담긴 음산한 노래 몇 곡을 들을 수 있도록 차문을 열어두어달라고 간청했다. 그러는 동안 그의 음울한 망치질 소리가 숲속에 울려 퍼졌고, 쌍둥이는 무덤을 장식할 잎사귀와 꽃 들을 찾아 진창 속을 걸어다녔다. 나는 약간 뒤로 물러나 니코틴 껌을 씹으며 그 장면이 전개되고 있는 숲속의 빈터 위를 날고 있는 까마귀들을 못 본 척하고 있었다. 나는 한시바삐 작은 초목들이 우거진 숲속으로 위험한 모험을 떠나고 싶었다. 아주 멀리서 풍겨오는 신선한 버섯 냄새를 맡았기 때문이었다. 알리스는 그물버섯을 아주 좋아했다. 그 생각을 하자 눈물이 뺨을 타고 흘러내렸다. 오해를 한 제레미가 말없이 고개를 끄덕였다.

*

나는 숲에서 따온 버섯을 씻고 제레미 생각을 하면서 정원에서 오후를 보냈다. 그는 앞으로 어떻게 될까.

로제는 '한심한 할아버지'라고 나를 비난한 후에 딸들을 영화관에 데려갔다. 한심한 할아버지, 그건 내가 쌍둥이를 그에게 다시 데려갔을 때 눈은 벌건 데다 머리부터 발끝까지 진흙을 뒤집어쓴 내 몰골을 보고 그가 한 말이었다. 나는 대꾸하지 않았다. 장례식을 치르느라 법석을 떤 후여서 나에게는 고요한 시간이 좀 필요했다.

돌아와보니 쥐디트는 이미 나가고 없었다. 그녀를 큰 소리로 불러봤지만 그녀의 방은 침대가 흐트러진 채 비어 있었다. 나는 제레미에게 전화를 걸어 즉시 미행을 지시하려 했지만, 전화벨 소리는 허공에 메아리쳤다. 그렇단 말이지. 전화도 받지 않고 대체 뭘 하고 있는 걸까? 이 시각 그녀는 분명히 연인과 함께 호텔방에 있을 텐데. 그걸 확인해야 했다. 하지만 제레미는 전화를 받지 않았다. 보수를 받고 일을 하면서 이런 중요한 전화도 받지 않다니 그야말로 비난받아 마땅한 업무태만이었다.

로제와 쌍둥이는 오후 네시 삼십분 상영 시작 시간에 맞춰 출발했다. 하늘이 장밋빛으로 물들기 시작했다. 쥐디트의 스케줄은 점점 더 한도를 넘어서고 있었다. 나는 믿었다. 조만간 그녀가 어떤 실수를 저지르고 덜미를 붙잡히리라는 것을 나는 알고 있었다. 제레미가 세상의 종말을 기다리며 안락의자에 드러누워 뒹굴지 않고 정신을 차리기만 한다면.

그의 음성사서함에 메시지를 남기기 위해, 고막을 괴롭히는 시끄러운 영국 그룹 음악을 사십오 초 동안 들어야 했다. "제레미, 전화 부탁하네. 아주 급한 일이야. 정말로 급한 일이라고. 이 메시지를 듣는 즉시 당장 전화해. 알겠나?" 하지만 저녁이 다 되도록 그에게서는 전화가 오지 않았다.

쥐디트는 누군가에게 집을 팔기 위해 자기 일을 열심히 하고 있을 수도 있었다. 나는 내가 따온 버섯들을 부엌으로 가져가서 손질한 다음 다시 밖으로 나왔다. 그리고 제레미에게 재차 전화를 걸었다. "달걀 남는 게 좀 있나? 내게 줄 수 있을까? 아니면 시내로 다시 나가 사와야 할지. 부탁인데 제발 전화를 받게. 어린 것들이 이제 곧 돌아올 거야. 배가 몹시 고플 거란 말일세. 배가 고프다고 난리를 칠 거라고. 전화해줄 거지? 고맙네."

모든 게 내가 자초한 일임에 분명했다. 어쨌든 일종의 복제인간, 조아나의 분신만을 원하는 내 마음을 나로서도 어찌할 수 없었으니까. 그러니 나는 분명히 이런 벌을 받아도 쌌다. 그 점에 대해서는 왈가왈부하지 않았다. 하지만 분명, 이 모든 일들을 내가 원한 것은 아니었다. 지금으로선 어떻게든 이 시련을 견뎌내 더 큰 타격 없이 이 상태를 벗어날 수 있기만을 바랄 뿐이었다. 나는 문제의 원인을 모두 알고 있었다. 내가 쥐디트의 입장이었더라도 분명히 쥐디트와 똑같이 행동했을 것이다. 그보다 더 나쁘게 굴었거나. 충분히 가능한 일이었다.

어쨌거나 나는 제레미에게 다시 전화를 걸었다. 일 때문이라면 언제라도 그를 만날 수 있다는 합의를 보지 않았던가. 나는 그의 자동응답기에 퉁명스럽게 그 말을 남겼다. 달걀을 갖다주면 고맙겠다는 말도 잊지 않으면서.

시간이 흐를수록 쥐디트가 근처의 어느 방에서 다른 남자에게 몸을 맡기고 있다는 확신이 굳어갔다. 이 지역에는 진정한 피난처, 완벽하게 은밀한 펜션형의 호화로운 숙박시설들이 넘쳐났다. 한 여자의 옷을 벗기고 그녀를 흥분시키기에 더없이 좋은 지역이었다.

그런 시나리오를 떠올리자 나는 분노로 이가 갈렸다. 잠자코 있을 수가 없었다. 나는 숨을 헐떡거리며 몸을 일으키고 그물버섯을 세로로 납작납작 썰었다. 나의 서글픈 반응, 부질없이 흥분하는 내 모습에 심한 수치심이 들었다. 뺨이 화끈거렸다. 그럼에도 내 안의 뭔가가 계속 고집을 부리고 있었다.

나는 그런 장면, 그런 공포를 머릿속에 떠올리고 있었고, 그것 때문에 질식할 지경이었다. 그녀의 헐떡임, 그녀가 그 남자의 몸 위에서 땀을 흘리며 그 남자의 귓속에 흘려넣는 말들이 들리는 듯했다. 그곳에서 도망쳐 나오기란 불가능했다. 나는 자리에 앉아 행주를 집어들고 만지작거렸다. 밤이 가까워오자 공기가 서늘해졌다. 관자놀이가 불에 덴 것처럼 화끈거렸기 때문에 그 서늘함이 반가웠다. 나는 자리에서 일어났다. 그리고 휴대용 가스버너 위에 그릴 팬을 올려놓고 불을 켰다.

나는 다시 그물버섯을 다듬고 마늘과 파슬리도 썰었다. 이 나이가 되면서 나는 이제 그런 일들에서는 벗어났다고 생각했다. 또다시 그런 일들을 겪어봐야 무가치하다는 것을 깨달았다고 믿고 있었다. 나는 우리가 보다 높은 수준에 도달해 있으며, 그런 바보 같은 줄타기는 더이상 할 수 없고, 바야흐로 그런 것들에서 자유로워질 수 있다고 생각했다. 그런데 나는 아직도 그대로였다. 완전히 무력하고 얼이 빠진 사춘기 소년처럼, 황혼에 몸을 떨면서.

그런데 그 멍청한 제레미 녀석은 도대체 어디서 뭘 하고 있는 걸까? 나는 넌더리가 나기 시작했다. 내 눈앞의 광경, 그녀가 온갖 체위로 그녀를 소유하고 있는 침팬지의 손아귀에 자신을 내맡기는 장면 때문에 괴로웠다. 나는 니코틴 껌을 새로 씹었다—때때로 나는 그 껌이 없어서 망치를 들고 약국을 습격하러 가는 계획을 세우는 악몽을 꾸곤 했다.

나는 버섯을 데쳐 접시에 담은 후 랩으로 싸두었다. 이 지방에서 나는 그물버섯을 넣어 만든 오믈렛은 세상에서 최고로 맛있는 요리 중 하나였다. 사실 나는 이런저런 사람들이 이곳의 매력에 빠져들었다는 말을 들을 때면 당연한 일이라고 생각했다—아주 유명한 작가 몇 사람이 우리 지방의 풍습을 조사하고 그 내용을 적어가기 위해 파리에서 내려오곤 했는데, 그들은 하나같이 후각이 예민했다.

나는 차에 올라탔다. 화를 간신히 억누르면서 소나무와 히스 덤불 사이로 차를 달린 지 삼 분도 채 지나지 않아 제레미가 자기 어머니와 함께 지내고 있는 집 앞에 결연히 차를 세웠다. 나는 그에게 그의 의무사항을 가르쳐줄 준비를 했다. 의뢰인의 아내가 불륜을 저지르고 있는 시각에 잠을 자서는 안 되는 게 그의 직무라는 것을 말이다.

나는 그가 그 분야에서 이름을 날리고 싶다면 맡은 일에 훨씬 더 많은 관심과 애정을 쏟아야 한다는 것을 제대로 가르쳐주겠다고 벼르고 있었다. 자기 기분 때문에 맡은 임무를 망각해서는 안 된다는 것을. 절대로 그래서는 안 된다는 것을. 살아가는 것 자체가 힘든 곡예와도 같고, 자신과 친족의 목숨을 보전하는 것이 결코 간단치 않은 이 음울한 시대에 태어난 이상 절대 그래서는 안 된다는 것을. 자본주의의 논리는 그 논리를 모르는 자들에게 더욱더 가혹하다는 것을 의심하는 이가 아직도 있단 말인가? 서양이 앎을 향해 진보하고 있다고 주장하는 멍청이가 아직도 있단 말인가?

달이 환하게 떠올라 있었다. 나는 혹여나 불현듯 자존심이 되살아나 이대로 발길을 돌리게 되지 않을까 하는 기대감에 잠시 운전석에 앉아 있었다. 하지만 내게 자존심 같은 건 쥐뿔도 남아 있지 않았다.

쥐디트는 하필 이런 때에 나에게 그런 짓을 했다. 그래서 그녀가 두 배로 원망스러웠다. 차에서 내려 작은 뜰 안으로 들어가기까지 나는 아무런 어려움도 만나지 않았다. 뜰에는 잡초와 모래 위로 굴러떨어진 솔방울과 크림색 솔잎들이 흩어져 있었다. 현관 앞에 다다라 문을 두드릴 때까지도 난관은 전혀 없었다. 2층에 불빛이 있었다. 나는 초인종을 눌렀다. "제레미, 나야!" 나는 발을 동동 구르며 큰 소리로 외쳤다.

그리고 일 초 정도 기다리고 나서 문손잡이를 돌렸다. 문은 잠겨 있지 않았다. 그는 아직도 조이 디비전*과 함께 있었다. 음악 소리가 내가 있는 곳까지 희미하게 들려왔다. 부엌은 달빛이 비춰들어 환하게 밝았다. "달걀 몇 개만 빌려주겠나?" 나는 냉장고 쪽으로

---

* 1976년에 결성된 영국 록 그룹.

다가가면서 말을 던졌다. "계속 전화했는데 받지 않더군. 완전 먹통이었어."

초록색으로 변한 햄 한 조각, 시커멓게 말라비틀어진 바스크 파테 찌꺼기, 샛노랗게 변색되어 거의 반투명해지고 뻣뻣하게 굳은 스파게티가 눈에 들어왔다. 화석으로 변해가는 염소치즈 조각 옆에는 지난 세기에 낳은 듯한 달걀 두 개가 무심히 놓여 있었다. 안 마르그리트는 자기가 집을 비운 동안 아들이 제대로 먹고 있는지 궁금해했다. 이래 가지고는 그녀를 안심시켜줄 수 없을 것 같았다.

제레미가 불러일으키는 근심 걱정은 한쪽 손가락만으로는 다 헤아릴 수 없을 지경이었다. 그러니만큼 내가 그를 거두어, 지금 바로 이 순간에 틀림없이 이 도시 주변의 어느 따스하고 어두운 방 안에서 하늘하늘 얇은 란제리 하나만 달랑 걸친 채, 머리를 풀어헤치고 발그레해진 얼굴로 촛불을 켜놓고 저녁식사를 하고 있을 내 아내의 뒤를 밟게 하는 건 더더욱 당연한 일이라고 나는 생각했다.

거실에서는 차가운 재 냄새가 났다. 벽난로 위에는 오클리 고글을 이마 위에 올려 쓴 채 경주용 자전거 옆에서 포즈를 취하고 있는 그의 아버지 사진이 놓여 있었다. 내 눈에는 한없이 멍청해 보이는 미소를 짓고서. 나는 한 남자가 어떻게 하면 한 여자를 레즈비언으로 돌변하게 만들 수 있는지, 도대체 어떻게 했기에 한 여자가 수컷이라는 종과는 연을 끊고 싶어하기에 이르렀는지 궁금했다. 나는 그 인물이 은근히 사람의 마음을 끈다고 생각했다. 그곳에 발을 들여놓을 때마다 그 수수께끼를 알아내고 싶어 사진에 가까이 다가가 그를 주시하곤 했다. 어떻게 했기에 한 남자가 그 정도로 신망을 잃게 되었을까? 그는 아직 엄마 젖도 떼지 못한 철부지처럼 보였다. "자네가 이리로 내려와야 우리가 대화를 나눌 수 있을 것 같은데?" 나는 그 불가사의한 남자의 사진을 계속 살펴보면서 어깨 너머로 말을 던졌다. "자네한테 할 말이 좀 있어."

험담가들은 십수 년 전 그의 아버지가 심장발작을 일으킨 건 갈리비에 산비탈에서 마약을 한 탓이라고 주장했다.

나는 험담가였다. 그 남자의 여하한 행동 때문에 안 마르그리트가 레즈비언이 되었다는 것과 관련해서는 입증된 바가 전혀 없었다. 그녀에게 물어봐야겠다고 생각했지만 아직까지 실행에 옮기지는 못했다. 우리가 그런 이야기를 나눌 만큼 충분히 친해진 건지 확신이 서지 않아서였다.

그가 안 마르그리트에게 어떤 남편이었는지 내가 궁금해하는 것들을 제레미 역시 궁금해하고 있을지 의문이었다.

그는 어떤 아버지였을까? 그리고 나는 어떤 아버지였을까? 나는 발치에 초록색 식물이 놓인 조그만 원탁이 보이는 계단을 향해 돌아서서 별 기대도 하지 않고 계속 말했다. "대답해, 제레미. 대답 좀 하라고. 내가 밤새도록 시간이 남아돈다고 생각하는 건가?"

*

　안 마르그리트는 아직 대기가 푸르스름하고 서늘한 동틀 무렵 아침 첫 비행기로 도착했다. 나는 그녀에게 재빨리 말해주었다. 위험한 고비는 넘겼지만 제레미는 아직 의식을 회복하지 못하고 있었다. 나는 그녀를 태우고 주위의 산등성이 위로 아침의 첫 햇살이 내리쬐고 있는 시각, 륀 정상이 어둠을 뚫고 모습을 드러내면서 반짝이고 있는 시각에 병원을 향해 차를 몰았다.

　그녀에게 세세한 이야기까지 들려주지는 않았다. 피 얘기도 하지 않았다. 토사물 얘기도 하지 않았다. 만취 상태의 그를 내가 발견했다는 얘기도 하지 않았다. 그가 스스로 생을 끝내기 위한 도구로 톱처럼 칼날이 들쭉날쭉한 빵 칼을 선택했지만 정확하게 동맥을 끊지 못했다는 얘기도.

　그럼에도 그녀는 떨고 있었다. 그녀가 놀라지 않도록 조심스럽게 완곡한 표현을 썼음에도 불구하고 그녀는 입술을 깨물고 있었다. 그녀는 내가 이야기를 계속하게 내버려두면서, 그 비극적인 밤 동안에 내가 취한 일련의 적절한 조치들을 열거해갈 때 알겠다는 듯이 연신 고개를 끄덕였다. 그러나 공항을 벗어난 이후로 한두 마디 이상은 하지 않았고, 얼빠진 얼굴로 도로만 응시하고 있었다. 바다 위로 가느다란 푸른 구름들이 바스크 연안을 향해 떠가고 있었다.

　대기실 의자에 앉은 후 나는 그녀의 손을 잡았다. 맞은편에는 미니스커트 차림에 시커멓고 진한 눈 화장을 한 앳된 여자가 쉴새없이 껌을 씹어대면서 아기에게 젖을 물리고 있었다.

나는 안 마르 쪽으로 몸을 기울이고 말했다. "괜찮을 거야, 걱정하지 말아요."

그녀는 방금 전 유리창 너머로 자기 아들을 본 참이었다. 첫 비행기를 타기 위해 오를리 공항을 헤매어 다니면서 뜬눈으로 밤을 지새운 탓에 얼굴에는 핏기라곤 전혀 없었고, 넋이 나가 있었다.

부축해다 의자에 앉힌 그녀의 모습은 불과 몇 시간 만에 십 년은 폭삭 늙은 것 같았다. 피부는 쭈글쭈글했고 안색도 파리했다.

"제레미만 그런 게 아니야." 나는 그녀의 기운을 돋워주기 위해 말했다. "참을성 없이 그런 짓을 저지르는 젊은 아이들은 많아. 군단 하나는 너끈히 만들 만큼 많다고. 인생이란 게 한 편의 코미디에 불과하다는 것을 깨닫고 나면 누구나 그걸 태연히 받아들일 수 있는 건 아니니까. 어쩌겠소. 결국 부딪혀 깨지는 것은 정신이 가장 맑은 사람들인 것을. 안 마르, 우리는 어쩔 도리가 없어요. 그 사실은 변한 적이 없고, 앞으로도 절대 변하지 않을 거요."

그녀는 내 말은 듣지 않고 말없이 울기만 할 뿐이었다. 맞은편 여자의 아기도 울고 있었다. 어린 여자는 멱을 따는 돼지새끼처럼 울어대는 아기를 달래며 왔다 갔다 하고 있었다. "젖을 먹으라니까." 그 여자가 내 옆을 지나며 말했다. "나보고 어쩌라고."

*

　로제는 의도했든 의도하지 않았든 내가 그 청년의 생명을 구했다고 쥐디트에게 말했고, 그녀는 자기도 그걸 인정한다고 대답했다.

　나는 애매한 미소를 지어 보였다. 내가 한 일이라고는 그의 두 팔에서 피가 흘러내리는 동안 구조 요청을 한 것뿐이었다. 아, 그리고 한 가지 더. 음악도 껐다. 조이 디비전인지 뭔지.

　식사가 끝난 후, 나는 토미 웅게러가 삽화를 그린 내 단편소설집의 재판본 서문을 몇 자 끼적이다 책상에 엎드려 그대로 잠이 들었다. 간밤에 한숨도 잠을 자지 못한 탓에 곯아떨어졌다.

　나는 안 마르그리트에게 그녀가 없는 동안 내가 제레미의 옆을 지키겠다고 약속했고, 그 약속을 지켰다. 나는 밤새도록 병원 복도를 서성였다. 쥐디트에게 아무도 붙여놓지 않았다는 생각에 잠시도 눈을 붙일 수가 없었다. 그리고 이튿날 하루 종일 그 대가를 단단히 치렀다. 책과 DVD, 음악, 컴퓨터, 필기구, 약들 한가운데에서 가죽 소파베드에 기대어 꾸벅꾸벅 졸면서.

　이모에게서 물려받은 그 소파베드를 2층 서재로 옮기기 위해 건장한 이삿짐센터 직원 네 명이 달려들어 씨름을 해야 했다—그들은 심심풀이로 나무둥치를 집어던지거나 바위 짊어지기 내기로 힘자랑을 하는 사내들이었다. 이모 집에서 하숙을 하던 시절에 헤밍웨이가 여러 번 그 소파베드에서 낮잠을 잤기 때문인지는 몰라도 그 소파베드에 앉거나 누워 있으면 기분이 무척 좋았다. 나는 그 냄새가 좋았다. 그리고 그것이 낡아가는 방식이 마음에 들었다. 나는 간단한 글을 쓰거나 신문을 읽을 때면 아무런 망설임 없이 그곳에 자리를 잡았다. 하지만 그것보다 훨씬 좋은 건 거기서 잠을 자는 일이었다.

내가 출판사 여사장과 잤다는 걸 조아나가 알게 된 바로 그날 저녁부터 새로운 명령이 떨어질 때까지 그 소파베드는 내 침대가 되었고, 나는 그 소파베드가 편안하다고 생각했다. 결국에는 상황이 해결될 거라고 나는 확신하고 있었다. 그녀가 어떻게 생각하건 그녀에 대한 내 감정에는 변함이 없었으니까. 그러나 내가 등을 둥글게 말고 위기에서 벗어날 기회를 초조하게 살피는 동안, 이 방 저 방에서 조아나를 마주칠 때마다 그녀의 검은 눈이 나를 사살하곤 했다.

그녀가 죽기 전까지 내가 부부 침대로 되돌아가는 건 결코 허락되지 않았다. 그럴 가능성은 눈곱만큼도 없었고, 그녀의 상처는 아물 기미를 보이지 않았다. 십이 년이 지날 때까지도 그녀는 여전히 쌀쌀맞았다. 그녀는 상처에서 조금도 벗어나지 못했다.

나는 반수 상태에 빠져 있었다. 안 마르그리트가 할 말이 있다며 전화를 걸어왔다. 나는 나중에 내가 다시 걸겠다고 말하고 전화를 끊었다. 그리고 아래층으로 내려갔다. 아직도 눈꺼풀이 저절로 내려앉아 대화를 나눌 수 있는 상태가 아니었다. 나는 기다시피 하

면서 내 방과 아내의 방을 구분하고 있는 문에 다다랐다. 그리고
는 문에다 귀를 바짝 갖다댔다. 아무 소리도 들리지 않았다. 나는
짜증이 나서 열쇠 구멍에 눈을 갖다댔다. 그녀의 침대는 비어 있었
다. 심장이 쿵 하고 내려앉았다. 그런데 가만 생각해보니 그녀는
외박을 한 게 아니었다. 지금은 아침이 아니라 한낮이니까. 나는
나의 우울한 침대로 되돌아왔다.

내가 이제 그만 일어나야겠다고 마음먹었을 때는 이미 밤이 깊
어 있었다. 나는 쌍둥이를 재우러 올라오는 로제와 마주쳤다. 뤼시
안은 그의 어깨 위에 올라타 있었고, 안 뤼시는 그의 손을 잡고 있
었다. 로제가 아이들에게 뭔가 재미난 이야기를 해주는 중이었다.

그 녀석에게는 아주 놀라운 재주가 있었다. 엄청나게 강하지 않
고서는 우리를 덮친 불행에다 대고 그런 얼굴, 그처럼 생기 있는
안색과 반짝이는 눈빛, 그처럼 쾌활한 말투로 대응할 수 없으리라.
며칠 전만 해도 나는 이 문제로 쥐디트와 말다툼을 했다. 슬픔을
즐겨봐야 좋을 게 하나도 없지 않냐고 그녀는 말했다.

그래서, 내가 슬픔을 즐기고 있단 말인가? 웃기 어려운 게 슬픔
을 즐기는 것인가? 힘없이 늘어져 있는 게 슬픔을 즐기는 것이란
말인가?

때때로 나는 로제가 과거에 뇌의 한계를 혹독하게 시험했기 때
문에 그 여파로 지금 그런 태도를 보일 수 있는 게 아닌가 하는 생
각이 들었다. 반쯤 의식이 없는 그를 발견한 게 한두 번이 아니었

다. 그리고 나는 내 딸이 어떤 작자의 수중에 있는지 확인하게 되자 솔직히 두렵고 막막했다. 어느 날은 욕실 타일바닥 위에 널브러져 있었고, 어떤 날에는 거실 양탄자를 몸에 둘둘 말고 있는가 하면, 또 어떤 날에는 포도주 저장실로 내려가는 계단 한가운데에서 침을 귀까지 질질 흘리면서 쓰러져 있기도 했다. 나의 백포도주들을 향해 팔을 뻗은 채.

결혼이 그를 소생시켰다. 물론 내 스스로 그런 생각을 한 건 아니지만, 그에게 재력이 있으며 다시 정신을 차렸다는 것을 속히 인정해야 했다. 곧은길을 걸어온 건 아닐지라도 어쨌든 비교적 책임감 있는 가장의 모습을 기대할 수 있는 사람이라는 것을 말이다. 몇 달 동안 쥐디트와 완벽한 사랑을 엮어가면서 나는 그들로부터 어떤 재앙을 알리는 기별이 날아오지 않을까 조마조마했다. 하지만 병원에서도 경찰서에서도 연락이 오지 않았다. 그렇다고 그것이 로제가 과거의 무절제에서 온전히 벗어났다는 의미였을까? 자기 몸에 주입하던 다양한 약물들을 다 끊었다는 의미였을까? 그가 쾌활한 태도를 보일 때나 차에 2백 달러어치가 넘게 기름을 채우고 앞으로의 계획을 설명할 때면 나는 속으로 그런 생각을 했다. 서핑 용품 판매점 앞이나 유명한 초콜릿 가게 진열창 앞에서 갑자기 멈춰 서는 그를 볼 때면 나는 정말 그에게 아무 문제가 없는 건지 의아했다. 그의 정신이 정말 제대로 돌아온 걸까 싶었다. 왜냐면 나는 정말이지 무엇에건 아무런 욕구도 생기지 않았기 때문이다.

아래층에서 쥐디트를 찾아냈다. 나는 스페인어를 몰랐지만, 그녀가 칼 라거펠트*가 살았던 도시 어귀의 저택 이야기를 하고 있다는 건 대충 알아들을 수 있었다. 몇몇 숫자들이 입에 오르내리고 있었다.

나는 여류 사업가와 결혼했다. 처음에는 그 사실을 알지 못했다. 내가 그녀의 첫번째 고객이었기 때문이다. 하지만 그 결과, 그녀는 현재 나보다 훨씬 더 돈을 많이 벌었고, 따라서 우리가 처음 만났을 때 최고의 출판사들에서 책을 낸 유명 작가로서 내가 그녀에게 미쳤던 약간의 영향력은 이제 완전히 증발하고 없었다. 나는 더이상 그녀에게 깊은 감동을 주지 못했다.

내 책들이 그녀의 침대맡 탁자 위, 언제라도 손을 뻗어 읽을 수 있는 자리에서 한 번도 펼쳐지지 않은 채 차곡차곡 쌓여가고 있었다. 나는 그녀에게 내 책을 읽건 안 읽건 전혀 신경쓰지 않는다고 말했다. 그녀에겐 하루 스물네 시간이 너무 짧다는 걸 알고 있다고. 그런 것 때문에 그녀를 원망하는 일은 결코 없다고. 하지만 그녀는 기회가 닿는 대로 읽겠다며 고집스레 그 책들을 그곳에 두었다.

나는 내가 함께 살기에 아주 편한 남자라고 주장하지 않았다. 정신이 온전하다면 어떤 여자가 작가와 함께 사는 걸 오랫동안 즐길 수 있겠는가. 한 여자가 한 남자에게 요구할 권리가 있는 모든 것

---

* 샤넬의 수석 디자이너로, 20세기 후반 가장 영향력 있는 패션 디자이너 중 한 사람으로 알려져 있다.

을 그녀에게 안겨주겠다는 약속은 더더욱 하지 않았다. 그건 인정한다. 하지만 그렇다고 최소한의 배려를 받을 자격마저 사라지는 걸까? 그녀는 나를 절대 용서하지 않겠다고 결심한 걸까? 그것은 일종의 복수, 나에게 고통을 안겨주려는 의도적인 행동일까?

저녁이 오고 있었다. 나는 커피머신 쪽으로 다가갔다. 쥐디트에게로 시선을 돌리는데, 그녀가 속삭이는 목소리로 서둘러 전화를 끊는 것 같은 느낌을 받았다.

"잘돼가?"

"잘돼가요."

저녁 바람이 불면서 달이 환하게 빛나고 있었다. 내 쪽에서는 그녀의 시선을 볼 수 없었다. 이제 그녀는 거리낌 없이 경멸하듯 나를 위아래로 훑어보았다. 그녀는 나를 앞에 두고 내가 알아듣지 못하는 스페인어를 즐겨 사용했다. 나를 경멸하기 위해서였을까?

충분히 그럴 만한 이유가 있다 하더라도, 내 존재 같은 건 아랑곳없이, 조심하는 기색이라곤 전혀 없이, 자신의 외출과 부재에 관한 최소한의 설명도 없이—심지어 산세바스티안에 얻은 집에 대해선 일언반구도 없이—나에게 상황을 받아들이라고 강요하는 건 그다지 친절한 처사가 아니었다.

곰곰이 생각해보니 우리는 타인의 고통에 대해서는 아무것도 모른다는 것을 인정하지 않을 수 없었다. 타인의 고통과 관련해서는 기준이라는 것이 존재하지 않는다. 인간은 자기도 모르는 사이에 타인들에게 초래한 피해 상황을 확인한 후에야 놀라서 얼이 빠지고 기겁을 한다. 길거리 싸움판에서 멋모르고 휘두른 주먹 한 방으로 누군가를 죽이는 일처럼. 나는 결국 내가 그녀에게 어떤 악행을 저질렀는지 전혀 모르고 있었다. 그녀가 내게서 받은 고통을 몇십 배로 되갚아주고 있는 것인지, 아니면 그걸 다 갚으려면 아직도 한참 멀었는지 나는 아무것도 알 수 없었다.

"뭐 새로운 소식이라도 있어요?" 그녀가 물었다.

"아니, 자고 있었어."

"가엾은 여자."

"그래. 그 녀석이 속을 어지간히 썩여야 말이지. 아들 때문에 쓴맛 단맛 다 보고 있어. 욕실 벽에 피가 흥건하더라는 말을 했던가?"

"네."

"천장이 잭슨 폴록의 그림 같더라구."

"그 얘긴 벌써 했다니까요. 그리고 과장하지 말아요, 난 그 그림을 아주 잘 아니까."

그녀는 전화 메시지를 확인해야 한다는 신호를 보냈다. 이제 대부분의 청구서는 그녀가 혼자 알아서 처리하고 있었다. 그녀는 돈이야 누가 내든 무슨 상관이냐고 했다. 만일 그것 때문에 기분이 상한다면 순전히 얄팍한 자존심 때문이라고 했다. 하지만 나는 그녀가 우리 가정의 경제권을 장악하여 청구서를 해결하고, 아무 내색 없이 수표를 써주고, 자신의 카드번호를 담담히 불러주는 것에서 기쁨을 느낀다는 것을 아주 잘 알고 있었다. 그녀는 우리에게 여유자금이 있는지 없는지 나에게 물어볼 필요도 없이 단번에 지붕을 고치거나 정원 집기를 바꿀 수 있었다. 바로 그때부터 내가 그녀를 잃어버렸는지도 몰랐다. 책 판매 부수에 목을 매고 있는 모습을 그녀에게 들킨 바로 그날부터 나는 그녀의 총애를 잃고 불행의 영역에 발을 내딛게 되었는지도.

그녀는 전화기를 귀에 댄 채, 암염소의 불룩한 배처럼 부풀어 오른 수첩에다 뭔가를 적었다. 그녀도 때때로 알리스를 생각할까? 나는 누구에게도 양심의 가책을 느끼게 하고 싶지 않았다. 하지만 나에겐 그런 의문을 품을 자격이 있지 않을까? 그녀는 환하게 빛나고 있었다. 전혀 꾸밈없이. 나는 혹시라도 은연중에 그녀에게 그 문제에 관해 조금이라도 모욕적인 말을 내비치게 되지나 않을까 이를 악물어야만 했다. 아니면 미친 건 바로 나였을까?

*

안 마르그리트는 내가 도착하자 벌떡 일어났다. "맙소사, 깜빡 졸았어요. 그앤 어때요?"

이번에는 대기실이 텅 비어 있었다. 병원 전체가 한산해 보였다. 안내창구 여직원 두 명과 자신의 리듬에 맞추어 복도를 쓸고 있는 갈색 피부의 남자 외에는 아무도 없었다.

제레미는 저녁 무렵 깨어났다가 이내 다시 잠들었지만, 생각했던 것보다는 좋아 보였다. 그는 어머니에게 다음번에 올 때는 워크맨을 갖다달라고 힘없는 목소리로 부탁했다. 나 역시 그건 좋은 징조라고 생각했다. 그렇지만 그를 만나는 게 그다지 내키지는 않았다.

"성가시게 하지 맙시다."

그녀는 고개를 저었다. 그리고는 허리를 잔뜩 굽힌 채 복도 벽에 닿을 듯 바짝 붙어 그의 병실을 향해 갔다. "따라와요." 그녀가 말했다. 어머니들은 변하는 법이 없었다.

하지만 나는 뒤쪽 침대 발치로 물러나 있었다. 가면을 쓴 듯 창백한 아들의 얼굴을 내려다보며 안 마르그리트의 얼굴이 오래된 비곗덩어리처럼 굳어졌다. 병실에는 독한 약 냄새가 진동하고 있었다. 나는 말없이, 이마를 약간 기울인 채 똑바로 서 있었다. 그녀가 나에게 무슨 얘기를 할까 생각해보면서.

그녀가 자기 아들이 그 지역 동성애자들을 찾아간 이유를 모르고 있다면, 내가 그녀를 위해 무엇을 해줄 수 있을지 감이 잘 오지 않았다. 그녀는 내게 정확히 무엇을 기대하는 것일까? 내가 자기들 일에 개입하기를 원하는 걸까? 나는 시베르타 호텔의 검고 번쩍거리는 소나무들 위로 일렁거리는 먼 초승달을 곁눈질하고 있었다. 그 불행한 여자와 내가 나란히 학교에 다닌 적이 있었다는 생각을 하면서. 바로 그 시절을 생각하면서. 그리고 지금은 무너져내려 있는 형체. 그들은 보기에 그다지 아름답지 않았다, 둘 모두. 지하 납골당에서 막 나온 형상이었다.

"프랑시스, 당신 딸은 숨어 있는 것 같아요." 우리가 아무도 모르게 대기실로 되돌아오는 동안 그녀가 느닷없이 말했다. 내 쪽에서 아무런 반응이 없자 그녀는 말을 이었다. "내 생각엔, 알리스는 살아 있고, 그리고 숨어 있어요. 유감스럽게도 그곳이 어디인지는 아직 모르지만."

*

안 마르그리트는 아들 일로 급히 내려오느라 더이상 조사를 진척시킬 시간적 여유가 없었다. 그러나 로제도 경찰도 비밀에 붙이고 있었던 몸값 요구와는 무관하게 자신만의 수사를 진행해나갔고, 마침내 이 사건 자체가 벌레 먹은 들보처럼 어딘가 엉성하다는 결론에 다다랐다.

"확실하지 않은 정보나 뜬구름 잡는 이야기, 그리고 그동안 찾아낸 모호하고 앞뒤가 맞지 않는 점들을 일일이 말하진 않겠어요." 그녀는 어깨를 한 번 으쓱하면서 말을 내뱉었다. "하지만 프랑시스, 이 사건은 처음부터 전부 가짜였다는 느낌이 들어요. 내 생각에 알리스는 납치를 당한 게 아닌 것 같아요. 내가 그동안 조사한 내용을 한번 보겠어요?"

나는 그걸 보고 싶지 않았다. 그녀가 해주는 말을 듣고 싶었다.

그런 놀라운 사실들을 말해주는 그 입을 계속 바라보고 싶었다. 그런 소용돌이들, 그런 회오리바람들, 그런 기류들을 만들어내는 입을. 나는 내 생각을 말했다. 그리고 그녀가 말을 끝마치게 내버려두었다. 이윽고 나는 조용히 일어섰다. 그리고 밖으로 나가 해변을 거닐었다. 아직 날이 포근하고 바람도 잦아들었지만 이 시각 그곳에는 사람의 그림자조차 보이지 않았다.

*

내키지 않았지만 반드시 그곳으로 가야만 했다. 기분이 말이 아니었다. 나는 쥐디트가 나의 부재를 틈타 마음껏 자유를 누리리라 확신했다. 이제 그 무엇으로도 그녀를 멈출 수 없을 터였다. 당분간은 제레미의 기력이 회복되지 않을 것이고, 안 마르그리트는 쥐디트를 미행하는 일은 절대로 하지 않겠다고 단호하게 말했다 — 그것 때문에 약간 날 선 대화가 오고갔지만, 그럼에도 그녀는 자신의 뜻을 굽히지 않았다.

하늘은 창백하고 흐렸다. 나는 뭘 어떻게 해야 할지 알 수가 없었다. 더 정확하게 말하자면, 나는 일 드 프랑스의 기후, 이곳보다 훨씬 덜 쾌적하고 훨씬 더 침울할 게 분명한 그곳의 기후에 맞춰 옷가지들을 고르는 일에 정신을 집중할 수가 없었다. 넥타이 쪽으로 팔을 뻗은 채 그대로 멈춰 서 있었더니 쥐디트가 내 방 안으로 들어와 그중 몇 개를 골라주었다. 나는 그녀의 눈빛에서 즐거워하는 기색을 포착하기 위해 그녀를 뚫어지게 바라보았다. 내가 집을 비우게 되었다는 사실이 그녀의 표정을 어떻게 변화시키는지 보고 싶었다. 하지만 그녀는 자신의 패를 노련하게 감추고 있었다.

"다시 한 번 말하지만, 당신이 지금 무슨 짓을 하고 있는지 스스로 잘 판단해줬으면 좋겠어요." 그녀가 낮은 목소리로 말했다.

나는 초조한 찡그림으로 대답을 대신했다. 전날 저녁 우리는 이 문제로 오랫동안 얘기를 나눴다. 그녀가 하품을 하기 시작할 때까지. 우리는 격론을 벌였다. 그들의 혁혁한 지난 업적들에 비추어볼 때, 나는 더이상 로제도 경찰도 신뢰할 수 없었다. 다시 거론해봐야 쓸데없는 짓이었다. 그렇지만 나의 일부분은 제동을 걸었다. 나의 일부분은 이 집에서 멀어지는 것을 거부하고 있었다. 상황이 상황이니만큼.

그녀는 손목시계를 확인하고는 공항까지 나를 바래다주겠다고 했다. 나는 트렁크의 버클을 채웠다.

"어떻게 해도 당신 생각을 바꿀 수 없을 것 같네요……" 날이 저물어갈 무렵 비행기를 기다리는 동안 그녀가 말했다.

*

나는 하얏트에 방을 잡았다. 욕실은 훌륭하고 아늑했다. 호텔 비용은 연말정산 때 일반 경비에 포함시켜 환급받을 생각이었다. 나는 클럽하우스 샌드위치 하나와 탄산수를 방으로 갖다달라고 했다.

그들의 아파트는 지척이었다. 시간을 죽이기 위해―안 마르그리트는 자정이 될 때까지는 절대로 움직이지 말라고 당부했다―따뜻한 물에 몸을 담근 후에 희미한 빛 속에서 패션쇼만 틀어주는 TV를 봤다. 때때로 카메라는 야회 한가운데를 비추곤 했다. 몇몇 유명 인사들을 심심치 않게 마주칠 수 있는 그런 파티에서는 조잡한 음악이 흐르고, 항상 최상품인 건 아니지만 양적으로는 넉넉한 물건들이 유통되면서 은밀한 흥분감이 감돌았다.

처음부터 손을 대지 않은 사람들은 칭찬받을 만했다. 그리고 거기서 빠져나오는 사람들은 더더욱 칭찬받을 만했다. 알리스와 로제는 그런 관점에서 하나의 기적을 이루어낸 것이나 다름없었다. 갑자기 그들에게 책임의식이 요구되었고, 그래서 그들은 단번에 그 요구에 자신들을 맞춰나갔다. 은행 일―가업이긴 했지만―은 여배우라는 직업과 마찬가지로 일정한 규칙을 요구했다. 예를 들어 매일 아침 일어날 수 있어야 했고, 약을 하더라도 실신해서는 안 되었으며, 수표에 서명을 해야 했다.

하지만 그들이 결혼을 하고 나서도 한동안 내가 불안해했던 것은 아마도 알리스가 지극히 현실적인 아이라는 사실을 잊어버렸기 때문이었을 것이다. 나는 그 아이만큼 철저하게 현실적이고 실제적인 인간을 알지 못했다. 아무리 둘러봐도 그 정도로 현실감각이 뛰어난 사람은 없었다.

나는 그 아이가 그리웠다. 뭔가를 빨리 찾아내고 싶었다. 마침내 뭔가가 궤도에 오르기를 바랐다. 그 무엇으로도 멈출 수 없기를. 내 발걸음이 나를, 멈춤 없이 곧바로 내 딸에게 인도해주기를. 나는 온 마음을 다해 바라고 있었다. 그렇지 않을 경우 나는 더할 수 없이 추운 겨울을 보내게 될 것이었다. 만일 내가 아무것도 찾아내지 못한다면, 아무런 성과 없이 빈손으로 돌아간다면, 어떤 징표를 내 손에 넣지 못한다면, 그 아파트를 샅샅이 뒤져도 결국 헛수고라면, 그러면 나는 정말로 완전히 파멸해버리고 말 것이었다.

무엇보다도, 그 아이는 왜 숨어 있는 것일까? 죽은 것보다는 숨어 있는 게 분명 나았다. 숨어 있는 편이 천 배 만 배 나았다. 하지만 그건 나의 의문에 대한 대답이 되지 못했다. 나는 그 아이의 결혼 생활이 곤경에 빠져 있다는 것을 알고 있었다—그 아버지에 그 딸. 영화 촬영 때 몇몇 배우들과 염문을 뿌렸다는 소문도 알고 있었다. 거기서 단서를 찾아야 하는 건 아닐까? 뭔가가 두려웠던 걸까? 아니면 누군가가? 혹시 지하실에 갇혀 있는 걸까? 아니면 다락방에? 아니면 어느 깊은 숲속에 피신해 있는 걸까? 이 도시에 있을까? 이 나라 안에 있긴 한 걸까?

그것에 관해 내 머릿속에서 일어나는 의문들은 끝도 없이 이어졌다.

어느 날 아침, 전화벨이 울렸다. 화창하고 투명한 겨울 아침이었다. 레만 호는 전기장처럼 반짝이고 있었다. 조아나와 올가는 시내에 나가 있었다. 알리스는 대략 열네 살이었고, 전화는 그 아이의 학교에서 걸려온 것이었다. 학교에서 전화가 온다는 건 결코 반가운 일이 아니었다.

알리스는 겨울학교*에 가 있었기 때문에 나는 그 아이가 다리를 다쳤거나 목을 삔 거라고 생각했다. 하지만 전화 내용은 전혀 달랐다. 교장선생은 즉시 아이를 데려가라고 전화를 한 거였다.

"이 못된 계집애를 당장 데려가세요." 교장은 190센티미터나 되는 거구에 회색머리를 잔 다르크처럼 자른 여자였다.

겨울학교 참가자들은 저녁 무렵 호텔에 도착했다. 그런데 교장은 이튿날 아침이 되자마자 알리스를 데려가라고 득달같이 전화를 했다. 지독하게 짧은 체류.

"아내와 저는 우리 아이에게 머리부터 발끝까지 완전히 새 옷을 사 입혔습니다." 내가 말했다. "이번 겨울학교를 위해서 말입니다. 타이츠, 보드복, 방한화 등등. 이번 겨울학교를 위해 일부러 말입니다."

---

* 프랑스의 대도시 학생들을 대상으로 산악지방에서 자연 관찰과 스키 강습을 실시하는 현장학습.

"알리스 아버님, 그건 저도 압니다."

"아니, 잘 모르시는 것 같은데요."

"저는 교장입니다. 야생동물 보호소 소장이 아니라고요."

"피해에 대해서는 배상을 하겠습니다."

"당연히 배상하셔야지요. 그 문제는 제가 알아서 처리하죠. 그리고 따님에게는 한 달 정학 처분을 내리겠습니다. 그리고 만약 다시 이런 일이 생긴다면, 그때는 퇴학을 각오하세요."

교장실 창문 너머로 눈 덮인 나무들이 푸른 하늘을 향해 꼿꼿이 솟아 있었고 그 뒤로 또다른 나무들이 열을 지어 반짝이며 호수를 향해 내리뻗어 있었다.

"그런데 한 가지 궁금한 게 있군요. 제 딸이 어떻게 보드카를 두 병씩이나 구할 수 있었죠? 그 점에 관해 납득할 만한 해명을 해주셨으면 합니다. 제 생각에는 다른 부모들에게도 이 사실을 알려줘야 할 것 같군요. 만약 알리스가 구할 수 있었다면……"

"아 그거요. 알리스는 아주 영리한 아이입니다. 게다가 원하는 걸 손에 넣기 위해서라면 뭐든 할 수 있는 아이죠."

"그런 식으로 말을 돌리지 마세요. 제발 책임을 전가하려 하지 말란 말입니다. 알겠어요? 이제 제 질문에 대답해주십시오. 아이들을 보호하는 게 교장선생님의 직분 아닙니까? 아이들이 술집 출입을 못 하도록 단속하는 게 교장선생님이 해야 할 일이 아니냐고요. 그게 아이들을 맡긴 우리 학부모들이 교장선생님께 원하는 최소한의 것이라고 생각지 않으십니까? 오늘은 보드카였지만 내일은 마약이 될 겁니다. 처벌을 받아야 할 사람은 바로 당신이에요. 그렇고 말고요. 돌아가는 즉시 변호사와 이 문제를 상의하겠습니다. 우리 사이에 예의를 차리는 건 더이상 무리인 것 같군요. 변호사에게 이 문제부터 처리하라고 말할 겁니다. 대충 넘기지 말고 철저하게 파헤쳐달라고 말하겠어요."

교장의 얼굴에 핏기가 사라지더니 턱이 굳고 콧구멍은 오므라들었다. 하지만 그녀는 교장실 한가운데에서 양쪽 팔꿈치를 끌어안고 떨기만 했다. 나는 다른 곳을 쳐다보았다. 알리스를 생각하면서, 그 아이의 급작스런 귀가를 생각하면서.

스파게티는 그 아이의 주식이자 가장 좋아하는 음식이었다. 나는 자기들 방에서 몇몇 친구들과 함께 토마토소스 스파게티를 만드는 그 아이의 모습을 아주 또렷하게 떠올리고 있었다. 담배를 피우면서 자신들의 연애 경험을 이야기하는, 잔뜩 열을 올리며 큰 소리로 떠들어대는 모습.

"교장선생님, 선생님은 살면서 술에 취해본 적이 없습니까?" 나는 알리스가 무거운 트렁크를 끌며 복도를 건너오는 모습을 보며 물었다.

"알리스 아버님, 이번 일은 그런 문제가 아니잖아요."

나는 발길을 돌렸다.

알리스보다 네 살이 많은 큰딸 올가는 아주 어릴 때부터 자기 엄마를 그림자처럼 쫓아다녔고, 그래서인지 나는 올가에 대해서는 아는 게 별로 없었다. 반면에 알리스와는 훨씬 사이가 좋았다. "네 엄마한테 자세한 얘긴 하지 말자." 나는 알리스에게 말했다. "알겠니, 페인트칠을 전부 새로 해야겠더라. 천장까지 전부. 그 때문에 단편소설 한 편을 써야 할 판이다. 너도 잘 알겠지만 시 한 편으로 는 턱도 없을 테니."

*

자정에, 나는 욕실에서 나와 옷을 입었다. 실종된 지 두 달도 더 지났건만 사람들은 아직도 그 아이 얘기를 떠들어대고 있었다. 칠십팔 일째 소식이 없는 젊은 여배우. 리모컨으로 손을 뻗을 새도 없이 알리스의 사진이 TV 화면에 떠올라 있었다. 뉴스 진행자는 난감한 표정으로 최근 젊은 여자들을 대상으로 하여 연속적으로 발생하고 있는 살인 및 불법 감금 사건들을 언급했다.

내 딸은 젊은 은행가와 결혼했다. 그들은 어느 건물 맨 꼭대기 층의 어마어마하게 넓은 복층 아파트에 살고 있었고, 나는 그 건물 현관의 비밀번호를 알고 있었다. 파리에 올라올 때면 나는 가끔씩 그 집에서 묵기도 했다. 나는 그 집 열쇠를 갖고 있었다. 아니, 과장하지 말자. 일종의 스페어 열쇠였다. 내가 마음대로 사용할 수 없는 열쇠. 무슨 일이 있을 경우를 대비해 그애들이 자기들 마음대로 내 서재 책상 서랍 안에 보관해놓은.

나는 되도록 그 집에 묵지 않으려 했다. 그들이 내가 폐가 되고 있다는 느낌을 받게 군 건 아니지만—일정 정도의 사생활이 보장되는 스튜디오* 하나가 딸려 있었으니까—툭하면 아이들을 데리고 보모와 함께 저녁식사를 해야 했다. 기필코 그들이 나에게 신경을 써주기를 바란 건 아니었다. 나와 함께 저녁시간을 보내는 것 말고도 젊은 부부에게 할 일이 많다는 걸 모르는 것도 아니었다. 그럼에도 불구하고 나는 때때로 머리 모양이 이상하지나 않은지, 옷차림이 괴상한 건 아닌지, 내가 갈수록 횡설수설하는 건 아닌지 보모에게 묻고 싶은 생각이 들곤 했다. 하지만 그 가련한 여자는 머리칼이 위험할 정도로 하얗게 세어가고 있는 남자와 함께 저녁시간을 보내야 한다는 생각에 진작부터 불안하게 얼굴을 찡그리고 있었다.

나는 손전등, 사진기, 하드디스크 하나를 들고 갔다. 단지 그것뿐이었다. 나는 길을 건넜다. 그리고 광장을 빙 돌아 나왔다. 모퉁이에서 한 남자가 버스정류장 처마 밑에다 종이박스로 작은 집을 짓고 있었다. 입구에는 손수레가 세워져 있었다. 나는 그와 시선을 마주치고 나서 건물 안으로 들어갔다. 홀은 한산했다. 나는 주변을 한 번 둘러본 후 비상계단 쪽으로 다가갔다. 그리고 계단을 올라

---

* 우리나라의 원룸아파트와 비슷한 주거 형태.

갔다.

나는 청소도구와 짐수레, 구두약 상자 등을 쌓아두는 골방 같은 데를 지나 집 안으로 들어갔다. 그리고 손전등을 켜고 복도의 어둠을 파헤쳤다.

딸의 아파트를 뒤지는 모습을 아무에게도 들키고 싶지 않았다. 그 우스꽝스러운 두려움—이 상황은 나로 하여금 원칙을 굽히고 들어갈 것을 요구했으니까—때문에 나는 창 쪽으로 다가가 커튼을 쳤다.

그리고 그 집의 컴퓨터를 켜고 모든 걸 복사하기 시작했다. 나의 행동들이 나에게 아주 나쁜 추억들을 일깨웠지만, 안 마르그리트는 이 사건의 열쇠는 이 집 안에 있다고 확신하고 있었다. 나는 그녀의 직관을 믿어야만 했다. 그녀는 이틀 동안 귀가 따가울 정도로 그 말을 되풀이했다. 그녀가 그 직업에 종사한 지 삼십 년째였다. 그동안 그녀의 직관은 아주 예리해졌다. 그녀는 우리가 몰두해 있는 이 사건의 열쇠는 바로 이 복층 아파트 안에 있으며 따라서 이 집을 샅샅이 뒤져봐야 한다고 단언했다. 나는 매번 그녀의 의중을 살폈지만, 그녀는 언제나 내 시선을 제압하면서 자기에게 천부적인 재능, 진정한 탐정들만의 전유물인 직감이 있다는 것을 결국 내게 확신시켰다.

나는 위층으로 올라가 방들을 차례차례 수색하면서 꼼꼼하게 사진을 찍었다. 안 마르그리트는 내가 중요한 세부사항들을 놓칠 수도 있기 때문에 사진 촬영이 반드시 필요하다고 말했다. 알리스의 옷방을 조사하는 일은 어쨌거나 거북하고 숨이 막히는 일이었다. 그 아이의 체취가 물씬 풍겼고, 수많은 옷들에 손길이 닿는 동안 지난 일들, 우리가 머물렀던 장소들이 생생하게 떠올랐다. 알리스는 자기 엄마와 언니의 옷가지도 몇 벌 보관하고 있었다. 하지만 알리스가 그 옷들을 입은 모습은 한 번도 본 적이 없었다, 어쨌든 내 앞에서는.

완벽한 침묵이 군림하고 있었다. 이중 유리가 거리의 소음을 차단하고 있었다. 나는 신경이 날카로워질 대로 날카로워져 있었다. 옛날 같았으면 그 정도로는 꿈쩍도 하지 않았겠지만, 내 눈앞에서 일어났고 내 기억 속에 영원히 각인되어 있는 그 비극적인 사건이 나를 뒤흔들고 연약하게 만들었다. 알리스가 침대맡 탁자 서랍 속에 간직해둔 특별히 감동적인 옛날 사진 몇 장이 내 두 손 사이에서 떨리고 있었다.

나는 다리가 후들거려 침대에 앉지 않을 수 없었고, 그래서 그들의 침대가 아주 폭신하다는 사실을 알게 되었다. 내 가족의 절반을 빼앗아간 운명이 남은 가족까지 모조리 앗아가려는 게 아닐까 하는 생각에 나는 말 그대로 몸을 벌벌 떨고 있었다. 인간의 고통에는 한계가 존재하지 않는 것일까? 침대는 킹 사이즈였다. 나는 내 딸의 어깨가 놓여 있던 부분을 어루만졌다. 언제나 빳빳하게 긴장되어 있던 그 아이의 목덜미. 여배우라는 직업은 참으로 끔찍했다.

나는 그애에게 늘 그렇게 말했다. 하지만 여자아이들은 그 사실을 깨닫기도 전에 그 직업에 미쳐버렸다. 나는 알리스가 그 세계에서 빠져나오지 못하도록 운명 지어진 부류의 여자들에 속하는 건 아닐까 두려웠다. 내 생각에 그 아이는 이제 빠져나오기 힘들 만큼 그 세계에 말려든 것 같았다. 하지만 이제 그게 뭐가 중요한가? 그 아이를 산 채로 돌려주기만 한다면 나는 까다롭게 굴지 않을 것이다. 한 치의 망설임도 없이 신의 발에 입을 맞출 것이다.

잠깐 드러누울까 생각했지만 몸을 일으켜 아래층으로 내려왔다.

나는 쿠션을 들어올리고, 서랍을 열어보고, 서가를 살피고, 종이 바구니 속을 뒤지고, 혹시 책상 아래나 구석진 곳에 뭐라도 감춰놓은 게 없는지 확인하고, 장롱 위를 손으로 훑고, 카펫을 들추고, 시계 수리공처럼 정확하게 평방미터 간격으로 사진을 찍었다.

결국 아무것도 찾아내지 못했다. 그 무엇도 나를 위해 어둠 속에서 빛을 발하지 않았다. 그래서 자료라도 충분히 모으고 싶었다. 안 마르그리트가 보면 내가 보지 못한 것, 내 눈을 멀게 만든 것─나는 정말로 그러고 싶었다─들을 알아낼지도 몰랐다. 나는 치밀하게 행동하고 있었다.

나는 냉장고를 조사하다가 과육이 든 오렌지주스를 잔에 따라 마셨다. 밤이 깊어지는 동안, 거의 모든 이들이 잠들어 있는 시각에.

바로 그때, 삐걱거리는 소리가 들렸다. 온몸에 소름이 돋았다. 손전등을 껐다. 나는 빠르게 머리를 굴리기 시작했다.

스튜디오의 문이 열리면서 어떤 형체, 그림자 연극의 한 장면 같은 실루엣이 모습을 드러냈다. 짙은 어둠 때문에 나는 더더욱 정체를 알아볼 수 없었다. 그림자가 거실로 이어지는 계단을 내려오기 시작했다. 나는 소파 뒤에 몸을 웅크렸다. 무기 없이 온 것이 후회가 되었다. 칼이라도 있으면 좋을 것을. 요즘 세상에 미친 놈에게 걸리는 건 빈번하다고까지는 말할 수 없다 해도 결코 드문 일은 아니었다. 오래전부터 나는 염세적인 작가로 알려져 있었다. 하지만 나는 신문을 읽고, 라디오를 듣고, 내 주위에서 일어나는 일들을 보고 들을 뿐이었다. 어느 날 길에서 연쇄살인범과 마주칠 기회는 수없이 많았다. 그런 인간들은 정말로 우글우글했다. 이건 결코 과장이 아니다.

그림자가 내 앞을 지나갔다. 나는 깜짝 놀라 숨을 헐떡이면서 즉시 몸을 일으켰다. "알리스?"

*

육 개월이 지났지만 나는 여전히 그 아이와 말을 하지 않고 있었다. 사실 그동안 알리스와 말을 할 기회는 수없이 많았고, 그래서 그 아이와 한마디도 나누지 않기는 아주 힘든 일이었다. 그럼에도 불구하고 나는 알리스에게서 걸려온 전화를 쥐디트에게 넘겨주고는 곧바로 등을 돌려 밖으로 나와버렸다—쥐디트는 내 바람과는 달리 알리스 부부와 절연하지 않았다.

초봄의 햇살이 따갑게 내리쬐고 있었다. 수국이 꽃을 피우고 있었다. 제레미는 이제 골프장 잔디 관리 일을 하고 있었기 때문에 더이상 내 아내의 뒤를 밟는 일을 맡길 수 없었고, 그래서 쥐디트에 관해서는 완전히 안개 속을 헤매고 있었다.

나는 환멸을 느끼고 있었다. 이 여자건 저 여자건 그녀들에 대한 나의 애정은 차갑게 식어버렸다. 그리고 그 공허감이 너무도 커서 나는 얼떨떨해 있었다. 나는 숨을 돌리기 위해 유럽연합국을 돌아다니며 낭독회로 겨울을 났다. 하지만 정작 하잘것없는 일들에 많은 에너지를 소모했다—스톡홀름에서는 펜클럽 회장이 나를 끌고 술집 순례를 시작했는데 눈을 뜬 것은 그 이튿날 저녁이었고…… 코펜하겐에서는 출판사 사장이 내 눈을 똑바로 쳐다보고 발을 쾅 구르며 잔을 들어올리고 있었고…… 비엔나에서는 극장 안에서 많은 사람들과 인사를 나누었다. 낭독회가 끝나고 난 뒤 내가 긴장과 피로와 허탈감에 빠져 있는 틈을 이용해 사람들은 나를 어딘지 모를 곳들로 데려가곤 했다. 낭독은 갈증을 불러일으켰다. 낭독을 잘할수록 갈증은 더 심했다. 나는 알코올중독에 빠진 작가들이 밟아가는 수순을 내 눈으로 아주 또렷하게 보고 있었다. 막장에 이르기란 너무나 쉽고 간단했다—적어도 처음에는. 하지만 나는 늦지 않게 돌아오곤 했다. 쥐디트가 나에 대해 중대한 결정을 내리지 못하게 하기에는 아마도 이미 늦은 때였겠지만, 순회 여행 동안 황달

같은 간질환에 걸리지 않을 만큼은 제때에.

"아이들이 당신에게 사랑한다고 전해달래요." 쥐디트가 나에게 말을 던졌다.

나는 감지할 수 없을 만큼 살짝 몸이 뻣뻣해졌다.

"나 역시 '두 아이'를 사랑한다고 전해줘."

나는 이를 악문 채 수평선을 노려보았다. 쥐디트가 알리스 내외와 계속 연락을 취해온 것에 대해 비난할 생각은 없었다. 그들에 대한 내 기분이 어떤 것이든 간에. 손녀들 생각을 해야 했다. 미친 듯이 날뛰는 두 정신병자와 함께 살고 있는 아이들을. 쌍둥이는 그 둘과 우리의 관계를 끝내지 못하게 만드는 유일하고도 거역하지 못할 이유였다. 그래서 쥐디트는 아무 일도 없었던 것처럼, 다른 쪽 뺨마저 내미는 게 지극히 당연하다고 여기는 역할을 완벽하게 수행하고 있었다. 하지만 나는 그럴 수 없었다. 나는 그렇게 행동할 수 있을 만한 정신적 여유가 없었다. 그건 공중처럼 분명한 사실이었다. 예순한 살이라는 나이에 충분히 너그럽지도 고매하지도 못하고, 거리를 두고 세상을 바라보는 초연한 태도를 보일 수 없다는 것을 스스로 인정하기란 정말 괴롭고 뼈아픈 일이었다. 하지만 불행하게도 나는 그 정도 그릇밖에 되지 못했다. 어쩔 도리가 없었다.

아주 조용하고 잘 정비된 구동독 지역을 순회하고 돌아온 참이었다. 나는 기차로 그 나라 곳곳을 돌아다녔다. 안락한 일등석에서 잠을 자는 데 대부분의 시간을 보냈다. 나는 눈을 감고 있다가 5백 킬로미터쯤 떨어진 곳에서 다시 눈을 뜨곤 했다. 기차 안에서는 구두를 벗고 있었다. 기차는 탁월한 치료제다. 때로는 기차가 진정한 은총임이 증명되기도 한다. 기차를 타고 있으면 거리를 계속 더해 갈 수 있고, 끊임없이 움직이면서도 멈추어 있을 수 있다.

내가 여행 가방을 풀어 물건들을 제자리에 갖다놓는 동안 쥐디트는, 자기는 다음 날 출발해야 한다는 이야기를 꺼내고 있었다. 그게 우연의 일치라는 걸 믿으라고? 누굴 허수아비로 아는 건가? 어쨌든 간에—그리고 그것은 증거, 죄를 지으면 반드시 대가를 치르게 된다는 완벽한 예증이었다—알리스가 촬영 때문에 이 주 동안 호주로 떠나면서 뤼시 안과 안 뤼시를 쥐디트에게 맡겼다. 쌍둥이를 할머니에게 맡겨놓으면 아무런 걱정도 할 필요가 없기 때문이었다.

내 딸은 정말로 뻔뻔했다. 쥐디트의 말을 들으며 나는 냉소를 지었다. 그리고 대답했다. 어차피 나와는 아무런 상관도 없는 일이기 때문에 이렇건 저렇건 신경쓰지 않으며, 그러니 불편할 것도 불쾌할 것도 없다고.

알리스는 이제 나한테는 더이상 아무것도 부탁할 수 없다는 사실을 알아야 했다. 충격으로 얼이 빠져 있다가 간신히 정신을 차렸을 때, 나는 그 아이가 이곳에 놔두고 간 물건들을 트렁크 안에 마구잡이로 쑤셔넣어 그 아이에게 부쳤다. 뭐가 됐든 나는 더이상 이 집에서 그 아이의 물건을 보고 싶지 않았다. 나는 쥐디트에게 이 결정에 대해 더이상 왈가왈부하지 말아달라고 부탁했다. 정말 '간곡하게' 부탁했다. 나는 농담을 하는 게 아니었다. 그녀는 고개를 흔들었다. 그리고 한숨을 내쉬었다. 그녀는 내가 받은 충격을 아주 잘 알고 있었다. 그녀는 DVD와 잡지와 사진 들을 내 눈앞에서 치우는 일을 떠맡았다. 내가 두 번 다시 그 일을 부탁하지 않을 수 있도록. 나는 적어도 내가 핏속에 대립의 유전자가 없는 여자와 결혼한 것에 안도감을 느꼈다—알리스는 그 유전자가 차고 넘칠 정도였다.

나는 그녀가 그렇게 금방 떠나버린 것이 못내 아쉬웠다. 우리의 관계가 가슴 아픈 길로 접어들고 있음에도, 아니 이미 접어들었음에도 불구하고, 나는 집으로 돌아왔을 때 며칠 정도는 그녀와 함께 보낼 수 있기를 기대하고 있었다. 내가 너무 낙관적이었다. 그녀는 로제에게 이튿날 아침 파리에 도착할 거라고 알렸다. 내게 우리의 파멸을 막기 위해 그녀에게 제안할 뾰족한 해결책이 있는 건 아니었지만—나는 우리가 겪고 있는 이 시련은 견딜 수 없을 만큼 고통스러운 것이고 이 시련에서 가장 큰 상처를 입은 사람은 나라고 생각했다—그럼에도 나는 할 수만 있다면, 우리의 관계가 파괴되지 않도록 막고 싶었다. 정말로 간절하게 그러고 싶었다. 아직 가능하기만 하다면.

"그애들은 우리 생활 따위는 안중에도 없는 걸까?" 나는 이를 갈며 말했다. "아무 짝에도 쓸모없는 두 인간의 머릿속에 그런 생각이 떠오르기나 할까?" 나는 우리 두 사람의 방 사이를 가르고 있는 문턱으로 다가갔다. 방향이 더 좋은 그녀의 방 안에는 햇살이 커튼을 뚫고 들어와 벽 위에 일렁이는 그림자를 만들고 있었다. 내가 얼마나 미안해하고 있는지 그녀에게 말할 수 있기를 바랐다. 하지만 너무나 터무니없는 상황에 직면한 내 입에서는 한 줄기 바람만 새어나올 뿐이었다. 시간이 흐르면서 나는 마침내 우리의 관계가 회복될 수 없다는 것을 깨달았다. 이제는 되돌릴 수 없었다.

나는 그녀를 따라 시장까지 갔다. "나한테 뭐 할 말 없어?" 그녀가 양상추를 살펴보는 동안 내가 물었다. 그녀는 놀란 기색이었다. 나는 그녀를 거들었다. "누구 딴 사람이라도 만나는 거야?"

나는 내 말소리를 듣고 있었지만 그건 내가 아니었다. 그녀는 웃으면서 고개를 가로저었다. "도대체 무슨 말을 하는 거예요? 당신, 어떻게 된 거 아니에요?"

나는 가게 주인에게 그녀가 고른 양상추값을 묻고 돈을 지불했다.

"방금 내가 한 말은 잊어버려." 나는 중앙 통로를 다시 올라가면서 말했다. "딱히 별 뜻이 있어서 한 말은 아니고, 그냥 아무 생각 없이 해본 소리야."

그녀가 멈춰 서더니 의심스러운 눈길로 나를 노려보았다.

나는 그녀에게 물어보기만 하면 된다고 생각할 정도로 어리석지는 않았다. 장미꽃밭 한가운데의 분수처럼 진실이 솟아오를 거라고 기대하지는 않았다. 나의 궁색한 추측들에 그녀가 당당한 침묵으로 대응한다고 해서 그녀에 대한 나의 의심이 수그러드는 것도 아니었다.

"미안해. 순전히 그애들 탓이야. 그 사건 이후로는 모든 게 부정적으로만 보여."

그녀는 주변을 한 번 둘러보고는 다시 나에게 주의를 기울였다. "어떻게 아직도 그런 생각을 할 수 있죠?" 그녀가 한숨을 지었다. "벌써 여섯 달이나 지났는데 어떻게 지금까지도……"

"시간과는 상관없는 문제야."

"천만에, 상관 있어요. 프랑시스, 분명히 상관이 있어요. 아니면 당신이 비정상이거나."

나는 이를 악물었다. "내가 견딜 수 없으리라는 걸 그 아이는 알고 있었어."

그녀는 다시 한 번 잠시 나를 쳐다보더니 두 손 들었다는 듯이 눈길을 거두고 멜론을 고르기 시작했다. 나는 라이프치히에 하루 더 머물지 않은 것을 후회했다. 그랬더라면 죽도록 취한 상태로 돌아와 집이 텅 빈 것을 볼 수 있었을 텐데.

*

제레미가 길 건너편에서 잔디 깎는 차를 타고 지나갔다. 그와 나는 서로 손짓을 주고받았다. 갈매기들이 떼를 지어 하늘을 맴돌고 있었다. 그가 울타리 너머에 잔디 깎는 차를 세웠다. 특별히 챙겨 둔 잡지 꾸러미를 차에 다 싣고 나자, 나는 그에게 차나 한잔하자고 권했다.

"자넨 막 일자리를 잃었어. 그녀는 떠났어, 보름 동안 안 돌아올 거야."

그는 만족스러운 미소로 그 소식을 받아들였다.

"결국 시간만 허비했군요. 내가 이미 그렇다고 누누이 얘기했잖아요. 난 아무것도 찾아내지 못했다고요. 잘못 생각한 거예요."

"괜찮아. 자네를 탓하진 않아. 그녀는 엄청나게 영리한 여자니까."

나는 고개를 숙이다가 살갗이 벗겨진 그의 두 주먹을 보게 되었다.

"이 일이 어떻게 끝날지 말해주지. 내가 자네한테 그걸 말해주겠어. 자네한테 항상 감시당하는 게 지긋지긋해지면—그리고 난 그날이 가까워오고 있다고 확신하네—그들은 마침내 자넬 붙잡을 거야. 그리고 자네에게 본때를 보여줄 거야. 그들을 우습게 보지마. 바로 그렇게 끝이 나게 될 테니. 자넬 뒤쫓는 근처의 모든 게이들과 함께. 틀림없어. 제레미, 난 매일 아침 체육관에서 그들을 마주친단 말일세. 그 친구들이 그 팔뚝으로 나를 탈의실 안에 몰아넣는다면 정말 끔찍할 거야."

그는 내 말에 콧방귀를 뀌었다. 그는 얻어맞는 것 따윈 전혀 두렵지 않다고 했다.

"요즈음 자네 어머닌 몹시 지쳐 있어. 왜 어머니한테 그렇게 무관심한 건가?"

"지친 게 아니에요. 차여서 그런 거지."

"어머닌 지금도 충분히 걱정이 많은 사람이야. 더 보태주지 않아도 된다고. 제발 인정을 좀 베풀어. 자네 때문에 늘 근심 걱정이잖나."

우리 자식들은 우리에게 애를 먹이고 있었다. 분명히 인정해야만 했다. 이건 우연의 일치가 아니었다. 그런 운명에서 벗어난 부모는 드물었다. 제레미가 자신의 동맥을 그은 후에 안 마르그리트가 비틀거린 건 놀랄 일이 아니었다. 그런 일을 견뎌낼 어머니는 거의 없을 테니까. 더군다나 최근에 애인에게 '차인' 어머니들 중에 그런 일을 감당해낼 어머니는 더더욱 찾아보기 힘들 테니까.

그녀는 그리 늙지 않았다. 하지만 몇 달 사이 그녀의 얼굴은 눈에 띄게 상했고, 안색은 잿빛이 되어 있었다. 그녀는 미행을 할 때마다 일이 점점 더 힘들게 느껴졌다고 나에게 털어놓았다. 몇 시간 동안 서 있노라면 몸을 가누기 어려울 정도로 녹초가 된다고 말이다. 그녀의 발목은 퉁퉁 부어 있었다. 나는 그녀에게 비타민 C와 마그네슘을 많이 먹으라고 조언해주었다. 하지만 그래봐야 별 효과가 없는 게 분명했다.

제레미는 자기 어머니가 더이상 먹지도 못하는 스테이크를 가끔씩 요리해주었다. 하지만 그걸로 끝, 그는 그녀의 상태를 대수롭지 않게 여기고 전혀 신경을 쓰지 않았다. 그는 자기 어머니의 실패한 연애를 생각하면 욕지기가 난다고 했다. 어머니와 어머니의 남다른 성적 취향을 생각하면 너무나 창피하고 화가 나 참을 수가 없다고 했다. "그런데 내가 어떻게 어머니를 불쌍하다고 생각하겠어요? 어머닐 위로할 마음이 나겠느냐고요. 어머니가 하는 짓들을 생각하면 구역질이 나요."

그가 자기 어머니의 동성애 성향을 받아들이지 못하는 건 당연한 일인지도 몰랐다. 붙들고 늘어질 필요는 없었다. 나는 그를 이해했다.

*

사흘 뒤, 의사들은 안 마르그리트에게 암 선고를 내렸다. 그것도 아주 무시무시한 종류로. 방사선 검사 결과, 상태가 매우 나빴다.

"엎친 데 덮친 격이네요." 그녀가 한숨을 지으며 말했다.

그녀는 내게 입을 다물어달라고 간곡히 부탁했다. 제레미가 이 사실을 알게 되는 걸 바라지 않는다고 했다. 그러고 나서 그녀는 허공을 헤매는 멍한 눈길로 한참 동안 고개를 끄덕였다.

*

　조아나의 어머니도 사람을 지푸라기처럼 만들다가 결국 처참하게 무너뜨리는 그런 끔찍한 암으로 세상을 떠났다.

　당시 각각 열두 살과 여덟 살이던 올가와 알리스는 관 속에 누워 있는 외할머니에게 마지막 작별 키스를 하려 들지 않았다. 그리고 그날 장모의 모습은 솔직히 무서웠다. 주위로 팽팽한 긴장감이 감돌았다.

　처가 쪽의 분위기가 특히 그랬는데, 내 딸들의 행동을 통해 내가 조아나의 남편감으로 자기들이 바라던 부류가 아니라는 매우 교훈적이고 유감스러운 확신을 얻었기 때문이었다. 내 소설 속의 문장들을 몇 구절 낭독해봤지만, 그것으로는 아무것도 해결되지 않았다. 방 안쪽에서 우리는 가족 간의 마찰을 두고 일촉즉발의 상태에 놓여 있었다. 나는 내가 딸들에게 권위가 없다며 화를 내는가 하면 딸들 교육을 잘못 시켰다고 비난하는 소리를 듣고 있었다.

　조아나의 표정을 보면서 나는 마침내 어린 딸아이들에게 몸을 숙였다. "유감이지만, 너희 때문에 엄마 입장이 아주 난처하게 되었어. 겁이 나서 그러는 거라면 아빠가 함께 가줄게. 자, 용기를 내보자."

　음울한 눈들이 우리를 노려보고 있었다. 대부분 거지발싸개 같은 멍청한 인간들. 하지만 조아나는 그들과 갈등을 일으키길 원치 않았고, 그렇다고 치욕을 안겨주고 싶어하는 것도 아니었기 때문에, 나는 거기다 내 의견을 달아서는 안 되었다. 나는 그녀가 처음부터 나에게 권했던 대로 상냥한 태도를 유지하고 있었다. 어떤 경우에도 웃으면서 참고 그들의 기분을 상하게 하지 않으려고 애쓰면서. 나는 그런 것들이 조아나에게 얼마나 중요한지 알고 있었다. 그리고 그들이 나의 두 딸에게 강요하는 그 행동이 그 아이들에게 얼마나 고역인지도 잘 알고 있었다. 아이들에게는 엄청난 인내와 노력이 필요했다. 주위의 공기가 떨리는 것 같았다. 올가는 고개를 푹 숙였다. 하지만 알리스, 그 아이가 갑자기 단호한 걸음걸이로 앞으로 나아갔다.

우리는 관 앞에 우뚝 섰다. 나는 딸아이들의 손을 잡으며 그 아이들을 차례로 쳐다보고 나서 속삭였다. "너희가 자랑스럽다, 잘했어. 이제 우린 마지막 한 가지만 해내면 돼. 다 잘될 거야, 얘들아. 용기를 내."

알리스는 키가 더 작았다. 나는 그 아이를 안아 올렸다. 아이들의 불쌍한 외할머니의 얼굴은 상한 레몬 같았다―계단 꼭대기에서 굴러떨어졌기 때문에 턱이 너덜너덜해져 있었다. 나조차도 얼굴이 저절로 찌푸려졌다.

올가는 너무 놀라 넋이 나간 것 같았다. 하지만 알리스는 주저하지 않고 몸을 숙여 분칠을 한 늙은 뺨에 입을 맞췄다. 알리스는 그때부터 이미 알리스였다.

"내가 그때 그런 건 아빠 위해서이기도 해." 시간이 좀 지나서 알리스는 그렇게 털어놓았다.

"너 때문에 깜짝 놀랐다. 네 언니와 난 아무 말도 하지 못하고 멀뚱멀뚱 쳐다보기만 했어. 입을 딱 벌린 채로. 너 때문에 얼이 쏙 빠졌어. 정말이야. 만약 네가 먼저 하지 않았다면, 나도 감히 그럴 생각을 못했을 거야. 어휴…… 난 아직도 소름이 끼친다, 너는 안 그래?"

그다음 차례인 먼 친척이 고인을 내려다보며 엉엉 울었다.

조아나가 밖에 있는 우리에게로 왔다. 그녀는 딸아이들을 꼭 끌어안으면서 나에게 고마워했다. 남쪽 지방 사람들은 원래 이런 식이라면서. 전통과 관습을 깐깐히 따지고 그걸 까다롭게 지켜나가려 한다나. 나는 이러쿵저러쿵 토를 달지 않고 고개만 끄덕였다. 나는 그전에 이미 아이들 세례 문제로 양보를 한 바가 있었다. 격리된 페스트 환자 취급을 받지 않기 위해서였다. 그리고 내가 그런 취급을 받는 걸 조아나가 용납했을 리 없었다.

그 사람들은 내가 작가이고 그래서 텔레비전이나 라디오에서 접할 수 있다는 사실에는 전혀 아랑곳하지 않았다. 그들은 문학 따위에는 전혀 관심이 없었다. 게다가 당시만 해도 수입이 변변하지 못했기 때문에 그들은 대놓고 나를 비웃었다. 내 신발에 흙이 묻을까봐 진창에다 옷을 벗어 깔아주는 사람들도 있던 시절이었는데 말이다. 물론 그런 사람들의 수가 그들보다 많았던 건 아니지만.

내가 자기들이 걸어온 길에서 벗어나지만 않는다면, 내가 자기들의 주검에 성호를 그으며 입을 맞추고 내 자식들에게 그 규범을 따르게만 한다면, 내가 소설을 쓰건 시나리오를 쓰건, 소방수건 서커스 곡예사이건, 전혀 개의치 않았다.

나는 알리스를 어깨 위에 태웠다. 그 아이는 충분히 그럴 자격이 있었다. 상황을 유리하게 만들어준 그 아이의 행동에 여전히 감탄하면서—우리는 무덤으로 가는 길 위에서 만족스러운 미소를 머금은 채 한 덩어리로 뭉쳤다—나는 그 아이의 손바닥 한가운데에 입을 맞추었다. 가을은 감미로웠고, 나무들은 며칠 전부터 놀라우리만큼 강렬하고 찬란하게 불타오르고 있었다. 넋을 잃게 만드는 붉은색과 눈부신 노란색의 물결.

*

그 모든 것이 혹시 나의 꿈이었을까? 나는 우리가 함께 겪은 시련의 불길에 단련되며 그 아이와 세상에서 가장 깊은 관계를 맺지 않았던가? 내가 꿈을 꾼 것일까?

나는 생각하기 시작했다. 어쨌거나 지금 만약 그 아이가 자신의 경력과 나, 그 둘 중에서 하나를 선택해야 한다면 그 아이는 오래 고민하지 않을 것임을 나는 알고 있었다. 나는 그 사실에서, 필요한 결론들을 끌어내야만 했다.

나는 내가 그렇게 높은 곳에서 떨어져 내리게 될 줄 몰랐다. 나는 어떤 영역들은 바람과 조수 속에서도 단단하고 견고하게 남아 있을 수 있다고 믿는 실수를 저질렀다. 그런 관점에서 나는 내가 대단히 어리석은 바보임을, 세상 물정 모르는 눈뜬장님임을 스스로 증명했다. 내가 나도 모르는 어떤 단단한 땅에 대한 환상, 어떤 구역질나는 이상향을 꿈꾸는 동안, 땅은 언제라도 우리의 발아래에서 모습을 감출 수 있었다. 사람의 얼을 빼놓았던 그 어슴푸레한 밤, 아무것도 놓치지 않고 볼 수 있었던 그 밤, 그 아이가 그 빌어먹을 복층 아파트에서 나를 향해 돌아서던 바로 그 순간, 육 개월 전에 느닷없이 나에게 닥친 '불시착'은 거기서 끝이 났다.

엽서 한 장이 호주에서 날아왔다. 나는 일 초도 고민하지 않고 그 엽서를 정원 입구의 우편함 속에, 공기의 흐름 속에 그대로 팽개쳐두었다. 조금 강하게 몰아친 뇌우 한 번으로 족했다. 그 결과 그 우편물은 결딴이 나버렸다. 최고급 만년필 잉크 자국은 물에 젖은 종이 위에서 삼 초도 견디지 못하는 수성펜 글씨보다 더 쉽게 지워져 거의 남아 있지 않았다.

저녁 무렵 쥐디트가 전화를 걸어왔다. 날마다 그렇듯이 내가 아무것도 먹지 않아 굶어죽을 지경이 되지는 않았는지, 그리고 집을 되는대로 팽개쳐두지 않았는지 확인하기 위해서였다—우리 집 가정부는 일을 그만두고 약혼자와 함께 연어 양식을 하겠다고 스코틀랜드로 떠났다. 하지만 돌이켜 생각해봐도, 나는 아무것도 마구

어질러놓지 않았다.

나에게는 이제 실패한 가정사 말고도 간직해야 할 비밀이 더 있었다. 나는 제레미나 다른 누구에게도 그것에 대해 말할 자격이 없었다. 나는 그 청년이 갑자기 고아가 되는 상상을 해보려 했다. 하지만 어떤 시나리오도 만족스럽지 못했고, 눈앞에 그 어떤 섬광도 비치지 않았다. 그리고 급속도로 자라나는 암세포 때문에 안 마르그리트가 여름을 넘길 수 있을지조차 확실하지 않았기 때문에, 우울한 미래가 빠르게 다가오고 있었다.

내가 전화 세 통으로 그에게 찾아준 그 일은 이 계절이 끝나면 계속하지 못할 게 분명했다. 그리고 물론 잔디 깎는 차에 올라 앉아 젊음을 보내는 것은 이상적인 인생이라 할 수 없었다. 그건 그렇다 치자. 하지만 제레미가 다른 일을 하고 싶다는 의사를 조금이라도 표시했던가? 그가 어린아이와 다를 바가 있는가? 대낮에 혼자서 주유소를 습격하는 건 미성숙의 확실한 증거가 아니던가.

하지만 그 문제에 신경쓸 시간이 나에게 있을까? '아직도' '여하한' 문제에 신경쓸 여유가 내게 있을까?

나는 내 주위에 성벽을 쌓아올리기 위해 다시 소설을 써야겠다는 생각을 하고 있었다. 진지하게 생각중이었다. 몇 년 전부터 나는 논평이나 별 볼 일 없는 단편들을 근근이 써왔다. 실제 노력보다 훨씬 더 과장해서, 마치 심혈을 기울여 써낸 결과물인 척하면서. 하지만 지금, 이런 상황이라면 반드시 다시 소설을 써야 할 것 같았다. 소설을 써보는 게 절대적으로 필요한 것 같았다. 소설을 쓰는 작업에는 그 외의 모든 일을 부차적인 것으로 만들 정도로 많은 에너지가 필요했다. 그게 바로 이점이었다.

나는 그런 경험이 잦았다. 마지막 소설들을 쓸 때 그 집필 작업은 내게 일종의 엄폐호였다. 그리고 정황상 지금은 약간의 손해를 감수하고서라도 소설의 그러한 힘에 다시 의지해야 할 때인 것 같았다. 나의 소설들은 나를 꽁꽁 둘러싼 숲, 나 외에는 아무도 들어올 수 없는 숲이었다. 조아나가 죽은 후 나는 그녀의 죽음을 상징적으로 그려내는 작품을 정신없이 써내려가기 시작했고, 기꺼이 인정하건대 그로 인해 간신히 목숨을 지탱할 수 있었다. 물론 그 작업이 항상 쉽지만은 않았다. 어떤 날들은 죽음보다 음산했고, 1945년 8월 6일 현지 시각 여덟시 십육분 이초 이후의 히로시마 거리들보다 황량했으며, 광활한 얼음 대륙보다 삭막했으니까. 나는 개떼처럼 나를 물고 늘어지는 비평가들과 적당히 거리를 유지하고 있었다. 그래도 서점가에서는 웬만큼 반응이 있었다.

불행하게도, 마치 장난감 트랙터에 올라탄 거인처럼 잔디 깎는 차에 올라탄 채 제레미가 날마다 우리 집 창문 앞을 지나갔기 때문에, 그를 기억에서 지우는 게 그리 쉽지 않았다. 집에 있노라면 멀리서 그가 다가오는 소리가 들렸다. 그 청년이 근처에 있다는 사실을 나에게 알려주는, 공기를 획획 가르는 소리가. 몸을 던져 배를 납작하게 깔고 바닥에 엎드리거나 벽에 몸을 찰싹 붙여보기도 했지만, 별로 달라지는 건 없었다.

안 마르그리트는 눈에 띄게 쇠약해져갔지만 눈동자만큼은 어느 때보다 형형했다. 나는 숨을 죽인 채 그녀의 간절한 부탁을 기다리고 있었다. 나를 덮칠 충격을 예상하면서. 하지만 그걸 어떻게 피할까?

제레미는 만만한 인물이 아니었다. 아니, 만만한 것과는 거리가 멀어도 한참 멀었다. 며칠 전에 안 마르그리트는 또다시 나에게 그가 사흘이 멀다 하고 밤만 되면 일으키는 싸움판에 대해 이야기를 꺼냈다. 마치 숨겨놓은 뼈다귀를 찾으러 다니는 개처럼 이곳저곳 들쑤시고 다니며 위험을 자초하는 그의 행동에 대해. 이제 그는 단순히 동성애자나 이민자 들만 겨냥하는 게 아니라 자기 눈에 걸리기만 하면 닥치는 대로 시비를 걸었다. "당신 아들은 인생을 단순하게 살고 싶어해요. 그건 잘못된 게 아니지요." 나는 차분한 어조로 말했었다.

안 마르가 눈에 띄게 수척해진 요즈음, 추억들이 새록새록 되살아났다. 몇몇 이미지들. 이제 나는 그녀를 '거의 분명하게' 알아볼 수 있었다. 그녀의 옛 모습이 확연히 떠올랐다. 그 시절 함께 몰려 다니던 다른 여자친구들, 얼굴도 전체적인 윤곽도 흐릿해진 그 무리 가운데의 그녀 모습이. 심지어 우리가 같이 잔 적도 있다는 확신이 어느 정도 들기까지 했다. 안 마르그리트와 나, 우리는 사실 그런 단계까지 간 적은 없었다. 그런 관계의 측면에서는 우리 사이에 납처럼 무거운 커튼이 드리워져 있었으니까. 하지만 나는 우리 사이에 오랜 인연의 끈이 있었다고 막연히 느끼고 있었다. 그녀가 죽어가는 모습을 지켜보기란 더할 수 없이 고통스러운 일이었다.

"내가 할 수 있는 건 뭐든지 하겠어." 나는 그녀에게 말했다. "하지만 내 능력 밖의 일을 부탁하지는 말아요. 나에게 초능력을 발휘하라고 하지는 마. 제발. 당신도 알다시피, 난 이제 혈기 넘치는 젊은이가 아니니까."

"프랑시스. 내가 어떻게 당신한테 그래요, 난 절대로 그렇게는 못해요."

"왜? 부탁 좀 하면 어때서? 어려울 게 뭐 있어? 안 마르, 당신이 내 상황을 잘 알고 있기 때문에 나도 그만큼 솔직하게 말하는 거요. 당신도 알겠지만, 지금 이 순간에도 온갖 문제들이 내 머리를 가득 채우고 있어요. 물론 그중에서 당신 문제가 제일 첫번째지만."

"내가 모른다고 생각해요? 당신은 그애를 위해 이미 많은 걸 해줬어요."

나는 얼굴을 찡그렸다. 그녀가 가볍게 기침을 했다. 그녀의 폐가 작살이 나고 있다고 의사들은 말했다. 간호사들은 체르노빌 이후 이처럼 무시무시한 엑스레이 사진은 본 적이 없다고 수군거렸다. 안 마르의 눈에 눈물이 그득했다. 제레미는 그녀에게 거의 무관심했다—그는 자기 어머니의 감기몸살이 쉽게 낫지 않는 것 같다고 내게 말했다. 그녀는 분명 자식에게서 보답을 받지 못하고 있었다.

*

애니멀 콜렉티브*의 〈밴시 비트〉를 들을 때마다 나는 인간이 단순히 고통과 추함을 세상에 퍼뜨리기 위해 존재하는 것만은 아니라는 것을 깨닫곤 했다. 비가 오고 있었다. 장대비가 쏟아지고 있었지만 그 음악은 거의 기적에 가까웠다. 불가피하게 잔을 내려놓고, 전쟁이나 기근 등등을 겪지 않게 해준 신에게 감사하면서 춤을 추기 시작해야 할 순간, 엉덩이를 흔들며 걷고 만족의 미소가 얼굴에 떠오르게 내버려두어야 하는 순간이 분명히 있었다.

그런 순간들을 지켜내기가 점점 더 어려워져갔다. 내 생각에, 대체로 인생은 그런 순간들과는 달리 오히려 고통스러운 사건이었다. 내 기억이 정확하다면 나는 날마다 춤을 추지 않았다. 그리고 그렇기 때문에 나는 해안 위로 비가 철철 내리는 동안 잠시 음악에 몸을 맡겼다. 마치 전기 콘센트 속의 구더기처럼 흐느적거리면서. 날은 벌써 어두워지고 있었다. 만약 음악이 없다면 우린 어떻게 될까? 나는 중얼거렸다. 그리고 좋은 백포도주 한 병을 땄다.

조아나가 죽은 이후로 나는 한 번도 춤을 추지 않았다. 춤다운 춤을 춘 적이 없었다. 나는 춤을 추기 위해 쥐디트와 결혼한 게 아

---

*미국의 인디 록 밴드.

니라 죽지 않기 위해 결혼한 거였다. 그 이상은 바라지 않았다. 그리고 지금 그 모든 게 부메랑이 되어 나에게로 돌아오고 있었다. 춤추는 것은 때때로 정말 도움이 되었다. 나는 체면을 차릴 필요가 없었다. 이 집 안에 살아 있는 사람이라곤 오직 나 하나뿐이었으니까. 음악은 나의 정수리로 스며들어 발바닥을 뚫고 땅속으로 사라졌다. 대양 위로 금속판 같은 구름들이 떠 있는 검은 하늘이 무겁게 내려앉아 있었고, 구름들은 서로 부딪치면서 수평선을 올라타고 있었다. 음악이 끝나면 나는 처음부터 다시 반복해 들었다.

*

어느 날 저녁, 제레미와 나는 팔꿈치를 괴고 술집에 앉아 있었다. 그런데 자기 아내가 이혼을 요구한다며 신세한탄을 하던 술 취한 남자에게 제레미가 비난을 퍼부으며 덤벼들었다. 싸움은 짧게 끝났다. 그 남자는 알고 보니 신경이 과민한 이였고, 그래서 사람들과 내가 제레미를 뜯어말리며 밖으로 몰아내기도 전에 그 남자가 제레미를 심하게 두들겨 팼기 때문이었다.

깊이 생각해보지도 않고 다른 사람에게 무턱대고 덤벼드는 제레미의 행동에 나는 깜짝 놀랐다. 게다가 그 남자가 오른손 주먹으로 제레미의 얼굴 한복판을 번개처럼 가격했기 때문에 제레미는 말 그대로 그 자리에 얼어붙어 두들겨 맞기 좋은 샌드백이 되어 있었다. 명백한 자살행위였다. 그는 엷은 미소를 지으며 털썩 무릎을 꿇었고, 그사이 그의 적수는 또 한 번 주먹을 날렸다.

사실 그 사건은 그리 놀랄 일은 아니었다. 인 마르그리트는 그의 그런 무모한 일탈행위들을 나에게 심심치 않게 이야기해줬다. 하지만 직접 목격하는 것, 현장에서 내 눈으로 직접 보는 것은 또다른 느낌이었다.

나는 제레미를 부엌 의자에 앉히고, 부어오른 얼굴을 처치하라고 이런저런 약품들을 갖다주었다. 그의 얼굴은 시뻘게져 있었다. 몇 시간 후면 새카맣게 변할 것이고, 그후에는 연이어 보라색, 초록색, 노란색이 될 터였다.

"이것들을 갖고 가." 그가 처치를 끝내자 내가 말했다. "자네가 갖고 있으라고. 조만간 또 필요하게 될 것 같으니까."

*

그는 내 예감이 정확했다는 증거를 아주 빠르게 가져왔다. 무슨 얘긴가 하면, 골프장 사장이 전화를 하더니 그간은 내 입장을 생각해서 참고 있었지만 이제 더이상 제레미를 쓸 수 없다는 것이었다. 꼴이 말이 아니라고. 얻어맞아서 부어오른 얼굴하며 주먹질을 하다 다친 손, 게다가 여차하면 달려들 것처럼 험악하게 인상을 쓰고 있어서 사람들이 불편해한다고 했다.

"좋소." 나는 한숨을 내쉬며 말했다. "당신이 이겼어요. 받아들이리다. 당신네 문학 행사에 나가겠다고요. 약속합니다. 행사에 참석해서 사인을 해주겠어요. 행사 내내 자리를 지키겠어요. 확실하게 약속하는 거니까 아무 걱정 마시오." 전화기 너머로 그의 숨소리가 들렸다. 나는 덧붙여 말했다. "그 친구 모친이 오늘내일하고 있어요." 나는 임종을 앞둔 사람의 마지막 가는 길을 방해하거나 어떤 식으로든 회한을 남기게 만드는 사람에게는 결국 망자의 저주가 내릴 거라는 말을 은근슬쩍 그의 귀에 흘려넣었다.

그렇게 또 나는 몇 달을 벌었다. 아니, 제레미가 몇 달을 벌었다고 해야 할 것이다. 하지만 그것도 확실한 건 아니었다. 한두 번만 더 말썽을 일으켰다간 골프장 사장이 약속을 취소하고 당장 그를 쫓아낼 수도 있었으니까.

한편 알리스는 호주에서 보낸 카드 몇 장으로 모든 갈등이 다 해결될 거라고 생각하고 있었다. 하지만 나는 눈길조차 주지 않고 카드 따위는 우편함에 처박아두었다. 그 아이가 아직도 나와의 여하한 관계를 재개할 수 있을 거라고, 그게 아직도 가능한 일이라고 믿고 있다니, 다시 한 번 기가 막혔다.

쥐디트도 알리스처럼 생각하고 있었다. 하지만 그녀는 내 딸보다 나를 잘 몰랐기에 충분히 그렇게 생각할 수 있었다. 나는 시드니의 어느 테라스에서 몸을 앞으로 기울이고 있는 알리스를 떠올렸다. 그 아이가 고개를 숙인 채 나를 진정시킬 수 있을 거라 여기며 내게 편지를 쓰는 동안 건물들 사이에서 갑자기 솟아오른 거대한 독수리들이 그 아이의 머리 위로 날아가는 광경을. 도대체 누구를 갖고 놀려는 건가?

쥐디트는 두 사람 중에서 내가 훨씬 더 많은 대가를 치렀다고 생각하고 있었다. 부인하지 않았지만, 그렇기 때문에 더더욱 상황을 개선시키고 싶은 마음이 들지 않았다. 나는 대가에 대해 이러니저러니 하지 않았다. 대가가 무엇이건 그대로 받아들였다. 그것은 우리가 지중해 연안과 파리로 떨어져 전화 통화를 할 때 쥐디트가 언급하곤 했던 '남의 말은 절대로 들으려 하지 않는 고집불통'과는 아무런 상관이 없었다. 그건 고집이 아니었다. 단순한 확인이었다. 무슨 일이 있더라도 그 아이와 나의 관계가 회복될 가능성은 절대로, 전혀 없었다. 그것은 고집과는 아무런 상관이 없었다. 나는 아둔한 고집을 부리고 있는 게 아니었다.

쥐디트는 어찌할 바를 모르고 있었다. 나는 그녀의 뿌루퉁한 표정을 떠올렸다. 그녀는 파리 생활이 생각만큼 쉽지 않다고 했다. 손녀들 때문에 지쳐 있었다. 그녀는 소설이 잘 진행되고 있는지 묻곤했지만 내 대답을 듣고 싶어하는 것 같지는 않았다. 나쁜 년. 내가 지금 『전쟁과 평화』나 『길 위에서』 같은 작품을 쓰고 있을지도 모르는데, 내 말은 들을 생각도 하지 않고 마음이 딴 곳에 가 있다니.

그녀가 나의 작업에 관심을 보이지 않는 건 특히나 자존심이 상하는 일이었다. 십일 년 전, 우리가 처음 만났을 때 그녀는 나를 열

럴히 찬미하는 여자들 중 하나였다. 당시만 해도 내가 쓰고 있던 소설 이야기를 할 때면 그녀는 눈을 반짝이고 귀를 쫑긋 세웠다. 그녀는 귀찮다 싶을 정도로 내가 하는 말에 열심히 귀를 기울였다.

독자를 잃는 건 불쾌한 경험이었다. 만약 그 독자가 자신과 함께 사는 여자이기도 한 경우라면 기분은 더 비참하고 더러웠다.

병원으로 가는 길에 내가 제레미에게 말했다. "믿지 않을지도 모르겠지만, 독자를 잃는 건 채찍질을 백 번 당하는 것보다 더 고통스러운 일이야. 독자를 잃는 건 끔찍한 형벌이라고."

그는 건성으로 고개를 끄덕였다. 백지 한 장을 앞에 놓고 삼십 년 세월을 보낼 수 있다는 사실을 설명하기란 쉽지 않았다. 게다가 그런 정신 나간 짓을 하게 만드는 요인이 다름아닌 문체라는 사실을 설명하기란 훨씬 더 어려웠다. 어떤 한 문장의 절대적인 필요성, 그 문장의 아름다움, 눈도 깜박거리지 않고 그 문장의 은밀한 떨림에 대해 말하는, 그 심연, 그 감옥, 그 동굴을 설명하기란. 예증을 들기 위해 소리 내어 몇 페이지를 그에게 읽어준다 해도, 나는 어떤 벽과 맞닥뜨린 느낌, 사막의 입구에 도달한 느낌이 들었을 것이다.

안 마르그리트는 잠들어 있었다. 그녀는 새로운 치료를 위해 며칠 입원을 해야 했다. 그리고 그 치료 덕분에 적어도 푹 잘 수 있었다. 저녁 무렵 우리는 그녀의 침대 발치에 있었다. 아들을 여기까지 데리고 오기가 얼마나 힘들었는데—그는 대뜸 싫다고 말했었다―그녀는 자고 있었다.

우리는 낮은 목소리로 이야기를 나누었다. 병원 복도는 텅 비어 있었다. 안 마르그리트의 병실에는 텔레비전이 있었는데, 우리의 안전을 위해 폭격을 감행할 수밖에 없는 어떤 나라의 이런저런 영상들을 내보내고 있었다. 지도가 보였다. 모든 게 간단해 보였다.

아주 가까운 미래에 이 세계에는 오직 살인자와 미치광이 들만 살게 될 확률이 아주 높았다. 세상이 계속 이런 식으로 흘러간다면 말이다.

눈을 감으려던 것인지 아니면 입술을 깨물려던 참이었는지 여자 아나운서의 정지된 얼굴과 함께 방송이 끝났을 때, 우리는 병원을 나서기로 했다. 둘 다 상당히 의기소침해 있었다. "아까 그 여자 확실히 문제가 있어." 내가 말했다.

*

나는 고용주의 노여움을 사고 싶지 않다면 어떤 태도를 취하는 게 현명한지에 관해 그에게 몇 가지 충고를 해주었다. 요즈음 같은 때에 일자리가 있다는 게 얼마나 대단한 일인지 강조하면서.

"자네 때문에 사람들이 겁을 먹는단 말일세. 복잡한 문제가 아니야. '저 녀석 얼굴 좀 봐, 저런 녀석 비위를 건드렸다간 숲속에서 당할 게 분명해.' 이렇게 생각하지 않겠나? 자기가 어떤 몰골을 하고 있는지 본 적 있나? 자네한테 아직 상식이란 게 남아 있긴 한 거야?"

만약 사람들이 그의 손을 자세히 본다면, 퉁퉁 부어오른 손등과 찢어져 생살이 드러난 손가락 마디들과 칼자국이 크게 난 손목을 본다면, 대부분 줄행랑을 칠 게 분명했다.

봄이 다가오고 있었다. 알리스는 호주에 조금 더 있기로 했고, 그 때문에 쥐디트도 파리에 더 오래 머물러 있어야 했다.

새벽마다 나는 서늘하고 축축한 공기 속에서 잠을 깨곤 했다. 그리고 잠을 깬 즉시 일을 하기 시작했다. 나는 창가에 잠시 서 있거나 소파베드에 앉았다가 이내 가운을 걸치고 책상 앞에 앉았다. 소설을 쓸 때만큼은 나 자신을 잊을 수 있었다. 나는 십여 년 전에 쓴 소설을 마지막으로 더이상 소설을 쓰지 않았고, 앞으로도 더이상 새로운 소설을 쓸 수 없을 것 같았다.

그러니까 뛰어난 소설 말이다. 지금까지 나는 내가 이전보다 더 잘 쓸 수 있으리라는 생각은 하지 않고 있었다. 하기야 항상 그렇게 생각한 것만도 아니었지만. 때때로 욕구가 되살아난 건 사실이었다. 나 자신이 생각해도 깜짝 놀랄 정도로. 소설을 쓰고 싶은 욕구가. 내가 가장 잘할 수 있는 일에 몰입하고 싶은 욕구.

옛날의 성공에 기대어 안주해 있는 게 더 나았는데도 말이다. 슬럼프에서 용케 벗어날 수 있었기에, 그동안 그 성공을 등에 업고 나의 이미지를 실추시키지 않을 정도의 단편과 잡문 들로 영광을 유지하며 살아왔음에도. 문학이라는 마귀에 들려버렸다면 과연 이성이 얼마만큼 관여할 수 있을까?

에이전트가 뉴욕에서 전화를 걸어주었고, 출판사 사장은 우정의 메시지를 보내왔다. 하지만 나는 그들이 나를 백 퍼센트 신뢰하고 있지 않다는 걸 느낄 수 있었다. 그동안 나는 더이상 장편은 쓰고 싶지 않다고 얼마나 누누이 말해왔던가?

많은 이들이 조아나의 죽음이 나를 망가뜨렸다고 생각하고 있었고, 내가 문학의 전면으로 되돌아올 가능성에 한 푼이라도 승부를 걸 사람은 아무도 없었다. 충분히 그럴 수 있는 일이었다. 내가 망가졌으며 소설가로서 완전히 끝났다고 생각하는 건 충분히 가능한 일이었다. 그건 별로 놀랄 일이 아니었다. 하지만 내가 더이상 소설을 쓸 수 없다고 말하기에는 아직 너무 일렀다.

소설을 쓰는 것보다 더 혹독한 일은 아무것도 없었다. 인간이 하는 일 중에서 그만한 노력, 그만한 헌신, 그만한 지구력을 요구하는 건 아무것도 없었다. 그 어떤 화가나 그 어떤 음악가도 소설가와는 비교도 되지 않았다. 모두가 그걸 분명히 알고 있었다.

어떤 문장을 쓰면서는 이를 너무 세게 악무는 바람에 방 안이 휘청대며 윙윙거리기 시작할 때도 있었다. 헤밍웨이도 그런 얘기를 했었다. 초목은 저 혼자 푸르러지는 게 아니었다. 창밖의 풍경은 마술로 생겨나는 게 아니었다.

내 딸과 다시 정상적인 관계를 맺거나 쥐디트와 새로운 기반 위에서 다시 시작하는 편이 더 나았을 것이다. 그럼에도 현재의 상황에서 소설을 쓰는 것이야말로 현실적으로 가장 실행 가능한 일처럼 생각되었다. 시간이 흐를수록 그 생각은 더욱더 굳어졌다. 그 이외에 내가 할 수 있는 일은 아무것도 없는 것 같았다. 그것 말고는 달리 구원의 길이 보이지 않는 것 같았다. 이리저리 번갈아 둘러보았지만 아무것도 보이지 않았다. 이런 정신 상태에서 글을 쓰기 시작한 것은 이번이 처음이었다.

*

아내와 큰딸을 잃은 사건이 있고 육 개월쯤 지난 후, 첫눈이 내린 새해 첫날 이른 아침에 나는 다시 글을 쓰기로 결심했다.

우리는 집을 옮겼다. 새로 이사한 집에서는 호수가 한눈에 내려다보였다. 나 같은 소설가에게 충분히 어울릴 만큼 을씨년스럽고 괴괴해 보이는 풍경이었다.

그날, 나는 날이 저물 때까지 단 한 줄도 쓰지 못했다. 알리스의 방은 내 방과 아주 멀리 떨어진 곳에 있었다. 커다란 자기 방에서 꽤나 시끄러운 소리를 내고 있었지만, 내가 열두 시간 동안 정신을 집중하지 못하고 신경이 곤두서 있었던 건 그 아이 때문이 아니었다. 그 이튿날에도 똑같은 상황이 되풀이되었다.

내가 그리고 있는 동안, 알리스가 나와 몇 미터 떨어진 곳에 있는 자기 방 침대 위에 대자로 뻗어 있는지 아니면 두꺼운 양탄자 위에서 뒹굴고 있는지 나로서는 전혀 알 길이 없었다.

나 역시 조아나와 올가를 잃은 상실감을 극복하기 어려웠다. 알리스가 술에 취해 있거나 환각 상태에 빠져 있는 걸 발견할 때면 그 아이에게 뭐라고 해야 할지 할 말이 도무지 떠오르지 않았다. 그럴 때마다 대체로 우리 두 사람 모두 끝내는 눈물을 흘렸다. 운다고 고통이 사라지는 건 아니었지만.

어쨌든, 내가 한 줄도 쓰지 못하는 건 분명히 나의 무능력 때문이었다. 글쓰기에 일 분 이상 집중도 못하고 그나마 몇 줄 써놓은 것마저 밤이 오면 어김없이 휴지통 속에 처박아넣을 수밖에 없는 그 끔찍한 무능력. 그리고 아침이면 나는 유령처럼 창백한 얼굴로, 마치 단숨에 수만 단어를 써내려가기라도 한 것처럼 초췌한 몰골로 깨어나곤 했다.

더이상 글을 쓸 수 없다는 사실 때문에 나는 공황 상태에 빠졌다. 날마다, 두 개의 문 사이에서 칼에 찔린 것처럼 온몸이 뻣뻣하게 굳거나, 의자에서 몸을 일으켜 세우지 못하고 익사 위기에 놓인 것처럼 허우적거렸다.

우연히 알리스와 함께 어정쩡한 분위기 속에서 식사를 하게 될 때면 나는 현재 내가 맞닥뜨리고 있는 곤경들에 대해 그 아이에게 주절거렸다. 아이는 시리얼 그릇에 코를 박고 있었다. 알리스는 귀머거리였고, 나는 장님이었다.

알리스를 쳐다보면서 그 아이가 누구인지 알아보지 못하는 때도 있었다. 2월 어느 날 아침 부엌에 들어갔을 때였다. 알리스는 스웨터를 몇 개나 껴입었으면서도 소름이 돋아 있었고 숨을 쉴 때마다 입김이 하얀 수증기로 변했다. 이상하다 싶은 생각에 나는 라디에이터 쪽으로 손을 뻗었다. 무쇠로 만든 커다란 라디에이터는 얼음장처럼 싸늘했다.

실내 온도계는 영하 2도를 가리키고 있었다. 도저히 믿을 수가 없었다. 영하 2도라니. 바깥이나 다름없는 온도가 아닌가. 하지만 알리스는 아무 말도 하지 않았다. 그 아이는 추위 때문에 얼어가고 있었다.

보일러의 계기판은 꺼져 있었다. 나는 개수대 쪽을 돌아보았다. 온수기를 틀자 얼음처럼 차가운 물이 쏟아졌다. 사흘 전 폭풍우가 몰아쳤다는 사실이 문득 떠올랐다. 그때 나는 열린 창문 앞에 우뚝 선 채로 번개가 내리쳐 나를 소생시켜주기를 바라고 있었다. 나는 알리스에게서 눈을 거두며 자리에서 일어났다.

보일러 퓨즈가 나가 있었다. 다시 말해, 알리스가 며칠 전부터 찬물로 몸을 씻었다는 의미였다. 그 아이가 씻기라도 했다면 말이다. 나는 겁에 질렸다. 좀비. 내 딸은 좀비가 되어 있었다.

나는 퓨즈를 구하러 급히 시내로 갔다. 그동안 아이는 곡기라도 넘겼을까? 잠은 잤을까? 차라리 생각하지 않는 편이 나았다. 부모 노릇을 제대로 하려면, 단 일 분도 그 아이에게서 눈을 떼지 않았어야 했으리라. 하지만 그건 불가능한 일이었다. 조아나를 잃은 아픔. 나는 여전히 그 고통에서 헤어나지 못하고 있었고, 그래서 다시 글을 쓸 수 없었다. 마치 펜을 잡을 팔이 없고 달리기를 계속한 다리가 없는 것 같았다. 나는 내가 얼마나 형편없는 아버지였는지, 그 아이를 얼마나 소홀히 한 채 지내왔는지 깨달았다. 그동안 그 아이는 새 아파트에서, 차갑게 얼어붙은 방에서, 제대로 일어서지도 못하는 환각 상태에 빠져 이를 딱딱거리며 떨고 있었던 것이다.

나는 시내에서 돌아오자마자 서둘러 퓨즈를 갈아 끼우고 보일러를 가동시켰다. 버너가 다시 부르릉거리는 소리를 냈다. 나는 알리스의 방으로 가서 문을 두드렸다. 아무 소리도 들리지 않았다. 대답이 없었다. 하늘에서는 강렬한 빛이 쏟아지고 있었다. 아파트 안은 밝았다. 하지만 알리스의 방은 동굴처럼 어두웠다. 나는 그 방에 들어갈 기회가 거의 없었다. 그렇지만 가끔씩 오가는 길에, 영감을 떠올리기 위해서거나 이런저런 이유로 왔다 갔다 할 때 슬쩍슬쩍 쳐다보곤 했었다. 그래서 방문을 밀고 들어갔을 때 눈앞에 아무것도 보이지 않았지만 전혀 놀라지 않았다. 그 안은 항상 캄캄했으니까.

덧문들이 모두 닫혀 있었다. 벽에는 잡지에서 오려낸 종이들로 시커멓게 도배가 되어 있었다. 배우, 음악가, 화가 등등. 천장도 마찬가지였다.

"전등 스위치는 어디 있니?"

"무슨 일이야?" 방 안쪽에서 딸의 목소리가 들려왔다. "이 방엔 왜 온 거야?"

"네가 잘 있는지 보러 왔지. 얼굴 좀 보여주겠니? 요 며칠 사이 우리 집에 무슨 일이 있었는지 모르고 있었어? 아무것도 알아차리지 못한 거야?"

소파베드에 뻗어 있던 그 아이의 남자친구 로제가 투덜대는 소리를 냈다. 사실 나는 그 남자애가 정상적인 상태로 있는 모습을 본 적이 한 번도 없었다. 어쨌든 일어나 있는 경우가 거의 없었다. 은행가라는 게 내가 인정하는 유일한 장점이었다. 그 외에는 알리스에게 난폭하게 굴지 않는다는 것 정도. 그 녀석과 제대로 된 말을 주고받은 적은 한 번도 없었다. 우리는 우연히 마주치기라도 하면 서로 멈칫하곤 했다. 움직이지 않는 발레를 시작한다고나 할까. 그렇다고 정말 멈춰 서는 건 아니었지만.

"저 녀석은 괜찮은 거냐?" 나는 이불 더미를 잔뜩 뒤집어쓴 채 몸을 웅크리고 있는 딸의 침대로 다가가면서 물었다. 로제가 가슴 깊숙한 곳에서부터 거친 숨을 몰아쉬며 헐떡거리는 소리가 들리는 것 같았다.

알리스가 얼굴을 찌푸렸다.

"도대체 왜 그러는 거야?"

"내가 뭘 어쨌는데?"

"셔츠 바람이잖아. 이 추위에. 도대체 왜 그러는 건데?"

"그런 건 중요하지 않아. 신경쓸 거 없어. 난 너하고 내 옷차림에 관해 이야기하고 싶은 게 아냐. 그것보다 훨씬 더 중요한 얘기를 하고 싶다. 좀 앉아도 되겠니?"

아이는 노골적으로 성가신 표정을 지으며 일어나 앉았다. 나는 알리스의 침대 가장자리에 자리를 잡았다. 앉으라는 허락도 없이. 아이는 떨고 있었다.

"난 이제 안 돼. 제기랄, 알리스. 난 이제 글을 쓸 수가 없단 말이다. 왜냐고 묻지 마, 그 이유는 나도 모르니까. 세 쪽을 쓰는 데 무려 한 달이 걸렸어, 이해하겠니? 난 비명을 지르지 않으려고 간신히 참고 있어."

"도대체 무슨 얘길 하는 거야?"

"오르막이 있으면 내리막이 있다는 소리 따윈 하지 마, 알리스. 이 멍청한 짓거리에서 벗어나게 해줘. 나는 지금 완전히 절망적인 상태야, 알리스."

아이는 한숨을 내쉬었다.

"응? 이건 살아 있는 거라고 할 수 없어, 안 그래? 지금 이 상태는 죽은 거나 다름없어, 안 그래?"

알리스는 열이 펄펄 나는 손을 침대맡 탁자 쪽으로 뻗어 담배를 집어들었다. 아이는 몸을 떨 뿐 아니라 콧물까지 줄줄 흘리고 있었다.

나는 제레미를 데려가 개를 한 마리 고르게 했다. 본격적으로 소설을 쓰기 시작하면 이전처럼 시간 여유가 생기지 않을 것이기 때문에 불가피한 조치였다. 그는 한마디도 하지 않고 앞만 똑바로 쳐다보고 있었다. 길은 소나무 사이로 뻗어 있었다. 그는 안전벨트를 붙잡은 채 두 손을 비틀어 꼬고 있었다. "그렇게 긴장하지 않아도 돼."

개 사육장은 내륙으로 20킬로미터 정도 들어간 숲속에 있었다. 그곳에 가까워질수록 제레미는 겁에 질린 늙은이처럼 점점 더 몸을 웅크렸다. 차가 피레네산맥 쪽으로 가고 있는 동안 곁눈으로 관찰했는데, 마치 내가 그를 첫 데이트 장소로 데려가는 기분이었다.

그러고 보니, 나는 그에 관해 아는 게 별로 없었다. 감옥 안에서 보낸 육 년 동안 그에게 무슨 일이 있었는지 전혀 몰랐다. 그리고 그런 걸 알고 싶지도 않았다. 나는 그와 그런 이야기는 해본 적이 없었다. 안 마르그리트 얘기로는, 주유소 사건이 일어나기 전 그에게 여자가 있었다고 했다. 하지만 그게 전부였다. 두 사람이 잤는지, 서로 사랑했는지 더는 내게 들려줄 말이 없었다. 그녀가 조금만 관심을 보여도 그가 벌컥 화를 냈기 때문이었다. 제레미는 자기 어머니에게 고함을 질러댔다. 그는 자기 아버지의 죽음부터 시작해서 순조롭게 풀리지 않는 건 뭐든지 그녀 탓으로 돌렸다. 여자의 아름다운 눈에 반해 뻔뻔하게도 아버지와 헤어졌다며 그녀의 면전에 대고 으르렁댔다.

나는 그에게 개를 붙여주는 게 효과가 있기를 바랐다. 앞으로 서재에서 더 많은 시간을 보내야 할 터였다. 아무런 조치도 취해놓지 않는다면 제레미는 자기가 왔다는 걸 알리기 위해 서재 창 밑을 어슬렁거리며 나를 귀찮게 할 것이었다. 소설의 도입부를 쓰는 건 집필 과정 중 가장 힘들고 위태로운 순간이었고, 따라서 절대적인 집중력과 에너지를 요구했다.

개 먹이용 크로켓 25킬로짜리 한 자루가 뒷좌석에 보란 듯이 놓여 있었다. 이 일에 내가 적극적으로 협력한다는 증거물. 나의 선물. 개를 위한 최상품의 먹이.

"난 복서를 추천하고 싶어." 차가 눈부시게 멋진 초록의 밤나무 숲을 달리는 동안 내가 말했다. "만일 복서가 있으면 무조건 그놈을 선택하도록 해. 내 말대로 그 녀석을 골라. 복서가 최고야. 영리하고, 용감하고, 충성스럽고, 정 많고, 관대하고. 암놈이라면 더욱 좋고. 그러니까 망설이지 말게. 실망하지 않을 거야."

미리 전화를 넣어둔 참이었고 사육장 측에선 나를 위해 복서 두 마리를 준비해놓고 있었다. 그중 한 마리는 바스 나바르에서 데려온 녀석으로, 생후 삼 개월이 될까 말까 했다.

"복서를 싫어하는 건 아니지?" 나는 대화를 이어가기 위해 물었다. "어쨌든 복서가 어떤 개인지는 알지? 자네 마음에 쏙 들 거야,

내가 장담하지. 그리고 무엇보다도 중요한 사실은, 그 개는 털이 짧다는 거야. 털 짧은 동물의 장점을 자네한테 일일이 설명하진 않겠네. 애완동물이 털이 길면 얼마나 골치 아픈지는 자네도 잘 알고 있을 테니까. 어쨌든 이번에 데려올 녀석한테는 꼭 이름을 지어주도록 해."

잠시 후, 개 사육장의 활짝 열린 철책 문이 눈에 들어왔다. 나는 주차장에 차를 세웠다. 그리고 그에게 내리라고 했다. 개를 키울 당사자이니까 직접 가서 고르라고 했다.

사육장 주인은 매력적인 남자였는데, 우리를 보자 즉시 자기 사무실로 안내했다. 사무실 밖은 개들의 울부짖음과 음산한 신음 소리로 가득했다. 사육장 주인이 느닷없이 내 소설책 한 권을 내밀며 사인을 부탁했다. 보관 상태가 형편없었다. 반복해서 읽다보니 그리 된 거라 설명하기에 나는 내 책에 귀가 접히고 표지가 너덜너덜해지는 시련을 안겨준 그를 용서했다. 내가 신작을 준비중이라고 하자, 그는 얼굴이 벌게지면서 말까지 더듬었다. 나는 아직도 이 세상 어디엔가 그와 같은 이들이 남아 있기를 희망했다.

"얼마 전에 따님을 뵀습니다." 제레미가 눈을 꿈뻑거리면서 우리를 살펴보는 동안 사육장 주인이 말했다. "텔레비전에서요. 윌리엄 허트와 영화를 찍던데, 아닌가요?"

"그런 건 모릅니다. 전혀 몰라요." 애써 드러내지는 않았지만 몸이 경직됐다.

"따님이 선생님 이야기를 하더군요. 선생님에 대해, 글 쓰는 아버지를 무척 존경한다면서."

"늘기 좋으라고 한 소리겠지요." 나는 떤 곳을 쳐디보면서 말했다.

제레미는 문가에 머물러 있었다. 그곳에 쭈그리고 앉아 어떤 우리 안을 노려보고 있었다. 그가 총을 들고 주유소를 습격했다는 것이 믿어지지 않았다. 계산원을 총으로 쏴 죽였다는 것도…… 어느 날 저녁 그가 나에게 그 사건의 내막을 상세하게 털어놓았음에도 불구하고―그는 계산원과 함께 계산대 너머 피 웅덩이 속에서 경찰들과 대치하고 있다가, 광분한 경찰들이 총을 쏘기 직전 결국 항복했다―나는 그 이야기를 도무지 믿을 수 없었다. 그가 그 사건 외에 다른 범죄들에도 적극적으로 가담했던 건 분명한 사실이었는데도, 나는 여전히 믿을 수가 없었다.

총을 든 그의 모습이 상상이 안 됐다.

"따님에게 요리를 가르쳐주셨다면서요."

"거짓말입니다. 난 그 아이한테 아무것도 가르쳐준 적이 없어요."

*

어느 날 아침, 나는 알리스가 내게 보낸 엽서들을 우편함에서 모두 끄집어내 지나가는 쓰레기차에 송두리째 집어던졌다.

162

*

파리에서 돌아온 지 이틀 후에, 내가 딸이 보낸 엽서들에 눈길 한 번 주지 않고 모조리 버렸다는 것을 알게 된 쥐디트는 그 사실을 믿을 수 없어했다. 알리스가 내 냉혹함과 고집을 알면 놀라서 말문이 막힐 거라고 했다.

"나는 나보다 더 냉혹한 사람을 알아. 나보다 훨씬 더 냉혹한 인간을. 내가 알아서 할 테니까 걱정 마. 이봐, 쥐디트. 빌어먹을. 당신은 나를 비난하면 안 돼. 그렇게 무조건 날 비난하려 들어서는 안 된다고."

나는 저녁까지 그녀를 보지 않았다. 몇 줄이라도 써보려고 버둥대고 있는데 그녀가 서재로 올라와 내 앞에 섰다. 어둠이 밀려오고 있었다.

"유감이지만, 난 '무조건' 당신을 비난하지는 않아요. 하지만 분명히 당신이 잘못했다는 생각이 드는데 당신 편을 들어줄 수는 없어요. 그걸 이해해줬으면 해요."

나는 그녀를 향해 눈을 들었다.

"내가 잘못했다는 말을 하려면 당신이 모든 걸 제대로 알고 있어야만 해. 그래야만 올바른 판단을 내릴 수 있는 거지. 그런데 미안하지만, 이건 그런 경우가 아니야. 당신은 아무것도 모르면서 무조건 날 비난하고 있어.”

나는 오후 내내 까다로운 문장들과 씨름했다. 이 세상에서 나만큼 알리스와 가까운 사람은 아무도 없었다. 그리고 그런 우리 관계에 대해 제삼자가 이러니저러니 끼어드는 것만큼 거슬리는 일도 없었다. 우리는 이미 한평생이라 할 시간을 함께 살지 않았던가. 함께 산 그 시간만으로도 타인이 끼어들 여지가 없을 만큼 긴밀한 관계가 아니었던가.

“나는 그것에 대해 할 말 없어. 만일 그 아이가 당신을 내게 보낸 거라면, 괜히 당신 시간과 노력만 허비하게 만든 거야. 이건 나의 고집이나 자존심 문제가 아니라는 걸 당신이 이해해줬으면 좋겠어. 나도 아무 일 없었던 것처럼 예전으로 돌아갈 수 있었으면 좋겠어. 하지만 조금만 진지하게 생각해보자고. 여배우로서의 경력 때문에 자기 아버지를 제물로 삼은 딸에게 내가 더이상 뭘 어떻게 하지? 어이가 없어서 웃음이 터져나오려는군. 너무 가슴이 아파서 웃고 싶을 지경이라고. 하지만 끝났어. 나한테 그 아이는 이제 죽은 자식이나 마찬가지야. 대체 그 아이는 어떻게 아직도 우리 관계를 돌이킬 수 있을 거라고 생각하는 거지?”

그녀는 내 맞은편, 헤밍웨이의 소파베드에 앉았다. 하루의 마지막 햇살들이 방 안을 가로지르고 있었다.

그녀가 내 쪽으로 몸을 기울였다. “프랑시스, 용서하는 사람이 이기는 거예요.”

"그렇게 애쓰지 마. 나 때문에 그렇게 애쓰지 말라고. 나는 이기는 것엔 관심 없어. 이기고 싶지도 않고. 그 아이는 나를 괴롭혀 말려 죽이려 했어. 몇 달 동안이나 나를 고문했어. 내가 얼마나 괴로워하는지 '확실하게' 알고 있으면서. 최소한의 동정심도 없었어. 인기에 대한 병적인 집착 때문에, 무슨 수를 써서라도 성공하고 싶다는 욕망 때문에. '어떤 대가를 치르더라도.' 제기랄!"

"하지만 누가 그렇게 만들었죠? 자식을 그렇게 비정한 인간으로 키운 게 과연 누굴까요?" 쥐디트가 한숨을 내쉬며 말했다.

"전적으로 동의해. 하지만 모든 아버지들이 내가 당한 모욕을 당하지는 않았어. 이 나라의 모든 아버지들이 그레브 광장*에 끌려 나가지는 않았다고. 이 나라의 모든 아버지들이 자식 때문에 사지가 잘려나가는 고통을 겪지는 않았다고."

우리는 식사를 하러 아래층으로 내려갔다. 문턱을 넘어서면서 나는 내가 문장과 씨름하면서 하루를 보낸 그 방을 마지막으로 돌아보았다. 아직도 방 안에 떠돌고 있는 전류가 느껴지는 듯했고 공기가 지글지글 타는 소리가 들리는 것 같았다. 나는 조용히 문을 닫았다.

*

---

* 오늘날의 파리 시청 광장. 14세기 초에서 19세기 중반까지 사형 집행장으로 사용되었다.

몇 달 전부터 우리는 더이상 육체관계를 하지 않았다. 하지만 굳이 정확한 날짜를 계산하고 싶지는 않았다. 나는 이미 충분히 우울했으니까.

하지만 바로 그날 저녁, 우리는 자연스럽게 섹스를 했다. 그런데 이상했다. 불쾌하지는 않았지만 여느 때와는 다른 낯선 느낌이 들었고, 그것은 그녀가 다른 남자들에게 몸을 맡기고 있다는 나의 심증을 더욱 확고하게 해주었다. 정확히 무엇 때문인지 알 수는 없었지만 분명히 그들의 흔적이 있었고, 나는 그 흔적을 꿰뚫어보았다. 섹스가 끝나고 옆에 누우려 하자 그녀는 내게 내 방으로 돌아가달라고 했다.

*

일주일 내내 나는 제레미를 끈덕지게 괴롭혔다. 근무시간이 끝난 후 예전처럼 쥐디트를 미행해 그녀의 행적을 보고해달라고 졸랐다. 다행스럽게도 그즈음에는 서해안 지역의 만성적인 경기불황과 급격한 물가상승 때문에 부수입을 올리기 위해 동분서주하지 않는 사람이 드물었다. 게다가 이제 제레미에게는 먹여 살려야 할 암캐까지 생겼다.

골프장 잔디를 깎기 시작한 이후로 그에게는 언제나 풀 냄새가 났다. 경유 냄새도. 그는 이전보다 싸움도 덜 하고 성질도 누그러진 것 같았다. 아직은 승리의 축배를 들 때가 아니었지만 어렴풋한 서광이 비치는 듯싶었다. 안 마르그리트는 자신의 암담한 건강 상태에도 불구하고 이제야 한시름 놓을 수 있게 되었다고 말했다.

그가 이전보다 그녀에게 더 많은 시간을 할애한다거나 그녀를 배려한다거나 보다 자상하게 굴기 때문은 아니었다. 다만 그녀가 보기에 그가 덜 폐쇄적으로 변했고 성질도 누그러진 것 같은 데다, 무엇보다 자기가 직접 고른 개에게 흠뻑 빠져 있기 때문이라고 했다. 개는 그를 사로잡고 그의 넋을 빼놓았다. 그녀는 암 때문에 휠체어에 앉아 꼼짝도 못하지만 그를 계속 지켜보고 있다고 말했다. 내가 그녀의 아들에게서 알아차린 변화들을 그녀 역시 목격하고 있었다.

"그애가 당신 일을 방해하지 않았으면 좋겠군요."

"아무 문제 없으니까 걱정 말아요. 내가 다 알아서 할 테니까. 계획 없이 되는대로 살지 않도록 해야지 않겠소."

아마도 내가 같이 잔 게 분명한 젊은 여자와 지금 병실에서 내가 보고 있는 이 여자, 이미 반쯤 죽은 상태, 반쯤은 죽음의 가장자리까지 밀려나 있는 이 여자 사이에 한 인간의 생이 흘러 지나가고 있었다. 덧없는 인생이었다.

"다시 소설을 쓰기 시작했다니 정말 기뻐요. 이제야 당신이 제자리로 돌아온 것 같군요."

나는 그녀의 가방 두 개를 움켜쥐고, 그녀가 퇴원 수속을 밟는 동안 출구를 향해 걸어갔다. 제레미는 슬그머니 자리를 떴다. 주차장을 가로질러 오는 그녀의 모습을 보고 있노라니 그녀가 받고 있는 항암치료 효과가 의심스러웠다. 집으로 돌아가기 위해 내 옆자리에 앉은 그녀의 모습은 마치 하나의 그림자 같았다.

의사들은 시기를 놓쳐 더이상 손을 쓸 도리가 없다면서 퇴원해서 집에서 지내는 편이 훨씬 나을 거라고 했다.

제레미는 수의사를 만나야 하기 때문에 시간이 없다는 핑계를 대면서 나에게 들러 도움을 청했다.

그래서 내가 그녀를 집에 데려다주게 되었다. 제레미는 청소와는 담을 쌓고 살아가는 인간이었고, 그래서 불과 몇 주일 만에 집안을 난장판으로 만들어놓았다. 그중에서도 부엌은 최악의 상태였다. 안 마르그리트는 그 광경을 현실로 받아들이기 위해 비틀거리며 개수대 가장자리에 매달렸다.

나는 말없이 한숨을 내쉬고는 그녀를 식탁 의자에 앉혔다. 식탁 위에는 스푼과 나이프와 포크, 접시, 술병, 상하고 딱딱해지고 말라비틀어진 음식쓰레기가 난잡하게 쌓여 있었다. 역한 냄새가 진동을 했고, 더러운 냄비와 프라이팬 들이 나뒹굴었고, 바닥의 타일은 끈적끈적했으며, 포장지와 종이상자 등등이 사방에 굴러다니고 있었다.

나는 퇴원한 그녀를 위해 집 안을 좀 정리해주려 했다. 하지만 그녀가 다급한 몸짓으로 나를 말렸다. "제발." 그녀가 손을 든 채로 숨을 헐떡이며 말했다.

그녀의 상태와 필요한 노동의 규모를 생각해볼 때, 밤늦게까지 해도 집 안 청소를 다 끝내지 못할 것 같았다. 각성제를 복용한다면 혹시 모를까.

죄책감이 암보다 더 확실하게 그녀를 잠식하고 있었다. 시간적으로 맨 나중에 닥친 충격—제레미가 자신의 동맥을 그었을 때—은 말 그대로 그녀를 황폐화시키고 경직시키고 쪼그라들게 했다. 그 결과 그녀는 그에게 불만을 드러낼 수도, 최소한의 권위를 내세울 수도 없었다—만일 그녀가 이제껏 단 한 번이라도 권위를 행사한 적이 있었다면 말이다. 그녀는 그대로 죽어가고 있었다.

6월 초, 그녀는 이제 40킬로그램밖에 나가지 않았다.

"자네 어머니는 이제 40킬로그램밖에 안 나가." 나는 그녀의 아들에게 말했다.

*

그런 와중에도 그녀는 탐정 일을 계속해나갔다. 자신의 장례비용을 충당하고 제레미에게 한 푼이라도 더 남겨주기 위해 악착같이 돈을 모았다.

나는 그가 그 돈으로 뭘 할지 궁금했다. 개인적으로 나는 그 돈에 특별한 가치가 있다고 생각했다. 감정적인 가치를 배제하고서라도 아무 데나 함부로 써서는 안 되는 거의 성스러운 가치가 있는 돈이라고 생각했다. 하지만 나는 그저 어깨를 으쓱하며 말했다. "어쨌든, 은행은 믿지 마. 무슨 일이 일어나고 있는지 보라고. 은행에 돈을 맡겼다가 날려버린 사람이 한둘이 아니야. 평생토록 아껴가며 한 푼 두 푼 열심히 모은 돈을 한순간에 몽땅 날려버린 거지. 이건 설명할 필요조차 없어. 매물로 나온 집들을 봤나? 사방에 팔려고 내놓은 집들 천지야. 그러니 신중해야 해. 곰곰이 잘 생각해야 한다고. 일례로, 로제 같은 녀석을 봐. 그런 부류의 인간을 과연 얼마나 신뢰할 수 있을까? 누가 그런 인간에게 피 같은 자기 돈을 맡기겠나? 여보게, 자네 어머니는 지금 죽을힘을 다해 애쓰고 있어. 자네가 어떻게 생각하건 간에. 어머니가 그러는 건 다 자넬 위해서야. 그 작자들을 위해서가 아니라. 내 말뜻 알아듣겠나?"

그는 알아들은 것 같지 않았다. 그의 주의력은 새벽부터 해질녘까지 반은 자신의 내면을, 나머지 반은 자신의 개를 향해 있었다. 그는 그 두 극점 이외에 다른 건 아무것도 존재하지 않는다는 듯이, 그 이외의 것들에는 더이상 관심을 기울이지 않았다.

"상관없어요. 신경쓰지 말아요. 그애가 그 돈으로 뭘 하건 하고 싶은 대로 하게 내버려둬요. 난 그런 건 전혀 상관하지 않으니까." 안 마르그리트는 그렇게 말했다.

그녀의 안색은 핏기 없이 누랬다. 아주 조금만 미행을 해도 그녀는 완전히 녹초가 되어버렸다. 오랫동안 그녀를 떨떠름하게 생각하며 망설이던 쥐디트가 마침내 그녀를 측은히 여겨 이따금씩 식사 초대를 하게 되었을 정도였다.

어느 날 아침, 쥐디트가 제레미에게 대놓고 비난을 퍼부었다─그 전날 저녁 안 마르그리트는 우리 집 부엌에서 한기와 어지럼증에 시달렸다. 그녀에게 몸을 숙인 우리는 헐떡이는 그녀의 숨소리를 듣고 그녀가 끔찍할 정도로 허약한 상태라는 것을 알게 되었다. 쥐디트는 만약 이런 식으로 보답을 받을 바에는, 이따위 배은망덕을 경험하게 될 바에는 자식 같은 건 낳지 않는 게 좋았을 거라고 제레미에게 말했다.

제레미는 꼼짝도 하지 않았다. 그는 눈을 내리깔았다. 어떤 이유 때문인지 그는 쥐디트 앞에서는 항상 벌벌 떨었다. 그녀는 그를 주눅 들게 만들었다. 어느 날엔가는 대번에 얼굴이 새빨개지더니 알아듣지도 못할 말을 웅얼거렸다. 나는 그의 그런 모습에 놀라지 않을 수 없었다.

확실히, 쥐디트는 대찬 여자였다. 나는 그걸 증명할 수 있었다. 제레미는 그 정도의 비난에도 고양이 앞의 쥐처럼 어찌할 바를 모르고 벌벌 떨고 있었다. 그건 분명한 사실이었다. 바로 내 눈앞에서 벌어진 일이었으니까.

그는 지난 몇 달 동안 그녀의 뒤를 밟는 일에 열의를 보이지 않았다. 나는 그것이 그녀가 그에게 행사하는 지배력과 상관이 있다는 것을 알고 있었다. 나는 그걸 아주 잘 알고 있었다.

사실 그는 아직 어린애였다. 그 또래의 사내란 대부분 아직 아무것도 모르는 철부지에 불과했다. 무기력하고 숫기도 없어 여자의 눈을 이삼 초 이상 쳐다보지도 못하는. 나는 어머니에게 어떻게 그토록 무관심할 수 있느냐고 그녀가 비난을 퍼붓는 동안 그가 잔뜩 움츠러들면서, 말 그대로 몸을 오그리는 것을 보았다.

며칠 후 쥐디트와 내가 친구 집에서 저녁식사를 마치고 돌아왔는데 문 앞에 종이상자가 놓여 있었다. 케이크 상자였다. 카드도 한 장 들어 있었는데, 웬일로 제레미와 그의 어머니가 협력해서 정성스럽게 쓴 것이었다. 나는 쥐디트에게 케이크 맛을 보자고 말했다. 밤은 감미롭고 온화하고 바람 한 점 없었다. 모기나 벌레도 하나 없고, 날아다니는 나방들도 전혀 보이지 않는 밤이었다. 그런 곤충들이 거짓말같이 완전히 사라진 것도 그날 저녁 대화 주제들 중 하나였다. 서양의 예정된 종말과 수력발전기 조정에 관한 내용과 함께.

*

조아나와 올가의 장례식이 있고 일주일 후, 나는 우리가 살던 아파트를 팔고 가구와 짐은 전부 이삿짐 보관센터에 맡긴 후 알리스와 함께 여러 달 동안 여행을 다녔다.

출발 전날 알리스가 내 방으로 들어왔다. 해질 무렵—하루 중에서 특히 내가 소멸해버리는 것 같은 기분, 유달리 공허하고 괴로운 기분을 느끼는 순간—이었고 나는 침대 위에 앉아 있었다.

나는 조아나가 꼬박꼬박 일기를 쓴다는 것을 알고 있었다. 그녀가 그걸 어디다 보관해두는지도 알고 있었다. 하지만 그 일이 있은 후 이 주일은 족히 흘러갔고, 나는 그동안 그것을 알리스가 보기 전에 재빨리 처리하지 못했다. 그녀의 서랍장 속에 손을 넣고 그녀의 물건들 사이로, 그녀의 속옷 한가운데로 손을 밀어 넣기 위해서는 용기가 필요했다. 그런데 그 용기, 그 힘을 나는 그때까지도 낼 수 없었던 것이다.

알리스는 내 얼굴에다 자기 엄마의 일기장을 집어던졌다. 나는 그 아이가 그런 행동을 하는 이유를 즉시 알아차렸다. 일기장은 표지 모서리로 내 입술을 찢으면서 빠르게 방을 가로질렀다.

"아빤 구역질 나."

"그건 나도 충분히 알고 있다."

그리종으로의 그 짧았던 여행은 확실히 나에게 아주 비싼 대가를 치르게 했다. 나는 욕실 안으로 피신했다. 그리고 턱 위로 흘러내린 피를 씻기 위해 조용히 문을 닫았다. 아이가 이내 따라와 문을 두드리면서 열라고 소리쳤다. 내가 찬물이 나오는 수도꼭지를 틀고 입술을 닦는 동안 알리스는 발길질을 해대면서 고함을 내지르고 있었다. "추자압하안 이인가안!!" 그 아이는 악을 쓰며 소리를 질러댔다. 내 피가 세면대에 방울방울 떨어지는 동안 죄 없는 문을 사납게 두들겨대면서. "문 열어, 이 추자압하안 이인가안!!!"

이튿날 시드니행 비행기에서 그 아이는 커다랗고 시커먼 안경을 쓰고 아침부터 한마디도 하지 않고 있었다. 정신과 의사는 함께 여행을 하며 몇 달 동안 마음을 추스를 시간을 가지라고 권했다. 그런데 정말이지 시작부터 모든 게 엉망이었다. 나라는 인간은 알리스가 자기 마음을 추스르기 위해 절대로 함께 시간을 보내고 싶지 않은 바로 그 사람이었으니까—그 아이가 직접 나에게 그렇게 말했거나 아니면 어쨌든 충분히 그렇게 느끼게 만들었다.

나는 알리스가 그 일기장에서 무얼 읽었는지 잘 알고 있었다. 그 아이의 엄마가 나를 어떻게 묘사했을지. 아주 나쁜, 아주 아주 나쁜 인간으로 묘사해놨을 게 틀림없었다. 조아나는 불분명하게 어물거리거나 빙빙 돌려 말하는 여자가 아니었다.

그녀가 내 행동을 어떻게 평가했을지 올가의 입을 통해 알아낼 가능성은 이제 전혀 없었지만, 저울이 내 쪽으로 기울지 않았으리라는 것은 충분히 짐작할 수 있었다. 그 세 여자는 나에게 맞서고 있었다. 그 세 사람은 나를 비난하고 있었다. 그리고 그중에서 유일하게 아직 살아 있는 여자는 나에게 더이상 말도 걸지 않고 있었다.

싱가포르행 비행기 안에서 담배를 한두 대 피울 수 있다는 사실에 기뻐하고 있을 때, 갑자기 비행기가 난기류에 말려들었다. 기체가 검은 구름 한가운데서 요동을 치기 시작했다. 기내식들이 사방으로 날아다녔지만, 승무원들조차 어쩌지 못했다. 사람들은 비명을 질렀다. 산소마스크가 천장에서 떨어져내렸다. 보통 때 같았으면 이를 덜덜 떨며 성호를 그은 후에 비행기 추락에 대비했을 것이다. 공포가 나의 눈코입을 일그러뜨렸을 것이다. 하지만 이번에는 아니었다. 나는 침착함을 유지하고 있었다. 나는 죽건 살건 아무래도 상관없었다. 죽는 것 따위는 전혀 개의치 않았다…… 죽음을 두려워하기는커녕 나는 알리스가 앉아 있는 좌석 쪽으로 결연히 팔을 뻗었다—그 아이는 내 좌석 '바로 옆'에 앉지 않게 해달라고 요구했었고, 섹시한 금발의 에어프랑스 여직원은 나를 몇 초 동안 노려보고 나서 그 아이의 요구를 들어주었다.

비행기가 수천 미터 상공에서 떨어져내리는 동안, 내 앞에 앉은 남자는 우리 모두가 곧 죽을 거라며 고함을 질러댔다. 하지만 나는 알리스 쪽으로 계속 손을 내밀고 있었다. 단호하게, 눈도 깜빡거리지 않고. 비행기가 추락하면서 보일러처럼 윙윙거리고 식식거리는 소리를 내는 동안 내 딸은 얼굴을 찡그린 채로 우리가 죽음의 문턱에 와 있는 지금 자기 좌석의 팔걸이를 놓고 손을 뻗어 내 더러운 손을 잡아야 할지 말아야 할지 고민하고 있었다. 알리스는 이 비행기의 운명이 자기 손에 달려 있다는 것을 알고 있었을까. 오직 자신만이 그 악몽을 멈추게 할 수 있다는 것을.

마치 난리가 난 닭장 속 같았다. 새된 비명. 귀를 먹먹하게 하는 웅성거림. 모든 게 왈츠를 추며 소용돌이치고 있었다. 승무원들은 구석에 있는 자기들 자리에서 이를 악물고 있었다.

　그랬다, 나는 내 책을 출판한 출판사 사장 마를렌 앙테나가와 잤다. 그건 없는 얘기가 아니었다. 하지만 나는 내 집에서 멀리 떨어진 그리종에서 술에 취해 있었고, 그 여자는 세계에서 가장 권위 있는 출판사 중 하나의 사장이었다. 어떤 이들은 그녀의 출판사에서 책을 낼 수만 있다면 부모라도 살해했을 것이다. 그 여자, 마를렌 앙테나가는 손가락 한 번 튕기는 것으로 한 작가의 인생을 끝장낼 수 있었다. 그런데 내가 그녀의 손길을 거절하고 자살을 택해야 했을까? 그녀가 내 소설들이 출간될 때마다 나를 위해 마련해준 전면 광고와 대대적인 인터뷰를 포기해야 했을까? 나는 마르탱 쉬테*, 로버트 맥리암 윌슨**과 함께 진 한 병을 비우고 흥겹게 떠들어대면서 산장을 향해 다시 올라갔다. 저자 사인회 때문에 손목이 아팠다. 얼마나 멋진 저녁시간이었던가. 그리종에서. 밤의 냄새. 차가운 공기 속에 멀리 외양간에서 은은하게 풍겨오는 두엄 냄새. 지붕 바로 밑, 우리의 방들로 이어지는 좁은 계단. 솜털만 넣어 만든 환상적인 새털이불. 계곡에 자욱한 안개. 암소들의 목에 매달린 종. 중립지대. 니체가 앉아 명상에 잠기곤 했던 바위.

---

* 광고 카피라이터이자 기고가, 시나리오작가, 방송작가.
** 북아일랜드 소설가.

*

홀아비가 된 지 일 년 남짓 되었을 때, 나는 알리스와 내가 같은 집에서 더는 살 수 없다고 생각했기 때문에—어쨌든 그 아이마저 죽게 만들고 싶지 않았다—집을 구하기 위해 시내의 부동산 사무실을 찾아갔다.

그곳의 문을 밀고 고개를 드는 순간, 나는 태어나서 처음으로 여자를 보는 것 같은 기분이 들었다.

그날 이후로 쥐디트는 나와 만날 약속을 정하고 자기 차에 나를 태우고 집을 보러 다녔다. 그리고 그동안 알리스는 몇 달 전부터 함께 어울려 다니던 그 은행가 집안의 자손을 동반한 채 다원적이고 체계적인 환각의 길을 좇고 있었다. 그 녀석은 욕실에다 토하고, 카펫을 태우고, 그릇을 부수고, 이웃 사람들을 불안하게 만들면서 몇날 며칠이고 밤새도록 아파트 안을 돌아다녔다. 그 녀석은 진정한 재앙이었다. 나는 그가 싫었지만, 알리스가 나를 떠나버리는 걸 원치 않았다. 그 아이가 어느 날 아침 그러고 말겠다고 나를 위협했듯이. 그때 나는 아침을 먹으면서, 그 얼간이 녀석이 마치 팔에 아직도 주삿바늘이 꽂혀 있는 것처럼 복도 저 끝에서 엉거주춤한 자세로 다리를 질질 끌며 걸어오는 것을 보았다. 부엌까지 온 그 녀석이 갑자기 식탁 위로 엎어지면서 내 커피 사발과 흰 치즈, 시리얼을 공중으로 날려 보냈다. 내 얼굴 위로 쏟아지지 않은 것들은 타일바닥 위에서 깨지고 부서지면서 내 발을 엉망으로 만들었다. 나는 분노에 사로잡혀 자리에서 벌떡 일어나 재빨리 얼굴을 닦고 수건을 집어던졌다. 그리고 정신 나간 그 인간의 목덜미를 움켜잡고 층계참까지 끌고 가서 계단 아래로 집어던지려는 순간, 알리스가 나타났다. 그 아이는 유령처럼 새하얀 얼굴로 나를 부추겼다. "어서 해, 해보라니까. 그랬다간 다시는 날 못 볼 줄 알아, 이 추잡한 인간아!"

둘이서 함께 이곳저곳을 돌아다니면서 몇 달을 보냈지만, 알리스는 변함없이 나에게 그 모욕적인 말을 쏘아댔다. 상황이 더 나빠지지 않도록 하기 위해 내가 때때로 보여준 극도로 비굴한 태도 때문이었다. 알리스는 이제 시도 때도 없이 그 욕을 사용하지는 않았지만—시드니에 머무는 동안 어찌나 자주 들었던지, 그곳을 떠나올 때쯤 나는 그 '추잡한 인간'이 마침내 내 이름이 되어버렸다고 생각할 정도였다—아직도 가끔씩 그 어휘를 사용하곤 했다. 나는 그 아이를 쳐다보고 나서, 심각한 혼수상태에 빠진 것처럼 아무것도 알아차리지 못하는 그 녀석, 내 딸이 끔찍이도 염려하고 있는 그 녀석을 놓아주었다. 딸이 하나밖에 남지 않았다는 것을 아는 아버지가 그 딸마저 잃어버리고 싶지 않을 때, 그 아버지와 딸 사이 싸움의 결과는 뻔하다.

나를 데리고 집을 구경시켜주러 다니는 그 여자와 함께 그 지역 일대를 쑤시고 돌아다닌 일주일이 뜻밖에 나를 소생시켰다. 5백

일간의 애도 작업 끝에 심신이 피폐해질 대로 피폐해진 나는 이제 상처로부터 빠져나와 눈을 깜빡이면서 다시 깨어나고 있었다. 그녀는 렉서스를 몰았다. 중고차, 셋째 날 아침에야 그녀는 그게 중고차라고 털어놓았다. 그때 이미 우리는 서로를 이름으로 부르고 있었다. "혼다 시빅을 몰았을 때는 일이 이만큼 잘 풀리진 않았어요." 그녀가 웃으면서 덧붙여 말했다.

나는 멍해 있었다. 나에게 무슨 일이 일어나고 있는 건지 즉시 알아차리지 못했다. 나는 바스크 지역으로 돌아온 것이 만족스러웠다. 비를 뚫고 반짝이는 햇살을 다시 보고, 대양의 공기를 들이마시고, 숲 한가운데로 차를 몰고, 피망과 염소 치즈를 다시 맛볼 수 있게 된 것이 기뻤다. 하지만 그게 전부는 아니었다.

나는 집을 선택하는 문제에 있어 상당히 까다롭게 굴었다. 그녀에게 최대한 많은 집을 보고 나서 결정을 내리겠다고 했다. 나는 렉서스 안에 편안히 앉아서 내륙에서 해안까지 그 지역을 구석구석 이끌려 다녔다. 봄이 오고 있었다. 햇살 찬란한 하늘보다 먼저. 아주 터무니없는 생각들이 나를 덮쳤다.

그녀는 내 책들을 읽었다. 나의 모든 책들을. 나는 꿈속에서 사는 기분이었다. "무엇보다도 당신의 문체가 정말 마음에 들어요." 그녀가 덧붙여 말했다.

'행운이군.' 나는 그렇게 생각했다. 쥐디트라는 여자는 아름다울 뿐 아니라 나보다 열 살이나 어리고 경제력도 있는 여자였으니까.

"이거, 얼굴이 빨개지는데요?"

그 이튿날, 그녀는 나에게 바닷가 인근의 집을 보러 가자고 제안했다. 그러더니 갑자기 말을 주워담았다. 완벽하지만 내 예산을 훨씬 넘어서는 집이었던 것이다. "안달루시아풍의 빌라예요." 그녀가 한숨을 지으며 말했다. "전 그 집이 아주 마음에 들어요. 〈황금팔을 가진 사나이〉 촬영을 끝마친 후에 완전히 지쳐버린 프랭크 시나트라가 그 집에서 지냈지요."

"헤밍웨이에 비한다면 넬슨 올그런*은 작가라고 할 수도 없지만 여하튼 구경이나 한번 해봅시다. 돈이야 나중 문제고."

"무리할 필요는 없어요, 프랑시스. 당신에게 부담주고 싶지 않아요. 자꾸 고집부리지 마세요……"

그녀가 집 앞에 차를 세우는 순간, 바로 이 집이라는 생각이 들었다.

지붕 밑 다락방들 가운데 아주 커다란 방이 하나 있었다. 내가 그 집에 대해 조금이라도 주저하는 구석이 있었다 해도, 그 방을 보는 순간 내 생각이 틀렸다고 인정했을 정도로 매력적인 방이었다. 나는 벌써 내 책상과 커피머신, 소파베드를 놓을 곳을 그려보고 있었다. 나는 벌써, 문학상 전쟁에 뛰어든, 모니터 앞에 앉은 내 모습을 떠올렸다―항상 공정하게 일을 처리하는 마를렌 앙테나가

---

*『황금팔을 가진 사나이』를 쓴 소설가.

는 장례식 바로 당일에 그 출판사의 작가 대열에 나를 복귀시켰다. 그 며칠 전 내가 출판사를 바꾼다고 썼던 기자들 앞에서 나를 껴안고 내 양 볼에 키스를 한 후에.

창으로 바다가 내려다보였다. "에드몽 로스탕*의 집처럼 환상적이지는 않지만 나쁘진 않군. 솔직히 꽤 괜찮아요. 하지만 이 집 주인은 미쳤어. 그런 터무니없는 액수를 고집한다면 절대로 집을 못 팔 거요. 하지만 집은 정말로 마음에 들어."

우리는 서로를 쳐다보았다.

"나하고 결혼해줘요." 내가 말했다. "당신은 나의 유일한 희망이오."

몸이 떨렸다. 내가 원하는 집에서 내가 원하는 여자를 눈앞에 두고 있다는 생각에. 내가 소생하리라는 생각에. 이내 입 안이 바짝 타들어갔다.

*

딱딱한 나무 흔들의자에 앉아 몸을 앞뒤로 흔들다가 자기 딸의 손가락을 부러뜨린 날, 로제는 이제 다시는 그 어떤 마약에도 손대지 않겠다고 맹세했다. 사고는 그가 쌍둥이를 돌보기로 한 날 환각

---

*『시라노 드 베르주락』을 쓴 19세기 프랑스의 극작가이자 시인.

상태에 빠지면서 일어났다. 그는 처음에 마음먹은 것처럼 자기 손을 잘라버리지는 못했지만, 마침 파리에 올라와 있던 나를 증인 삼아 내 눈앞에서 자기가 갖고 있던 마약들을 전부 화장실 변기 속에 처넣었다. 그후로 정말 놀랍게도 그는 약속을 지키는 것 같았고 알리스도 그와 함께 마약을 끊었다.

그 당시 안 뤼시는 겨우 한 살이었다. 그 아이가 위험천만한 얼간이 녀석에게로 엉금엉금 기어가고 있을 때 소위 애비라는 작자는 환각에 빠져 정신이 오락가락하다가 흔들의자의 팔걸이를 움켜잡은 채 앞으로 꼬꾸라졌는데, 그 바람에 아이의 손이 의자 밑에 깔려 으스러졌다. 손가락뼈 두 개를 잃은 것으로 끝난 건 정말 기적이었다. 아이 엄마는 어떤 난해한 텔레비전 코미디를 찍기 위해 촬영장에서 주말을 보내고 있었지만, 그렇다고 그 끔찍한 사건에 대한 책임을 비껴가기는 어려웠다.

하지만 어쨌든 간에 그들은 그 사건에 충격을 받아 그 이후로 비교적 정상적인 가정을 꾸려나가게 되었다. 그래서 나도 그들을 향한 비난을 수면 아래로 가라앉히고 더이상 빈정거리지 않았다.

그들은 깊은 수렁에서 빠져나오고 있었다. 마약상과 응급구조대가 내 집 문을 경쟁하듯 밀어젖히던 시절을 알지 못하는 쥐디트와는 달리, 나는 그럼에도 불구하고 계속 경계 태세를 풀지 않았다. 그들의 달라진 모습을 인정하지 않으려 해서가 아니었다. 쥐디트와 결혼한 지 삼 년이 지난 그즈음, 우리가 완벽하게 성공한 결혼의 본보기가 아니었던 만큼 그들의 결혼생활에 대해 내가 뭐라고 말할 입장은 아니었던 것이다.

쥐디트는 에어프랑스 수속대에서 여행 팸플릿을 넘겨 보고 있고 나는 머릿속에서 이런 생각을 하고 있을 때, 비행기가 가스코뉴 만을 거슬러 올라가는 바람을 가르며 무거운 구름층 아래로 내려왔다.

그날 아침 비아리츠 파름 공항에는 사진기자 여섯 명이 나와 있었다. 하늘은 창백한 순백색이었고 바람이 불고 있었다. 최근 시시껄렁한 남자배우 하나와 염문설이 있었기 때문에 알리스를 둘러싸고 일대 소란이 벌어지고 있었다. 호두만 한 눈송이들이 활주로 위에 흩날리고 있었다. 결혼하고 얼마 지나지 않아, 그러니까 쌍둥이가 정확히 두 살일 때 오랜 약물중독에서 가까스로 벗어난 알리스는—그즈음부터는 스트레스가 너무 심할 때만 가끔씩 수면제를 삼키는 정도였다—또다른 것을 시도해보고 있었다. 마약이 아닌 다른 종목에 눈을 뜨고 있었고, 그래서 때때로 나는 내가 그 아이의 남편이 아니라 아버지라는 사실이 다행이라고 생각됐다.

어찌 되었건 간에 그날 아침 눈보라를 뚫고 도착한 알리스의 모습은 빛을 발했다. 크리스마스가 성큼 다가와 있었다. 사방에서 플래시가 펑펑 터졌다. 알리스가 몇 차례 포즈를 취하고 나서 우리 쪽으로 걸어왔다.

"아주 좋아 보이네요, 두 분 다." 짐을 찾느라 떨어진 로제와 쌍둥이가 우리를 향해 힘껏 팔을 흔드는 동안 알리스가 잠긴 목소리로 말했다.

"로제는 모발 이식수술을 한 거냐?" 나는 엄청나게 큰 트렁크세 개와 가방 몇 개를 막 카트에 실은 사위 쪽으로 눈을 가늘게 뜨면서 물었다.

"아뇨, 그럴 리가 있나요." 알리스는 과장된 어조로 대꾸했다.

"아 그래. 난 또 그런 줄 알았지. 내가 착각했구나."

알리스 역시 여러 개의 가방을 들고 있었는데, 명품점, 향수 가게, 테이크아웃 전문점, 초콜릿 상점의 쇼핑백이었다. 나는 그 아이가 쥐디트와 포옹할 수 있도록 그것들을 받아 들었다.

알이 작은 안경을 쓴 가슴 큰 여자가 가족 간의 감격적인 상봉 장면을 거의 무시하면서 알리스의 코앞에 지역 방송국 마이크를 들이댔다.

알리스는 그 여자를 잠시 주시했다. "고마워요. 하지만 전 할 말이 없어요. 아무 말도 하지 않겠어요. 부디 양해 바랍니다. 다시 한 번 말하지만, 브레드는 분명 제가 아는 가장 다정한 남자예요. 하지만 상대 여배우와 스캔들을 일으키는 건 세상에서 가장 형편없는 남자배우가 되는 가장 확실한 방법이죠. 전 우리가 함께 이런 성공을 거둔 것이 아주 기뻐요. 독설가들, 교조주의자들, 질투에 눈이 먼 사람들, 가십 기사나 써내는 신문들은 처량하고 우울한 임무를 열심히 수행하게 내버려둬야죠, 안 그래요? 제 남편이 이 자리에 나와 있습니다. 아이들도 여기 있고요. 부모님도 여기 계세요. 솔직히 제가 남자와 눈이 맞아 도망을 갔던 것처럼 보이나요? 이성적으로 생각해보세요. 이제 곧 사람들은 저와 잭 니콜슨이 사귄다고 떠들어댈 거예요. 그분 나이가 지금 몇 살인가요? 여든? 맙소사! 이보세요, 저는 이 한 가지 사실만 말하고 싶군요. 안젤리나는 제 친구예요. 물론 어떤 사람들에게 그런 건 별로 중요하지 않을 수도 있겠지요. 하지만 저에게는 중요해요. 제 말을 받아들일 수 있는 분들만 받아들이세요."

나는 알리스를 바라보고 있었다. 체중이 약간 는 것 같았다. 그 아이는 빛이 났다. 젊음, 에너지, 아름다움을 발산하고 있었다. 바로 그날 아침, 평소 날씨가 화창할 때면 멀리 피레네산맥이 보이는 해만 너머에서 푸른 빛깔로 반사되는 눈송이와 고엽 들을 흩날리면서 느닷없는 바람이 구슬프고 긴 소용돌이를 만들어내는 동안, 나는 알리스를 관찰하면서 분명히 깨달았다. 그 아이가 자만심과 도도함으로 가득 찬, 참고 봐주기 힘든 고약한 젊은 여배우가 되어가고 있다는 것을. 그리고 내 생각이 틀릴 가능성은 거의 없었다.

하지만 마약쟁이가 되거나 교통사고로 생을 마감하는 것보다는 그게 낫지 싶었다. 나는 그 아이의 아버지였다. 나에게는 다른 선택의 여지가 별로 없었고, 그래서 내 딸과 문제를 일으키기보다는 그 아이가 성찰의 시간을 가짐으로써 스스로 자신의 영혼을 구제할 수 있기를 바랐다.

지금으로선 불이 그 아이를 집어삼키고 있었다. 그건 분명한 사실이었다. 독이 그 아이의 몸과 영혼에 퍼져 있었다. 대개 여배우들은 쉰 살쯤 되면서부터, 그러니까 가면이 벗겨지기 시작할 때부터 비로소 인간적으로 편안하고 자연스러워진다.

그 아이는 도착하자마자 내 서재에 틀어박혀 한 시간 남짓 내 전화기를 붙들고 있었다.

"수신자부담으로 걸었으면 좋겠군." 나는 굵다란 너도밤나무 장작을 뒤적여 불꽃을 일으키면서 말했다. "출판사에서 전화를 걸지 않아야 할 텐데. 직통전화가 있거든. 밤이고 낮이고 필요할 땐 언제라도 나한테 전화를 건다네."

내 말에 대꾸하는 대신 로제는 신음 비슷한 소리를 냈다. 나는 다시 고개를 들었다. 우리뿐이었다. 쥐디트는 아이들을 재우고 있었다.

"무슨 문제라도 있나?" 나는 항상 변함없는 그의 창백한 안색과 힘없는 거동을 마침내 눈으로 확인하면서 물었다. 나는 그에게 잔을 내밀었다.

"전부 사실이에요." 그가 히죽히죽 웃으며 말했다. "정확한 사실이라고요, 장인어른. 그들은 생 라파엘의 고급 호텔에서 함께 일주일을 보냈어요. 빌어먹을! 알리스는 거짓말을 밥 먹듯이 한단 말입니다!"

나는 말없이 고개를 끄덕였다. 그리고 나서 그에게로 다시 눈길을 들었다. "아주 어릴 때부터 거짓말을 곧잘 했지. 무서운 애야."

*

아름다운 여자와 팔짱을 끼고 데이트를 하기 위해서는 언제나 그만한 대가를 치러야 했다. 그리고 만일, 그 여자가 여배우나 상속녀, 여가수, 모델, 아나운서, 작가 등 어느 정도 유명한 여자라면, 농담은 침착하게 받아들이고 연애감정은 문턱을 넘어서기 전에 완전히 날려버리는 게 나았다.

*

이틀 후, 늙은 관절염 환자들이 혹독한 건강관리 수칙에 따라 차가운 바다에 용감하게 몸을 던져 수영을 하고 난 후 죽을 날이 그리 머지않았음에도 불구하고 만족스러운 미소를 머금은 채 물에서 나오고 있는 동안, 알리스와 나는 조용한 집 안에서 아침식사를 하고 있었다. 알리스는 토스트에 버터를 조심스럽게 바르는 나를 재미있다는 표정으로 바라보고 있었다. 두 손바닥으로 턱을 괸 채. 나른한 얼굴로. 눈을 뜨고 있었지만 아직 잠이 덜 깬 얼굴이었다.

이른 아침 부엌에서 그 아이와 다시 마주친 그날 나는 희망을 되찾았다. 그 순간 나는 우리가 곤경에서 벗어났다는 것을 깨달았다.

적어도 부분적으로는.

새벽녘에는 파리하던 빛이 이제 구릿빛을 띠고 있었고―개중에는 붉은빛을 띤 부분도 있었다―그 속에서 반짝거리는 미립자들이 파르르 떨리고 있었다. 바람은 완전히 잦아들었다. 정원을 뒤덮고 있던 새하얀 카펫이 염분기 있는 공기 속에서 녹기 시작하면서 표면의 얇은 얼음 층이 반짝이고 있었다.

"무엇보다도, 아빠가 나한테 훈계를 할 입장이 아니란 걸 말해두겠어."

"난 네 행동을 비난하는 게 아니라 네 남편이 나한테 한 말을 전해주는 것뿐이야."

우리는 미소를 주고받았다.

"어쩌다가 그 모양이 됐는지 모르겠어, 그런 사람이 아니었는데."

"전 같으면 네가 어떤 녀석과 눈이 맞아 육 개월 동안 종적을 감춰도 알아차리지 못했겠지."

내가 오렌지 몇 개를 압착시켜 즙을 내고 달걀을 몇 개 깨뜨려 프라이를 하는 동안 알리스는 기지개를 켜고 있었다. 이런 모습의 알리스가 훨씬 더 내 마음에 들었다. 화장기 없는 얼굴에 '권력 남용은 놀랄 일이 아니다'라는 영문이 적힌 헐렁한 티셔츠와 검은색과 푸른색이 섞인 실크 파자마 바지만 걸치고 있는 모습. 그 아이가 부스스해 있을 때, 그리고 다시 정상적인 사람처럼 움직이고, 말하고, 숨 쉬고, 생각하기 시작할 때.

"해서는 안 되는 얘기겠지만, 난 그와 아주 멋진 일주일을 보냈어. 그는 믿을 수 없을 정도로 잘생겼어, 안 그래? 우린 한순간도 떨어지지 않았어. 진정한 휴가를 보냈다고. 아빠 이외에는 아무도 내가 어디 있는지 몰랐지. 그렇게 자유롭고 편안한 기분을 느낀 게 정말 얼마 만인지 몰라."

"그래, 네가 하는 말을 백 퍼센트 이해한다. 때때로 숲속으로 들어가 종적을 감춰버리고 싶은 욕구가 일곤 하지. 더이상 아무것에도 얽매이고 싶지 않고 세상과 인연을 끊고 싶은…… 하지만 로제가 이번만큼은 쉽게 받아들이지 못할 거라는 느낌이 든다…… 일주일이라는 시간은 아주 길어. 만약 쥐디트가 어떤 녀석의 품에 안기려고 일주일 동안 자취를 감춘다면, 현재 우리 관계가 얼마나 식어 있건 간에 나는 그걸 이 세상의 보통 남편들과 거의 비슷하게 받아들일 것 같다."

나는 달걀 프라이를 두고 그 아이 맞은편에 앉았다. 우리에게서 앗아간 것에 대해 하늘을 저주해야 했을까? 아니면 우리에게 남겨준 것에 감사해야 했을까?

"식기 전에 먹자."

"어때, 쥐디트하고는?"

나는 무기력하게 어깨를 으쓱했다. 조아나가 죽고 거의 오 년이라는 세월이 흘렀다. 그런데도 나는 거기서 완전히 벗어나지 못하고 있었다. 쥐디트와 결혼하면 내 고통이 끝날 거라고 믿었다. 하지만 그런 착각은 그리 오래가지 않았고, 그래서 노르망디의 를레앤드 샤토 호텔에서 결혼 삼 주년을 기념하던 날 나는 울음을 터뜨리는 훌륭한 매너를 보여주었다.

"우리는 어둠 속에서 사랑을 하고 있어." 나는 나이프 끝으로 노른자위를 건드리며 말했다. "그 안에는 좋은 면도 있고 나쁜 면도 있지. 그렇지만 요 전날 네 엄마와 언니 무덤에 꽃을 갖다놓으러 갔을 때 이제부터 자기는 더이상 따라오지 않을 거라고 못을 박더라. 이유야 굳이 설명할 필요 없는 거고. 쥐디트가 나한테 그렇게 말했어. '난 당신에게 그 이유를 설명할 필요가 없어요.'"

딸이 한순간 내 손을 잡았다—나는 기회가 생길 때 누군가가 내 마음을 덥혀주는 것을 마다하지 않았다. 나는 우리가 어떻게 심연을 건너고, 폭풍우를 뚫고 나오고, 불길 한가운데를 달리고, 때때로 음식이라는 걸 목구멍으로 넘길 수 있게 되었는지 알지 못했다. 하지만 한 가지는 확실했다. 알리스의 도움이 없었더라면 내가 그 고비들을 통과해내지 못했을 것이고, 알리스 역시 내 도움 없이는 거기에 도달하지 못했으리라는 것.

나는 정확히 언제부터 알리스가 시건방지게 굴기 시작했는지 알 수 없었다. 어떤 변화가 점진적으로 일어난 건지. 그러므로 내가 이상하다고 생각한 것은 전혀 그렇지 않은 거였는지도 몰랐다. 어떤 암시였는지도.

배우라는 직업은 여자가 선택하기에 가장 나쁜 직업이다. 주변 사람들에게만 나쁜 게 아니라 본인에게도. 그리고 알리스는 함정 속으로 곤두박질쳤다.

그 아이가 내 손을 놓자 나는 흠칫 놀랐다.

"아빠가 내게 써주겠다고 약속한 그 작품, 난 항상 기다리고 있어."

"작품? 결국 *그거군.* 내가 어쩌다가 너한테 그런 약속을 한 걸까? 요즘은 열 쪽도 쓰지 못해."

"어쨌든 나한테 약속했어."

"그때 내가 제정신이 아니었나보지. 내가 만에 하나 너한테 그런 걸 약속했다면, 알리스, 그건 분명히 내가 정신이 나가서 그랬던 걸 거야. 그리고 해서는 안 될 약속을 물리칠 줄 아는 것이 현재의 내게 아직 남아 있는 유일한 능력이라는 사실에 비추어 볼 때, 그건 엄청나게 허세를 부린 망발이야. 지킬 수 있다면야 좋겠지만 경솔한 약속이었어. 게다가 그런 걸 써봐야 내 앞날에 별 도움이 되지 않아."

"아버지로서 자식의 앞날이 정말로 걱정된다면, 써줘."

"그런 말 하지 마라. 물론 난 네 앞날을 걱정해. 네가 세상에 태어난 그 순간부터 나는 네 미래를 항상 걱정하고 있다. 그런 나에게 제발 네 미래를 걱정하지 않는다는 말은 하지 마라. 그런 어리석은 말은 하지 마. 내가 기운을 차리면 그 즉시 한 권이 아니라 열 권이라도 써줄 테니까. 아니, 그것보다 더 많이. 나야말로 그런 날이 오기를 간절히 바라고 있으니까. 만약 나에게 그런 은총을 내려준다면 난 어떤 종교에라도 당장 귀의할 거야. 첫 문장과 마지막 문장, 그리고 끝이라고 쓸 수 있는 재능이 나에게 다시 주어진다면 어떤 신에게든 엎드려 기도할 준비가 되어 있으니까."

알리스는 고개를 가로저었다. 그리고 밖을 쳐다보고 나서, 몸을 좀 움직여야겠다며 진입로의 눈을 치울 만한 장비를 달라고 했다.

알리스에게 삽과 정원용 빗자루 말고 더는 아무것도 찾아줄 것이 없었다. 이곳 사람들은 이 지역에서 눈이 내리는 것보다 외제니 황후풍의 후프 스커트*를 볼 가능성이 훨씬 더 크다고 입버릇처럼 말하곤 했다.

알리스가 덧옷을 걸치고 눈을 치우기 시작했다. 그것은 그 아이가 대단한 우위를 선점하는 일이었다. 지극히 쉽고 간단한 일이었지만 나는 그 정도 일로도 좌골신경통, 요통, 관절염 등 온갖 증상들이 도지기 일쑤였고, 따라서 그 일에 대한 주도권을 가짐으로써 알리스는 자신에게 유리한 쪽으로 거래를 성사시킬 수 있었다. 그 사고가 일어나고 며칠 후, 맨 처음에는 등에 통증이 느껴지더니 곧 온몸 여기저기가 돌아가며 아프기 시작했다. 그 결과 이제는 그 어떤 마사지나 물리치료도 더이상 통증을 덜어주지 못했다. 작가로서만 망가졌더라면 그나마 불행 중 다행이었을 텐데…… 나는 일

---

* 나폴레옹 3세의 부인 외제니 황후가 입어 당시 대유행을 몰고 온 새장 모양의 풍
  성한 치마.

말의 서글픔을 느끼며 그런 생각을 하곤 했다. 어쨌건 간에, 그 아이가 나 대신 무거운 눈더미를 삽으로 뒤집는 걸 보면서 나는 기분이 아주 좋았다. 요통을 피할 수 있는 기회는 그리 자주 오는 게 아니었으니까.

나는 그 아이가 사춘기 소녀에서 여자로 변하는 과정을 보지 못했다. 그래서 지금 내 집 정원에서 일하고 있는 저 아이, 매서운 공기 속에서 입김을 내뿜으며 얼굴이 빨갛게 언 채로 거침없이 능숙하게 일을 하고 있는 저 아이가, 아이의 엄마를 만나기 훨씬 전부터 내 속에 들어 있던 하나의 불씨였다는 사실이 도무지 믿기지 않았다.

로제가 몽상에 빠져 있던 나를 현실로 끌어냈다. "저 여자와 사랑에 빠지는 건 저주나 다름없어요." 그가 내 등 뒤에서 날카로운 소리로 말했다. "저 여자 때문에 머리끝까지 화가 치밀어 올라요."

"로제, 잘 잤나?"

그는 인상을 찌푸렸다.

*

아침 일곱시였다. 곧 제레미를 데리러 경찰서로 가야 했다. 나는 하품을 하고 눈을 비비며 간신히 잠을 깼다. 지난밤 나는 도무지 나아갈 기미를 보이지 않는 한 단락을 가지고 늦게까지 씨름했다. 그러다 죽을 만큼 지쳐서 침대 위에 쓰러졌다. 그리고 전화벨 소리에 놀라 벌떡 일어났다. 아직 날이 밝지 않아 창밖은 창백하고 투명했지만, 벌써 훈훈해진 바닷바람이 슬그머니 방 안으로 스며들고 있었다. 내 직업의 특성상, 만약 어떤 한 단락 앞에서 백기를 들어버리면, 만약 자기 전에 문제를 해결하지 못하면 나는 한 차원 높은 곳으로 올라설 수 없다. 그러다보면 어쩔 수 없이 이류 작가로 머물러 있게 된다.

그는 경찰서 유치장 안에 혼자 있었다. 다시 창살 안에. 경찰은 곧바로 녀석을 데려갈 수 있을 거라며 나를 안심시켰다. 하지만 그 전에 그 철없는 녀석이 다시는 유치장에 들어오는 일이 없게 단단히 경고를 해달라고 했다.

"잘 좀 설득해서 제발 좀 정신을 차리게 해주세요. 부디, 성공을 빕니다. 개인적으로야 불가능하리라 생각하지만. 열여덟 살짜리 꼬맹이가 총을 들고 주유소를 습격하다니, 그 머릿속에 도대체 뭐가 들었는지, 정말이지…… 그 녀석은 애저녁에 글렀어요. 이건 횡단보도를 건너는 맹인을 도와주는 것과는 다른 문제예요……"

나는 그 사람의 의견에 전적으로 동감했다.

"쓸데없는 일에 말려들지 마세요." 그가 나에게 충고했다.

"걱정 마세요. 나는 지금 소설을 쓰고 있어요. 이제 일 분도 시간을 낼 수 없습니다."

"멋지군요. 소설을 쓴다는 건 정말 멋진 일인 것 같아요. 정말

부럽습니다."

이번에도 그 사람의 의견에 전적으로 동감했다.

나는 제레미를 데리고 밖으로 나왔다. 맞은편에 간이식당이 있었다. 잠을 완전히 깨기 위해 커피를 마시고 싶었다. 그리고 동틀 무렵에 일어난 나 자신에 대한 상으로 폭신하고 달콤한 케이크도 한 조각 먹고 싶었다. 나는 제레미에게 원하는 걸 주문하라는 눈짓을 했다. 그의 오른쪽 눈은 말린 자두 같았고, 코는 울퉁불퉁한 토마토 같았다. 오른손은 붕대 대신 헝겊 같은 것으로 싸매져 있었다. 그를 금빛으로 뒤덮으며 머리 위로 밝아오는 햇살도 그것을 감춰주지는 못했다.

나는 그를 곧장 유기견 보호소로 데려갔고, 거기서 우리는 그의 개를 되찾았다. 개는 온 사방으로 침을 흩뿌리며 펄쩍펄쩍 뛰어댔다. 우리는 그의 집으로 돌아가기 위해 해안을 따라 달렸다. 멀리 카지노가 보이는 가운데 새벽같이 서핑을 즐기기 위해 나온 사람들이 초원의 개들처럼 꼿꼿하게 서핑보드에 올라탄 채 한 손을 챙처럼 눈 위에 갖다대고 말없이 수평선을 탐색하고 있었다. 하늘은 짙은 파란색으로 변하고 있었다. 그의 개는 이제 혀를 늘어뜨린 채 뒷좌석에 얌전하게 있었다.

"이 녀석에게 이름을 지어주지 않기로 했어요." 그가 중얼거리듯 말했다. "동물에게 이름을 지어주는 건 멍청한 짓 같아요."

나는 아무 대꾸도 하지 않았다. 그리고 그의 집 앞에 차를 세웠다. 나는 그가 내리기를 기다리지도 않고 먼저 내렸다.

어두운 거실에 안 마르그리트가 앉아 있었다. "제레미는 괜찮아요. 이제 걱정할 필요 없어요. 다 잘 마무리되었으니까, 지난 일은 다 잊어버려요."

"프랑시스, 당신이 있어줘서 다행이에요. 알다시피 난 이제 운전조차 못하니까. 정말, 운전을 하다가 무슨 일이 일어나지나 않을까 두려워요. 그러니 아예 운전대를 잡지 않는 게 나아요. 이제 곧 걷지도 못하게 되겠죠. 그러면 정말 큰일인데."

그녀가 거실의 커튼을 걷은 후, 우리는 아무 말 없이 창 너머로 제레미를 바라보았다. 그는 집 앞에서 자기 개와 놀고 있었다. 나는 벽난로 위에 놓인 제레미 아버지의 사진을 힐끗 보았다. 사이클 선수 복장에 수수께끼 같은 표정을 짓고 있는 사람. 나는 그에게 윙크하고 싶은 기분이 들지 않았다.

*

이웃집에서 울타리를 정리하고 있었다. 그 소음은 견디기 어려웠다. 창문을 모조리 닫아놓았는데도. 불안정한 폭발음을 연속적으로 터뜨리면서 일으키는 끔찍한 기계의 소란—오토바이처럼 날카롭게 부르릉거리는 소리—에 도저히 익숙해질 방법이 없었다. 나는 누군가가 나타나 그놈의 정원사를 때려눕히거나 망할 기계를 박살내주기를 바랐다. 그렇게 해주기만 한다면 그 사람에게 사례를 할 용의가 있었다. 하지만 아무 일도 일어나지 않았다.

다시 고요가 찾아왔다. 고문을 끝내준 것에 대해 하늘에 감사하려는 순간, 이웃집 정원사가 더 시끄러운 기계 소리를 내기 시작했다. 나는 그 소리를 멈추게만 해준다면 엄청난 사례라도 할 용의가 있었다.

만약 헤밍웨이였다면 당장 달려나가 그 작자의 면상을 날려버렸을까? 전날 저녁 『킬리만자로의 눈』을 다시 읽으면서 과연 그는 내가 아는 최고의 작가들 중 하나임에 분명하다고 생각했던 차라 나는 자연스레 그를 떠올리고 있었다. 나는 그 소설을 읽을 때마다 늘 그런 생각이 들었다. 뛰어난 작가. 힘이 넘치고 말을 아끼며 현명한 작가. 유감스럽게도 그는 내 이모와 결혼을 약속해놓고 그 약속을 지키지 않았다. 그 시절 그는 브레트*라는 여자에게 빠져 있었다.

그 시절의 유명한 사진이 있었다. 사진 속 그는 깊이 팬 브이넥에 꽈배기 무늬가 들어간 겨울 스포츠용 두터운 흰색 스웨터를 입고 있는데, 그 스웨터는 다름아닌 우리 이모가 그를 위해 뜨개질한 옷이었다. 지어낸 얘기가 아니다. 이모는 돌아가시기 전에 나에게도 그것과 똑같은 스웨터를 하나 짜주셨다. 나는 한 번도 그걸 입

---

* 『해는 또다시 떠오른다』의 여주인공 브레트 애슐리.

지는 않았지만, 그때부터 그 스웨터를 입을 자격이 있는 사람이 되려고 열심히 글을 썼다.

나는 두 귀를 틀어막으면서 정원으로 나왔다. 그리고 그 소란을 일으킨 장본인을 향해 곧바로 걸어갔다. 시끄러운 소리를 내는 데다 곤두선 날과 긴 손잡이가 달린 그 꼴사나운 기계 쪽으로. 남자는 방음용 헤드폰을 쓰고 있었다. 나는 그의 어깨를 툭 쳤다. 그의 얼굴은 투명 플라스틱 챙으로 가려져 있었다. 모터를 멈춘 정원사가 제레미라는 걸 안 순간, 나는 발길을 돌렸다. 하지만 그가 나를 향해 소리쳤다. "화났어요?"

"화났냐고? 내가 왜 화가 나?"

"사흘 전부터 내게 한마디도 하지 않았잖아요."

"그건 다른 문제야. 화가 나서가 아니라고. 난 전혀 화나지 않았어. 난 자네한테 아무런 할 말이 없어. 그건 별개의 문제라니까. 내가 왜 자네한테 내 귀중한 시간을 낭비해야 하는 건지 모르겠어. 내가 쓸데없이 떠들어대면 뭐하나? 자넨 내 말을 개똥같이 여기는데. 자기 어머니가 눈앞에서 서서히 죽어가고 있는 마당에 관심이라곤 개 산책시키는 것밖에 없는데. 얼굴에 피범벅을 하고 한밤중에 귀가하지를 않나, 집에 들어가기만 해도 다행이지, 똑같이 맛이 간 인간이나 술주정뱅이 들과 유치장에서 밤을 새우고. 내가 거기다 대고 무슨 말을 할 수 있겠나? 그런 식으로 행동하는 자네한테 도대체 무슨 말을 하냐고? 자네가 그러고 있는데. 약은 제대로 먹고 있는지 모르겠군. 제레미, 우리를 속이고 있는 건 아니겠지?”

그는 약은 꼬박꼬박 챙겨 먹고 있다고 맹세했지만 확인할 길이 없었다. 나는 어깨를 으쓱하고 집으로 돌아왔다. 그리고 다시 창문을 닫았다. 그는 꼼짝도 하지 않고 내 쪽을 쳐다보고 있었다. 나는 그에게서 눈을 떼지 않은 채 뒷걸음질로 의자에 가서 앉았다.

*

결과만 놓고 판단한다면, 나와 내 딸의 사이를 갈라놓은 그 작전의 이점들만을 놓고 생각한다면, 그 작전의 목표는 분명 달성되었다. 그 이후로 그 아이는 배우로서 제2의 전성기를 구가하기 시작한 것 같았으니까.

텔레비전이나 잡지에서 우연히 그 아이를 보지 않기란 어려웠고, 교통체증으로 차 안에 갇혀 있을 때 라디오에서 그 아이의 목소리를 듣지 않기도 어려웠으며, 그로 인해 내가 가슴 한복판에 충격을 받지 않기도 어려웠다. 도처에서 그 아이가 보이고 들렸다. 그 아이는 〈카이에 뒤 시네마〉*가 격찬한 페미스 출신의 영화감독이 지난여름에 촬영한 어떤 영화에 출연해 그 영화의 포스터에 모습을 드러내고 있었다. 그리고 호주에서 돌아온 이후로 그 아이에

---

* 프랑스의 영화 비평지.

게 찬사가 쏟아지고 있었다. 연애 상대들을 적어놓은 그 아이의 수첩은 빽빽하게 채워져 있었다. 무슨 수를 써서라도, 세간의 이목을 집중시키는 건 좋은 방법인 것 같았다.

가끔씩 로제도 언론에 모습을 드러냈는데 그럴 때 그는 눈에 띄게 만족스럽고도 무사태평한 표정이었다. 그 탐욕스러운 표정은 자기 부부의 위기설은 전혀 근거 없는 낭설이라고 느긋하게 인터뷰할 때 훨씬 더 눈에 띄었다.

아마도 그건 진실이었다. 결국 그들 부부는 그대로 들러붙어 있었으니까. 그들 부부는 알리스가 가하는 다양한 타격을 견뎌내고 있었다. 탈 없이. 놀라운 결속력으로. 매번 똑같았다. 나는 그들이 안간힘을 써야 간신히 침대 위로 기어 올라갈 수 있던 그 시절, 전구를 갈기 위해 나무 걸상 위에 올라가거나 세탁기 문을 닫는 것조차 제대로 하지 못할 것 같았던 그 시절을 떠올리지 않을 수 없었다. 그리고 지금, 의기양양하고 상냥하고 느긋하게 자신들이 뿌린 것들을 거둬들이고 있는—내 몸을 밟고 지나가면서—그들을 봐야만 했다. 하지만 그 세대는 우리를 증오했다. 그걸 받아들일 각오가 되어 있어야만 했다.

로제는 아무런 감정도 없는 태도를 보일 수 있었고, 알리스는 일관되게 단호한 태도를 견지할 수 있었다.

"난 저 녀석의 목숨을 구했어." 나는 칼끝으로 로제를 가리키면서 쥐디트에게 말했다. "두 번. 한 번이 아니라 두 번씩이나. 어느 날 저녁, 저 녀석이 혀를 깨물고 죽으려는 걸 내가 막았어. 그리고 또 어느 날 저녁에는 저 녀석을 태우고 미친 듯이 응급실로 달려갔지. 지독하고 비열한 녀석. 동정심이라곤 눈곱만큼도 없는 녀석. 저 녀석들을 먹이고 재워주었는데, 저들에게 난 단지 자기들을 먹이고 재워주는 존재에 지나지 않았어."

나는 식욕이 달아나 접시를 밀쳤다. "미안하지만 딴 채널로 돌려야겠어." 나는 리모컨을 잡기 위해 몸을 일으켰다.

"아, 이제 알겠네요." 그녀가 내 등 뒤에서 말을 던졌다. "당신은 무슨 일이 있어도 절대로 변하지 않을 거라는 걸 알겠어요. 그동안은 확신이 가지 않았는데 이제 확실히 알겠어요."

"그럼 내가 여태까지 농담을 한다고 생각했던 거야?"

"나는 당신이 결국에는 누그러질 거라고 믿었어요. 대부분의 사람들은 결국에는 그렇게 되니까."

"대부분의 사람들이 그렇단 말이지. 복들 많이 받으라고 해. 무진장하게 많이. 나는 그런 사람들이 정말 놀라워." 나는 돌아서서 그녀 앞에 앉았다. "이봐, 이건 어쩔 도리가 없는 일이야. 나를 여기서 더 힘들게 하지 마. 내 생각도 좀 해줘, 제발. 나는 이 사건의 피해자야. 그걸 잊지 않으려고 노력해줘. 우리 관계를 지금보다 더 힘들게 만들지 말라고. 그 문제만큼은 나도 어쩔 도리가 없어, 날 이해해줘. 내 속의 뭔가가 그걸 '거부해.'"

그녀는 담배에 불을 붙였다. 나는 대화의 주제를 바꿨다. "당신,

어떤 러시아 사람이 연안에 있는 그 집을 얼마 전에 5억 유로를 주고 구입했다는 얘기 들었어? 5억 유로라니 완전히 사기 아냐, 안 그래?"

그녀는 자리에서 일어나 식기를 치웠다. 나는 고개를 떨구었다. 석유가 필요한 곳에 모래를 뿌린 것이다.

나는 부엌으로 가서 그녀에게 사과했다. 그러고 나서 어색한 걸음으로 일을 하러 되돌아갔다.

*

밤중에 돌풍이 불었다. 수평선에 빽빽하게 몰려든 시커먼 구름들이 우리에게 분명히 경고를 해주었고, 기압계의 바늘 역시 갑자기 뚝 떨어졌다. 하지만 쥐디트도 나도 거기에 주의하지 못했다. 덧문 하나가 내 등 뒤에서 세차게 덜그럭거렸을 때 나는 단숨에 몽상에서 벗어났다. 나는 한창 어떤 문장에 사로잡혀 있었다. 그럼에도 불구하고 몸을 일으켜 덧문을 붙잡아 걸쇠에 고정시켰다. 갑자기 바람이 으르렁거렸다. 이 지역의 변덕스러운 날씨는 말로 표현하기가 힘들 정도였다. 서재의 추시계는 새벽 한시를 가리키고 있었다.

나는 아래층으로 내려갔다. 거실의 벽난로와 잘못 닫힌 발코니 창 사이로 세찬 바람이 들어오고 있었다. 정원의 파라솔이 금방이

라도 날아갈 기세였다. 밖으로 나간 순간, 까딱했으면 나도 파라솔
과 함께 날려갈 뻔했다. 나는 파라솔을 붙잡고 바닥에 납작하게 엎
드려, 윙윙 소리를 내는 사나운 바람이 내 머리를 헝클어뜨리며 지
나가는 동안 파라솔을 재빠르게 묶어야 했다. 의자들이 수국 더미
속에서 나뒹굴고 있었고, 탁자는 화단 옆에서 떨고 있었다. 나는
바닥에 누워 있는 붓꽃들, 저 멀리 산등성이 쪽에서 순간적으로 빛
을 발하는 번갯불을 보았다. 하지만 천둥소리는 전혀 들리지 않았
다. 비도 내리지 않았다. 바다에서 튀어오른 물방울들이 정원까지
날아왔고, 사방에 물거품이 날고 있었다.

나는 의자들을 붙잡으려고 다시 일어났다. 쥐디트가 밖으로 나
와 나를 도왔다. 바람이 더 거세졌기 때문에 나는 그녀에게 탁자를
붙잡고 있으라고 신호를 보냈다. 아무것도 의지하지 않고 계속 서
있는 건 거의 묘기에 가까웠다.

십 년 만에, 바람이 우리에게서 탁자와 파라솔 세 개를 앗아가고
있었다. 의자 여러 개도.

정원용 가구들을 차곡차곡 정리하고 나자, 바람이 약해지기 시
작했다. 한두 마디 재치 있는 농담을 건네며 유머감각을 발휘할 수
있는 기회였지만, 우리는 눈을 내리뜬 채로 말없이 한숨을 쉬었다.
그러고 나서 다시 집 안으로 들어왔다.

"요즈음은 늦게까지 일을 하는 것 같네요." 그녀가 말했다.

나는 아직도 얼이 빠지고 멍한 상태였다. "그래? 그런 것 같아?"

“아, 긴장하지 말아요. 비난하려는 게 아니니까. 당신이 그렇게 일할 수 있다는 건 다른 문제가 없다는 증거겠죠, 안 그래요?”

“그렇게 말할 수는 없지. ‘결코’ 그렇다고 말할 순 없어. 당신도 알잖아. 하지만 뭐, 인정하지. 여하튼 한 가지 사실만은 인정할 수 있어. 내가 나아가고 있다는 거. 한 쪽 한 쪽, 간신히. 조금씩 나아지고 있어. 하루하루. 그보다 더한 걸 어떻게 바랄 수 있겠어? 그 자체로 이미 기적 아냐?”

그녀는 깜짝 놀랐다. 나는 그녀가 불륜을 저지르면서도 그토록 초연한 태도를 보일 수 있는 것에 감탄했다. 자신의 의중을 꿰뚫어 보려는 모든 시도에 맞서는 그녀의 그 태연한 얼굴에.

“그렇다니 기쁘네요. 좋은 소식인 것 같군요.”

나는 애매하게 동의를 표했다. 그리고 오 분 동안 세차게 비가 퍼부었다.

“당신의 종교에 용서라는 게 존재해요?” 그녀는 정원에서 춤을 추며 창유리에 부딪쳐 뿌옇게 흩어지는 엄청난 비의 커튼들을 바라보면서 물었다.

“그거야 어떤 거나에 달렸지. 함께 산다는 건 어떤 가치들을 공유하는 걸 의미해. 넘어서는 안 되는 범위에 대한 합의. 그 범위 내에서라면 용서가 가능한 거고.”

나는 그렇게 말하고 나서 즉시 밖으로 나갔다. 폭풍우가 그쳐 있었다. 헤어드라이어에서 나오는 듯한 따스한 바람이 불기 시작했다.

"아침에 일어났을 때 당신이 집에 있는 경우는 거의 없었어." 내가 말했다.

"하지만 당신은 항상 새벽 늦게야 잠들잖아요."

"그건 그래. 하지만 아침에는 일을 할 수가 없어, 당신도 알잖아. 아침은 젊은 가장들을 위한 거야."

이제 달이 환하게 떠올라 있었고 하늘은 마치 아무 일도 없었다는 듯 반짝였다.

"이런 기후에 알레르기 반응을 보이는 건 당연해." 나는 진창 때문에 엉망이 된 내 가죽신을 보면서 말했다. 대기는 다시 위성류 냄새와 인동덩굴 향기로 가득 채워지고 있었다.

"어쩌다 내게 다시 관심을 갖게 됐어요?" 쥐디트가 어슴푸레한 빛 속에서 말했다.

"그게 도대체 무슨 말이야?" 나는 차갑게 웃으며 되물었다.

"난 우리가 어느 선에서 멈춰야 하는지 알고 있다고 생각했어요. 오래전부터 문제가 뭔지 알고 있다고 생각했어요."

나는 목소리를 가다듬기 위해 마른기침을 했다. 나는 이 여자 앞에서 바보처럼 행동했던 터라 대화의 방향을 바꾸기에 적절한 말들을 항상 찾아내지는 못했다.

"이번 소설 때문에 몹시 불안해." 나는 마침내 그녀에게 털어놓았다. "소설을 쓴다는 게 이런 거라는 걸 잊고 있었어. 신경쓰지 마. 당신도 알겠지만, 두 가지 가능성이 있어. 내가 이걸 끝장내든지 아니면 이게 나를 끝장내든지. 당신이 날 이상하다고 생각하는 건 당연해. 알다시피 난 신경안정제를 먹지 않으면 때때로 신경이 너무 날카로워 밤새 눈을 못 붙여. 하지만 불평하진 않아. 설상가상으로 안구마비성 편두통이나 습진 같은 것까지 앓는 작가들도 있으니까."

"프랑시스, 나는 지금 아주 진지해요."

"설마……" 나는 고개를 숙인 채 두 주먹을 꼭 쥐고, 마음이 갈기갈기 찢어지는 것 같은 아픔을 느끼면서 잇새로 한숨을 내뱉었다.

*

알리스와 로제를 쥐디트에게 소개시키기로 마음먹은 나는 비장의 요리로 저녁식사 자리를 마련할 계획을 세웠다. 하지만 시작부터 모든 게 엇나갔다.

계속해서 계획만 세울 뿐이었다. 그녀는 나에게 이 집을 팔았고, 그동안 우리는 예닐곱 번 정도 잤으며, 나는 그녀가 좋아하는 작가였다. 그런 것들이 그녀를 조아나의 뒤를 이을 비교적 진지한 후보자로 만들어주었다―내가 완전히 미치기 전에. 하지만 내 딸과 그 아이에게 빠져 있는 녀석 때문에 쥐디트가 놀라 달아나지 않도록 해야 한다는 과제가 아직 남아 있었다.

나는 양고기 스튜를 준비할 생각이었다. 하지만 스튜 냄비를 찾지 못했다. 나는 산처럼 쌓여 있는 종이박스 더미에서 빠져나오기 위해 도움을 청했다―조아나와 올가의 물건들이 우리를 따라와서 그 혼돈에 뼈아픈 괴로움을 보태주었다. 이삿짐센터 사람들이 마구잡이로 물건들을 뒤섞어놓았고, 그래서 예상하지 못한 물건들이 불쑥불쑥 튀어나오곤 했기 때문이었다. 하지만 아무도 나의 구조 요청에 응답해주지 않았다.

사실 이상하달 것도 없는 일이었다. 왜냐하면 그들은 너무도 자주 환각 상태에 빠져 있었고, 그래서 거의 하루 온종일 잠들어 있었으니까. 하지만 스튜 냄비 없이는 내가 실력 이상의 실력을 발휘해야 하는 야심작에 착수조차 할 수 없었다.

저녁 무렵, 나는 지칠 대로 지쳐 있었다.

나는 백포도주를 반병이나 마셨다. 하늘이 어두워져가고 황혼이 비친 대양 위에 수평선이 흐릿하게 반짝이자 나의 계획이 무모하고도 터무니없는 것이었다는 사실이 점점 더 뚜렷하게 드러났다. 과연 내가 음식을 차려낼 수 있을지 의문이었다. 여덟시 종이 울렸다. 내가 어쩌다 그런 자리를 계획할 생각을 했는지, 어떻게 그런 무모한 계획을 세울 수 있었는지 의아할 뿐만 아니라, 내가 그런 식으로 우리의 관계를 공식화하려 했다는 사실도 믿어지지 않았다. 우리 관계는 그때까지 이상하고도 맹렬하게 나에게서 계속 달아나고 있었다. 그리고 나는 그게 조아나를 다시 한 번 배신하는 행위라고 생각했다. 내 눈에 눈물이 고였다.

나는 모든 게 내 위로 무너져내려 나를 파묻어버리기를 바랐다. 이 년이 흐르다시피 했건만, 나는 아직도 머릿속에서 지우지 못하고 있었다. 그녀가 가지고 간 나의 마지막 이미지, 내가 더이상 어떻게 해볼 수 없는 그 이미지는 바로 그녀를 배신한 남자라는 사실을. 그런데 지금 나는 또다른 여자를 그녀의 자리에 앉히려 하고 있었던 것이다.

운이 좀 따라준다면, 로제가 식사 도중에 주사기를 꺼내거나 얼이 빠진 쥐디트 앞에서 약상자를 통째로 집어삼키려 들지도 몰랐다. 내가 만든 양고기 스튜도 별로 만족스럽지 못했다. 스튜용 법랑 냄비를 찾아내지 못했기 때문이 아니라, 어찌 된 까닭인지 무나 홍당무가 내가 바라던 대로 졸여지지 않은 탓이었다.

나는 내가 그 존재조차 알지 못했던 이 집을 구입했고, 그래서 이 집이 우리에게 적합할지 어떨지 의문이었다. 정말 아무것도 알 수 없는 상태였다. 나는 식탁을 차리고 양초를 몇 개 밝혔다. 완벽하게 음울한 분위기.

초인종이 울렸을 때, 나는 내 머리에 총알이 박히거나 내 존재가 영원히 사라지기를 바랐다. 나는 문을 열기 전에 현관의 거울을 마지막으로 한 번 쳐다보았다. 나 자신이 두려웠다.

"안녕." 그녀는 격렬한 포옹으로 인사를 대신했다. 하지만 그때 나는 그녀의 외투를 걸기 위해 옷장 쪽으로 돌아서 있었기 때문에 그녀가 나를 포옹하러 다가오는 것을 알아차리지 못했다. 그걸 예상했어야 했다. 뒤돌아 생각해보면 지금도 아찔한 공포가 느껴진다. 그 순간 나는 조아나가 아닌 다른 여자를 끌어안고 있는 내 모습을 들켰을 때 알리스의 반응을 상상했고, 그래서 이삿짐센터 직원들이 좁은 계곡처럼, 불안정한 탑처럼, 구불구불한 고드름처럼 쌓아올려놓은 종이박스들의 미로 속으로 그녀를 안내하면서 비틀거렸다.

나는 진정한 바스크 여자, 예술과 문학의 연인이었던 내 이모에게서 물려받은 소파베드—나는 그 소파베드를 빨리 내 서재로 옮기고 싶었다—에 그녀를 앉히고 나서 서둘러 잔을 채웠다. 겉으로는 미소를 짓고 있었지만, 속이 아리고 혼란스러웠다. 우리 앞에 어떤 엄청난 혼란이 기다리고 있는지 너무 잘 알고 있었기 때문이다.

그날 저녁 쥐디트는 잔인할 정도로 매력적이었다. 그럼에도 나는 그녀를 위해 세심하게 준비한 이 자리—함께 식사할 사람들과 고약한 음식—가 끝났을 때 그녀가 어떤 모습일지만 상상하고 있었다. 몹시 괴로워하고, 깜짝 놀라고, 어안이 벙벙해할 테지.

"이 집과 당신, 잘 지내고 있는 거죠?"

"완벽하게 잘 지내고 있어요."

"다행이에요, 기쁘군요."

"나도 그렇게 생각하고 있어요."

"두 사람은 어디 있어요? 긴장돼요."

나는 금방 술기운이 오른 그녀를 안심시키기 위해 조용히 눈을 깜빡여주었다—끔찍하게 당혹스러운 것을 목격해야만 할 때는 그 전에 술을 좀 마셔두는 게 나았다. 나는 그녀에게 기다리라는 신호를 보내고 나서 계단 쪽으로 걸어갔다. 그리고 층계 난간을 잡고는 주저 없이 위로 올라갔다.

그애들은 자고 있을까? 그애들이 뭐라고 말할까? 저녁식사 약속을 깜빡 잊었다고 할까, 아니면 그녀를 지칭할 때면 어김없이 갖다 붙이는 그 '부동산 아줌마'를 자기들이 꼭 만나야 할 이유가 있느냐며 그 자리에 끼고 싶지 않다고 거부할까?

나는 일말의 기대도 없이, 아니 오히려 병적인 쾌감 같은 것을 느끼면서 방문을 두드렸다. 하지만 그애들은 노크 소리를 듣자마자 방에서 뛰쳐나와 나보다 먼저 밑으로 달려내려갔다. 그렇지만 그애들을 먼저 내려보낼 수는 없었다. 나는 그녀에게 매력을 느끼고 있었으므로 당연히 그런 자리를 마련할 수 있다고 생각했다. 하지만 이제 곧 나는 내가 저지른 실수의 대가를 치르게 될 터였다. 파렴치한 짓에는 대가가 따랐다. 뻔뻔스러움에는 대가가 따랐다. 어리석음에도 대가가 따랐다. 나는 얼떨결에 마지막 계단을 건너뛰다가 하마터면 앞으로 고꾸라질 뻔했다.

결정적인 만남, 불쾌한 일들, 신랄한 잔소리, 무례한 언사와 상처를 주는 말 등등. 이 모든 일이 분명히 부엌에서 일어날 것이고, 따라서 그에 대한 마음의 준비를 할 필요가 있었기 때문에 나는 큰 잔에다 포도주를 가득 따라 단숨에 들이켠 후 그들이 있는 부엌으로 들어갔다.

세 사람 모두 내가 만든 양고기 스튜를 들여다보고 있었다. 김이 나지 않았다면 영락없이 요람 속의 아기를 들여다보고 있는 광경이었다. 이상해 보였다. 알리스는 아직도 나무 숟가락을 손에 들고 있었다. 로제는 뚜껑을 들고 있었다. 쥐디트가 나를 향해 돌아섰다. 나는 그녀가 곧 칭찬을 할 거라고 생각했다.

"와아!" 그녀가 말했다.

로제는 깨끗한 셔츠를 입고 있었고, 완전히 딴사람처럼 보였다. 알리스는 우아하게 틀어올린 머리를 하고 있었다. 나는 턱을 어루만졌다. 그리고 한 걸음 뒤로 물러섰다.

"아빠, 끝내주는데!" 알리스가 말했다.

로제가 엄지를 세워 보이며 동의를 표했다.

나 이외에 모두 배가 고픈 상태였다.

나는 식사시간 내내 대놓고 냉소적인 웃음을 날렸지만, 분위기를 깨진 못했다.

"우리, 곧 결혼할 거 같아." 디저트를 먹을 때 그 말을 들었다. 나는 알리스에게 눈길을 들었다.

"그게 대체 무슨 소리냐?" 나는 가까스로 중얼거리듯 말했다. "나는 모르고 있었는데. 너희가 뭘 한다고? 결혼을 해?"

나는 대답을 기다리지도 않고 잔을 들고 식탁에서 일어났다. 그리고 멀찍이 떨어져 앉아 곰곰이 생각했다.

"그래, 어쩌면 우리 둘만 살지 않을 수도 있으니까. 그래 맞다. 어쩌면 단둘이 살지 않을 수도 있을 테니까. 잠깐, 생각 좀 해보자. 어쩌면 그게 더 나을지도 모르겠구나."

쥐디트가 웃음을 터뜨렸다. 그녀는 내가 아주 이상하다고 말했다. 하기야 그녀의 눈에 나는 세상에서 가장 이상한 작가 중 하나였다.

그 이튿날 그녀가 나를 찾아왔다. 그녀는 자리에 앉으면서 어제 저녁이 아주 즐거웠다고 말했다.

나는 잠에서 깬 이후로 내내 극심한 편두통에 시달리고 있었지만 그녀의 말에 살짝 미소를 지었다. 그러고 나서 전날 저녁에 내가 했던 그 선언, 그녀와 나에 관한 문제, 농담 속에 진담이 들어 있었던 그 선언에 관해 그녀가 마지못해 말을 꺼내는 순간이 왔다. 그리고 만일 그 선언대로 될 경우, 알리스는 난처해질 게 분명했다.

*

이제 안 마르그리트는 모르핀에 의존하고 있었고, 집 밖 출입을 거의 않고 있었다.

제레미는 일을 하지 않을 때면 대체로 워크맨을 끼고 개와 함께 현관에 앉아 있다가 밤이 되어서야 집 안으로 들어갔다. 나는 그가 자기 어머니에게 절대로 말을 걸지 않는다는 것을 알고 있었다. 귀에 꽂은 이어폰을 빼지도 않은 채 그저 그녀에게 필요한 게 없는지 확인하고 물 한 잔을 가져다주고는, 불을 끈 다음 개를 데리고 자기 방으로 올라가버렸다.

내가 관찰한 바에 따르면, 제레미의 내면에는 아직도 분노가 부글부글 끓고 있었다. 나는 그가 받고 있는 정신과 치료가 조금이라도 도움이 되는 건지 항상 의문스러웠다.

"사실 아무 도움도 안 되는 것 같아요." 안 마르그리트는 그렇게 확언했다. "다행히 그애한테는 개가 있어요. 그 개라도 옆에 있어줘서 다행이에요."

이제 그녀는 덧신을 신고 아래층을 힘겹게 걸어다녔다. 간병인들이 낮시간에 교대로 찾아와 그녀를 억지로 걷게 했다—이제 더이상 갈 곳도 없는데, 라고 그녀는 강조하듯 말했다. 쓸데없이 그런 이상한 생각을 한다고 내가 다정하게 나무라주기를 바라면서.

"그애는 장갑을 껴요."

"장갑을 끼다니 그게 무슨 소리요?"

"날 만져야 할 때. 그애는 장갑을 껴요."

그녀는 먼 곳을 바라보면서 무덤덤한 어투로 그런 끔찍한 말을 하곤 했다. 제레미가 집 앞에 있을 때면 그녀는 창가 그늘에서 몰래 아들을 훔쳐보았다. 자기가 낳은 아들이 자신을 만질 때 장갑을 끼는 어처구니없는 행동에 대해 놀랍도록 온화한 목소리로 자문하면서.

봄기운이 완연해지면서 덩달아 스페인 부동산 시장이 활기를 띠자 쥐디트는 눈코 뜰 새 없이 바빠졌고, 그래서 중요한 거래 때문에 피레네산맥 반대편에 묶여 있어야 한다는 그녀의 메시지가 점점 더 잦아졌다. 날씨가 따뜻해지면서 그녀는 가벼운 옷들만 챙겨 갔다. 나는 저녁에 그녀를 다시 보리라는 확신 없이 아침에 그녀가 떠나는 모습을 지켜보았다. 그녀는 차창 너머로 팔을 내밀었고 나는 손을 들어올리고 나서 내 소설로 되돌아오곤 했다.

아내의 뒤를 캐기보다 자신의 소설에 더 많은 관심과 정력을 쏟은 작가가 얼마나 될까? 가장 뛰어난 작가, 투시력이 남다른 작가, 최고의 거장들은 분명히 그랬을 것이다.

*

"보수를 두 배로 올려주지. 빌어먹을, 날 버리지 마, 제발! 제레미. 제레미, 날 봐. 하루에 몇 시간이면 돼. 원한다면 한가한 시간에만 해줘도 돼. 어쨌든 난 알아야만 해. 내 맘 이해하지? 불안해서 미치겠어. 계속 이런 식으로 살 수는 없어. 여름이 오고 있어. 난 미쳐버릴 거야. 자넨 날 이해할 거야. 나는 지금 소설을 쓰고 있어. 글 쓰는 걸 중단하고 내 개인적인 문제들에 매달릴 수는 없다고. 이번 소설에는 내 명예가 걸려 있어. 이번 소설에 모든 걸 걸었

다고. 만약 이 소설을 제대로 써내지 못하면 작가로서 내 인생은
끝이야. 나는 절필할 거야. 더이상 한 줄도 쓰지 않을 거라고. 정
말이야. 정신을 집중하는 건 정말 어려운 일이야. 어쨌든 한 가지
는 분명해, 재기할 수 있는 마지막 기회를 망칠 수 없다는 거. 제레
미, 난 항상 머릿속을 맑게 유지해야 해. 그래야 떠오른 생각들을
확실하게 기억하고 써내려갈 수 있어. 아, 자네가 무슨 생각을 하
는지 잘 알아. 내가 그렇게 고통스러운 일을 하는 것같이 보이지
않겠지. 자네만 힘든 게 아니야, 알겠나? 하지만 나는 불평하지 않
아. 자네, 내가 한마디라도 불평하는 거 봤나? 많은 사람들이 새벽
부터 일어난다는 거 나도 알아. 많은 사람들이 고용주에게 착취당
하며 살아가고 있다는 것도 알아. 다 알아. 그 모든 걸 인식하고 있
다고. 남들 눈에는 내가 얼간이처럼 앉아 하늘만 바라보는 것 같겠
지. 그리고 내가 그러고 있는 동안 황폐해진 밭, 연기구름 속으로
사라져가는 집, 무너져내리는 학교를 바라봐야 하는 사람들이 있
다는 걸 나도 알아. 하! 하! 나도 글쓰기가 바느질만큼이나 단순한
일이었으면 좋겠어. 글 쓰는 일이 겉으로 보이는 것만큼 쉬웠으면
좋겠다고. 하지만 절대로 그렇지 않아. 그렇게 생각하지 말라고.
글이 하늘에서 뚝 떨어지는 거라고 생각하지 마. 나의 모든 주의력
을 거기에 쏟아부어야만 해. 엄청나게 정신을 집중해야 한단 말일
세. 그렇기 때문에 나는 정신을 산만하게 만드는 문제에 신경을 쓸
수 없는 거야. 꽃밭 주위를 앵앵거리며 맴도는 망할 놈의 벌 같은

그런 문제에 신경을 써선 안 돼. 제레미, 나는 그걸 견딜 수 없어, 그건 생각도 할 수 없는 일이야. 그건 내 능력 밖의 일이라고. 하지만 나는 알아야만 해. 끔찍하고 끈덕진 불확실한 의혹에서 해방되어야만 한다고, 내 말 알아듣겠어? 설사 그게 아주 불쾌한 일이라 해도, 설사 그게 나에게 아주 해로운 일이라 해도. 내 말 알아듣겠나, 제레미?"

*

나는 날짜를 헤아리며 지냈었다. 하지만 이제 더이상 아무것도 헤아리지 않았다. 알리스가 나를 위해 존재하기를 그만두었던 바로 그 순간은 지금 생각하면 아주 먼 옛날, 내 기억의 혼돈 속에 아주 깊이 가라앉은 먼 옛날처럼 느껴졌고, 그래서 나에게 그 순간은 한없는 검은 대양의 저 반대편 끝에 그 뿌리를 두고 있으면서도 너무나 분명해 보였다.

"내가 이런 말을 해선 안 된다는 걸 알지만, 나에게 넌 죽은 거나 마찬가지야. 미안하다."

나는 전화를 끊었다. 좀 멍한 기분이었다. 알리스는 오래전부터 더이상 내게 말을 걸려고 하지 않았다. 그 아이가 나에게 아무 말이라도 좋으니까 말을 좀 하라고 명령조로 말했는데도 내가 한마디 말도 없이 전화를 끊어버린 것—아무 말이든 내뱉는 건 더더욱 내키지 않는 일이었으니까—에 진저리를 친 날부터.

　나는 화가 치밀고 머리가 복잡해 바닷가로 나가 걸었다. 나는 알리스에게 자기 생각을 표현할 시간을 주지 않았고, 그래서 그 아이가 뭘 원하는지 몰랐다. 하지만 나는 그 아이와 통화를 하는 동안 내가 결국 완고한 늙은이처럼 버럭 화를 내고 말 거라는 예상은 하고 있었다. 사실 그 아이에게 무슨 말인가를 하긴 했었다. 꽤나 무뚝뚝한 말투이긴 했지만 그래도 분명히 그 아이와 몇 마디 말을 주고받았다. 하지만 그 때문에 나는 손수건으로 내 입을 닦아내고 싶은 심정이었다. 나의 아주 거친 모습들이 너무나 쉽게 떠올라 얼마나 분했는지 모른다. 하지만 알리스는 늘 내게서 똑같은 반응들을 불러일으키곤 했다. 거칠고 원초적인 반응들을.

　나는 앙다이*까지 걸어갔다. 그리고 되돌아오기 위해 기차를 탔다. 신발 속에는 모래가 가득 들어차 있었고 바지는 무릎까지 축축하게 젖어 있었지만, 나는 내가 정확하게 뭘 했는지 알 수가 없었다. 어쨌든 아무 생각도 하지 않은 것 같았다. 나는 소금기가 잔뜩 밴 입술을 혀로 핥았다. 객차 안에는 흡연이 허용되던 시절에 찌든 독한 담배 냄새가 떠돌고 있었다.

*

---

　*스페인 국경에 인접한 바스크 지역의 작은 도시.

나쁜 것들　217

알리스는 임신 소식을 알리려던 모양이었다. 어쨌든 나는 그다음 날 쥐디트를 통해 그 사실을 알게 되었다. 쥐디트는 괴물 보듯 나를 쳐다보았다. 그녀는 내가 왜 그런 행동을 하는지 전혀 이해하려 들지 않았다.

"사내애일까, 계집애일까?" 나는 하품을 하면서 물었다.

그녀는 사람을 꿰뚫을 듯 차가운 시선으로 나를 쳐다보았다. 그녀와의 사이에서 자식을 원하지 않은 것이 나의 돌이킬 수 없는 실수였다는 것을 나는 오래전부터 알고 있었다. 그녀는 그 점에 대해 나를 결코 용서하지 않았다. 그 결과 지금 우리는 이 지경에 이르러 있었다. 우리 사이에는 하루가 멀다 하고 이런 식의 말없는 싸움이 벌어졌다. 나는 그녀가 나에게 던지는 시선 하나하나에서 우리 사이에 자식이 없다는 사실이 그녀에게 남겨놓은 공허를 읽을 수 있었다. 안타까운 일이지만 이제 와서 후회해봤자 아무런 소용이 없었다. 후회하지 않는다고 해도 마찬가지고.

"그렇다고 달라지는 건 전혀 없어. 그애가 임신을 했건 하지 않았건 난 절대로 아무것도 달라지지 않아."

나는 이전보다 더 쉽게 쥐디트를 넌더리나게 만들었다. 나는 한 인간이 어떻게 천재적인 작가에서 이기적인 직업인으로 전락할 수 있는지 알고 싶었던 것일까.

그후로 마흔여덟 시간 동안 그녀를 보지 못했다. 나는 아침에 눈을 뜨자마자 곧장 창가로 달려가 그녀가 돌아왔는지, 그녀의 차가 내 차 뒤에 주차되어 있는지 확인했다. 하지만 그녀의 차는 보이지 않았다. 나는 눈을 들어 허공에 매달린 채 정지해 있는 것처럼 보이는, 이 지역의 특징 중 하나인 안개비를 바라보고, 낮게 얼어붙은 하늘 아래 펼쳐진 그 너머의 어두운 산들을 보았다. 산의 윤곽이 라부르 해안 위로 떠 있는 엷은 안개를 뚫고 떠오르고 있었다. 다른 때였다면 나는 그 광경을 보며 편안한 한숨을 내쉬었을 것이다. 하지만 이틀 전 쥐디트가 쾅 소리가 나게 문을 닫은 것이 계속 마음에 걸려 기분이 언짢았다.

태양이 빛을 비추기 시작하자 그녀의 모습이 정원에 다시 나타났다. 억지스러운 감이 있지만 그녀가 없는 동안에는 해도 거의 보이지 않았다.

"아무 말 하지 말아요!" 그녀는 나를 보자마자 내 입을 막으려는 듯이 손을 뻗으면서 명령조로 말했다. "절대로, 아무 말도 하지 말아요!"

나는 눈을 가늘게 떴다. "인사도 하지 말라는 거야?"

분명히 그건 아주 하찮은 단절, 존재와 행복의 완전한 분리에 비해 별로 심각하지 않은 부차적인 단절에 불과했겠지만, 그 일면은 나에게 불쾌한 인상을 남겼다.

나는 딸과의 관계 때문에 아내를 더한층 조심스럽게 대하고 있었다. 외톨이가 되지 않으려면 그러는 수밖에 없었다. 그건 분명해

보였다. 그런데 알리스에 관한 새로운 소식이 있었다. 쥐디트는 그 소식을 지체 없이 나에게 전해주었다.

"알리스가 얼마간 여기 와서 지내고 싶어해요. 바욘에서 애를 낳을 생각이래요."

결국 나는 그 문제라면 크게 개의치 않는다는 몸짓을 해 보였다. 그녀가 무슨 말인가를 하려 했지만 나는 그녀의 입술에 손가락을 갖다댔다. "아무 말도 하지 마, 제발. 아무 말도."

*

알리스가 이곳으로 오는 것에 내가 동의한다는 것을 알리는 수고는 쥐디트에게 맡겼다. 심지어 나는 그 아이가 제발 여기 와서 지낼 수 있게 하라고 쥐디트에게 당부하기까지 했다. 그리고 내 쪽에서의 그런 의외적인 태도—화해 분위기와 점잖은 친절—덕분에 그다음 며칠 동안은 우리 부부 사이가 다소 좋아진 것 같은 기분을 느낄 수 있었다.

"당신이 부인과 함께 저녁식사를 하고 있을 때도 부인을 감시해야 하나요?" 제레미가 이죽거렸다.

확실히, 최근에 그녀가 나와 함께 저녁식사를 대여섯 번이나 연달아 한 건 믿기 어려운 일이었다. 그녀는 자기 주위에 사람들, 임산부들, 아이들이 있기를 바랄 때만 나에게 그만큼의 관심을 기울여주었다. 내게서 어떤 행동을 이끌어내고 싶을 때만.

*

한 남자가 두 여자와 두 딸을 완전히 잃을 수도 있었다. 나에게 그것은 명백한 사실이었고, 나는 그것에 대해 말하고 싶지도 않았다. 나는 포탄이 떨어진 자리에 또다시 포탄이 떨어질지도 모른다고 생각하고 있었다. 설사 그럴 가능성이 전혀 없다 할지라도.

*

죽기 며칠 전, 안 마르그리트의 눈빛이 변했다. 나는 불현듯 그걸 깨달았다. 그래서 제레미에게 알리기 위해 일어나려다가 갑자기 생각을 바꾸었다.

*

이번에 떠나려 하는 여자는 나의 친구였다. 분명 우리는 너무 늦게, 고통스러운 상황 속에서 다시 만났다. 하지만 우리가 함께 보낸 몇 달, 관심을 공유한 문제들, 점차 드러난 서로의 상처, 선 채로 급히 때우던 끼니들, 우정 어린 방문들, 도움들, 예전의 관계들은 모두 의미가 컸다. 알리스의 실종 사건을 의뢰하기 위해 그녀를 찾아갔을 때 나는 결국 그녀가 여자를 만나고 있다는 사실을 잊어버렸다. 각자의 인생은 무시무시한 여정, 상궤를 벗어난 질주, 미친 듯한 폭주를 닮아 있었다.

나는 그녀의 죽음에 깊은 충격을 받았다. 나는 제레미에게 며칠 휴가를 내는 게 어떻겠냐고 넌지시 말해보았다. 일 때문에 곤란하다면 내가 나서서 해결해줄 생각까지 했다. 하지만 그는 굳이 휴가까지 낼 필요는 없다고 생각했고, 난감해하는 내 면전에서, 미심쩍어하는 내 눈앞에서, 그 끔찍한 실리콘 장갑을 낀 채로 자신에게 주어진 최소한의 의무를 이행했다.

"모르핀이 큰 도움이 돼." 안 마르는 자주 그렇게 말하곤 했다. 하지만 그것이 자신의 육체적 고통을 두고 한 말인지 아니면 아들이 자신에게 가하는 정신적 고통을 두고 한 소리인지는 알 수 없었다.

날이 더워지기 시작할 즈음 안 마르그리트는 더이상 자리에서 일어나지 못했다. 나는 동이 날 수도 있으니 서둘러 대형 할인매장에 가서 선풍기를 사오라고 제레미를 재촉했다. 마지막 날 그녀는 거의 의식이 없었다. 하지만 그 전날, 내가 처음으로 선풍기를 틀어주자 그녀는 긴 한숨을 내쉬었다.

마지막 날에는 선풍기를 재빨리 꺼야 했다. 그녀가 갑자기 엄청난 한기를 느끼며 몸을 웅크리고 바들바들 떨어댔기 때문이다. 그녀의 온몸이 오그라든 것처럼 보였다. 얼굴은 칙칙하고 반투명한 번데기 껍질 같았고 눈자위는 새까맣게 꺼져 들어가 있었다.

나는 고개를 들다가 문턱에서 그 광경을 지켜보고 있는 제레미를 보았다. 그는 멀찌감치 떨어져 있었다.

나는 그에게 가까이 오라는 손짓을 했다. 어머니의 임종을 지키려면 더 미뤄서는 안 된다는 것을 그에게 이해시키려 애썼다. 하지만 그는 내 눈을 피하면서 발길을 돌렸다.

아연실색한 나는 소란스럽게 의자를 넘어뜨리기까지 하며 자리에서 벌떡 일어났다. 거실에서 현관까지 단걸음에 가로질러 갔다. 하지만 그 녀석은 개를 데리고 로켓처럼 빠르게 달려 이미 소나무와 히스 덤불 속으로 사라지고 있었다. 나는 집으로 돌아와 자리에 앉았다.

"나 여기 있어요." 내가 그녀의 어깨를 어루만지며 말했을 때, 그녀는 죽어 있었다.

나는 밖으로, 오후의 이글거리는 빛 속으로 다시 나왔다. 그리고 내 뒤로 방충 문을 다시 닫았다.

*

사제가 뜨거운 공기 속에서 복음서의 한 구절을 읽은 후 몇 마디 말을 덧붙이는 동안, 나는 묘지에서 여름의 첫 귀뚜라미 소리를 들었다.

장례에 관한 건 모두 내가 떠맡았다. 행정 서류들. 장례식. 성당. 그 때문에 나는 이틀이나 내 소설을 완전히 팽개쳐둬야 했다. 문외한의 눈에는 대수롭지 않은 일처럼 보이겠지만, 이 직업을 가진 사람에게 이틀이라는 시간은 어마어마한 거였다. 게다가 그 모든 것은 나를 견딜 수 없게 만들었다. 그 일들을 처리해나가는 동안, 우울했던 시간들, 처음부터 끝까지 혼자 떠맡아야 했던 그 옛날의 장례식이 떠올랐기 때문이다.

제레미의 행방은 찾을 수 없었다. 그래서 내가 직접 관을 고르고, 서랍에서 수의로 쓸 옷들을 고르고, 꽃을 고르고, 묘석을 골라야 했다. 그녀의 아들을 찾을 수 없었기 때문에. 당혹스럽게도.

나는 그런 무관심을 이해할 수 없었다. 만일 그 녀석이 알리스와 결혼했더라면, 그들은 정말 굉장한 한 쌍이 되었을 거라는 생각이 들었다. 알리스의 손에서 내 목숨의 무게는 과연 안 마르그리트의 목숨보다 무거울까? 분명히 아니었다. 단 1그램도 더 나가지 않을 터였다.

*

그 사진은 68사건이 좀 지난 후에 찍은 것이었다. 나는 장발에 나팔바지를 입고 있었다. 그녀의 마지막 블라우스, 그녀가 저세상

으로 가져갈 장신구와 보석들을 고르다가 그녀의 서랍장 속에서
그 사진을 발견했다. 그런 색 바랜 사진이 있는 줄 나는 전혀 몰랐
다. 그녀는 어쩌다 내 사진을 가지고 있었을까, 잠시 의아한 생각
이 들었다.

*

　나는 계속 은밀하게 주위를 살폈다. 사람들이 시신을 구덩이 속
으로 내려보냈다. 나는 희망을 버리기 시작했다. 나는 앞으로 나아
가 흙을 한 줌 뿌리고 뒤로 물러났다. 그 순간, 주목朱木 그늘 아래
에 그의 모습이 보였다.

　나는 허리를 굽힌 채 즉시 그 자리를 몰래 벗어나 뒤에서 그를
붙잡았다. 그가 꼼짝 못하게 밀어붙였다. 그리고 팔을 들어올려 손
바닥으로 그를 때렸다. 그의 몸과 머리와 팔과 등을 쏟아지는 세찬
비처럼 마구 갈겨댔다. 그는 손을 들어올려 방어 자세를 취하면서
가까스로 자기 몸을 보호하고 있었지만, 내가 퍼부어대는 손찌검
에 때때로 비틀거리기도 했다. 한 번은 귀에 정통으로 맞아, 한순
간 멍했을 게 분명했다. 나는 그에게 뭐라고 말도 하지 않고, 최소
한의 설명도 하지 않고, 쉬지 않고 마치 풍차처럼 그에게 덤벼들
었다.

　결국 사람들이 나를 뜯어말리면서 바닥에 쓰러뜨렸다. 이 지역

에서 힘깨나 쓰는 사람들이었다. 저 멀리 순결한 뭉게구름이 줄무늬를 이루고 있는 푸른 하늘이 보였다. 하늘을 가리며 쥐디트의 얼굴이 나타났다. 그녀는 내 뺨을 쓰다듬으며 자기가 마시던 에비앙 물병을 건넸다.

*

그 모든 사건—말할 수 없이 가혹하고 비현실적이며 비극적인 일련의 사건들—은 일 년 후 친구 집에서 식사를 하던 도중에 다시 수면 위로 떠올랐다. 한 친구가 제레미를 시내에서 분명히 봤다고 했다.

그게 가능한 일일까? 그는 내 아내와 다시 시작하기를 바라는 것일까? 자기가 원하는 것을 얻지 못할 경우 이번에도 또다시 그녀의 눈앞에서 권총으로 자신을 쏠까? 모든 눈이 내게로 쏠리고 있었다.

"쥐디트도 알고 있나?" 내가 물었다.

그녀는 모르는 것 같았다. 제레미가 이곳에 돌아왔다는 얘기를 꺼낸 친구가 그 전날 그녀의 집—이제 우리는 같은 지붕 아래 살지 않았고 전화 연락도 거의 하지 않았다—에서 나오는 쥐디트를 우연히 만났지만 그녀의 행동에서 그렇게 생각할 만한 구석은 전혀 보이지 않았다고 했다. "그녀도 결국 그 사실을 알게 되겠지."

그가 말했다. "그 친구, 집을 팔려고 내놓은 것 같아." 그 소식은 아주 빠르게 퍼져나갔고, 그 얘기로 도시 전체가 은근히 술렁이고 있었다.

나는 집으로 돌아와 불도 켜지 않고 침대 위에 그대로 걸터앉아 있었다. 이윽고 아기가 울기 시작했고, 나는 길게 드러누웠다.

*

이튿날 내가 잠을 깼을 때도 아기는 여전히 울고 있었다. 그사이 잠들었기를 바랐건만. 나는 6월의 눈부신 햇빛 속으로 신문을 가지러 나갔다.

"제레미가 돌아왔어." 나는 부엌으로 들어서면서 말했다.

알리스는 자기 아들을 품에 안고 앉아 있었는데, 아이나 아이 엄마나 모두 불만에 가득 차 있는 듯했다. 주말이 시작되던 날 보모가 알리스와 다툰 뒤 문을 쾅 닫고 나가버리자 엄마와 아이는 일시에 버림받은 존재가 되었다.

알리스가 내 쪽으로 눈길을 들었다. 나는 내가 달걀을 먹고 싶은지 알 수가 없었다. 배가 고픈지조차도.

"달걀 먹겠니?"

"기껏 고민하던 게 그거였군." 알리스가 비아냥거렸다.

나는 고개를 저으며 팬에 달걀 몇 개를 깨뜨렸다. "아니, 난 쥐디트 생각을 하고 있었다. 그녀는 그런 일을 당할 만한 짓을 하지 않았어."

"그래도 약간은 원인 제공을 했지."

"그 녀석은 반쯤 미친놈이야. 하지만 쥐디트는 그걸 알아차리지 못했을 거야, 안 그래? 틀림없어. 넌 내가 놀랐을 거라고 생각하니? 그 녀석이 한 짓에 내가 놀랐을 거라고 생각해? 총알이 장전된 사냥총을 들고 주유소를 습격했던 놈의 머리가 제정신일 거 같아?"

"하지만 제레미가 쥐디트를 협박한 건 아니잖아."

"그건 맞는 말이야. 그 녀석이 쥐디트를 협박하진 않았어. 그건 나도 인정해. 그래도 어쨌든 그 녀석은 반쯤 미쳤어. 녀석이 한 짓을 보면 몰라? 그 녀석이 총기 자살을 실패한 게 유감이야."

나는 서재로 올라가 틀어박혔다. 그리고 전화기 앞에 꼼짝 않고 앉아 있었다. 페스트만큼이나 두려운 뇌암으로부터 나를 지키기 위해 사용하고 있는, 에보나이트 선이 달린 구형 전화기 앞에서.

그러다 결국 내가 먼저 쥐디트에게 전화를 걸었다. 신호음이 울리는 순간, 나는 숨을 멈추고 창 쪽으로 시선을 돌렸다. 하늘이 바다와 포개져 있었고, 바다는, 바람에 물결치는 깃털 같은 기다란 풀이 자라고 있는 모래언덕에 포개져 있었다.

그녀가 전화기를 든 채 아무 말도 하지 않을 거라는 내 예상이 적중했기 때문에, 내가 먼저 전화를 건 이유를 말했다.

"내 말 듣고 있는 거야?"

"알려줘서 고마워요, 프랑시스."

"내가 도와줄 일이 있으면 주저하지 말고 말해."

"괜찮아요. 나 때문에 걱정하지 말아요."

"사업은? 잘돼가?"

"그럭저럭. 책 나온 거 축하해요."

"그래, 그게 나한테 얼마나 도움이 되었는지 당신은 모를 거야. 반응이 아주 좋아, 물론 당신도 그럴 거라고 예상했겠지만."

"알아요, 프랑시스. 나도 그럴 거라 생각했어요. 미안해요. 정말 미안해요."

"그런 바보 같은 말 하지 마. 이봐, 몸조심해. 내가 바라는 건 그것뿐이야. 곤란한 일이 생기면 언제라도 전화하고."

전화를 끊었을 때 내 손은 축축해져 있었고, 귀는 불에 타는 듯 뜨거웠다. 나는 착잡한 심정으로 수화기를 내려놓았다.

나를 괴롭히는 상황들 때문에 특별히 더 힘들었던 글쓰기를 끝내고 저녁이 되었을 때 나는 알리스를 다시 보았다. 알리스는 아기에게서 해방되어 있었지만 얼굴이 해쓱했고 온갖 잡다한 근심 걱정―여배우로서의 고통에 관해 곰곰이 되새겨보고 있는 게 아니라면―에 사로잡힌 기색이 역력했다.

나는 냉장고를 살펴보았다. 그리고 알리스에게 달걀 프라이를 해 먹자고 제안했다. 해가 지면서 수평선이 반짝이는 불덩어리로 변해가고 있었다. 나는 전에도 녹색 광선을 몇 번이나 목격했다. 그리고 마지막으로 녹색 광선을 본 건 내가 소설에 마침표를 찍은 바로 그 순간이었다. 나는 그게 길조라고 생각했다.

"아니면 피자를 시킬까. 그게 제일 간단하겠다."

그러고 나서 나는 책 몇 권을 들고 소파에 앉았다. 하지만 이내 속에서 열불이 나기 시작했고, 그래서 마음속으로 욕을 퍼부어대기 시작했다. 이런 현상이 매주 반복되고 있었다. 분노와 의혹, 낙담과 불쾌감을 불러일으키는 책들, 쓰레기통에 처박혀야 마땅할 종잇장들. 어디를 들추어보아도 정말로 주목할 만하고 강력하고 혁신적이고 줏대 있는 작가들은 보이지 않았고, 제대로 읽어볼 만한 작품들은 눈을 씻고 찾아봐도 없었다.

어둠이 찾아들어서, 나는 집 안 여기저기에 불을 켰다. 알리스는 끝없이 계속될 것 같던 전화 통화를 끝낸 후 마침내 돌아왔다. 그 아이는 한순간 불안한 표정이 되어 무슨 소리엔가 귀를 기울였다. 하지만 아기는 울지 않았다. 아마도 멀리서 구슬프게 울어대는 매나 이름 모를 밤새의 울음소리에 불안해진 것이리라.

"보모 때문에 골치가 아파 죽겠어." 알리스가 표정을 일그러뜨리며 말했다.

"그래, 그건 나도 안다. 아주 잘 알아." 나는 베스트셀러 목록을 훑어보면서 말했다.

"지금 한 시간 정도 외출해야 하는데. 한 시간만 자리를 비워도 될까?"

나는 눈살을 찌푸리면서 그 아이를 힐끗 쳐다보았다.

"합의한 내용과 다르잖아."

"난 아직 아빠한테 단 한 가지도 부탁하지 않았어. 내가 이곳에서 지내기 시작한 이후로."

"그렇게 하기로 한 거잖아. 그건 우리가 정한 규칙들 중 하나야."

알리스는 신경질적으로 담배에 불을 붙였다. 나는 신문 일면을 살펴보았다. 일렬종대로 길게 이어진 탱크들이 먼지구름을 일으키며 나아가고 있었다. "셀린이 틀렸어.* 우리를 침략하러 오는 건 중국인들이 아니야."

*

제레미의 집이 닫혀 있은 지는 일 년밖에 되지 않았지만, 벌써 폐가 같아 보였다. 그런 느낌이 드는 건 무엇보다도 우박이나 뇌우, 번개 또는 결빙―우리가 이곳으로 이사를 왔을 때 내가 심은 부겐빌레아도 결빙 때문에 엉망이 됐다―으로 인해 죽은 나무들과 그 잔해들, 그리고 몇 달 동안 연안을 휩쓸었던 거센 바람에 부러진 나뭇가지들이 지저분하게 쌓여 있는 정원 때문이었다.

---

* 루이 페르디낭 셀린은 소설 『리고동』에서 중국인들이 프랑스 샹파뉴 지방에 쳐들어와 그 지방의 포도주를 거덜 낼 거라는 편집증적 망상을 전개하고 있다.

현관 앞에는 수국 덤불이 놀랄 만큼 웃자라 있었지만 생기라고는 찾아볼 수 없었다. 덧문의 페인트칠은 이제 완전히 벗겨져 희뿌연 나무색이 드러났다.

팔려고 내놓은 집이라는 것을 알리는 표지판에는 쥐디트의 부동산 사무실 이름과 전화번호가 적혀 있었다.

나는 다시 시동을 걸고 그 자리를 떠났다.

*

그 힘든 시기에 로제와 쥐디트의 도움을 받을 수 없게 된 채—미쳐 날뛰는 행진곡을 관현악으로 지휘해대는 세상의 영향력들, 사람을 혼란스럽고 우울하게 만드는 그 타격들은 말할 것도 없고—쌍둥이를 돌봐야 할 차례가 될 때면 상황은 거의 악몽이 되곤 했다. 나는 새 책을 쓰기 시작했다. 그것은 단단한 규율, 침묵 속의 긴 작업, 고요, 집중, 고독 등등, 요컨대 손녀들이 나에게 제공하는 것과는 명백히 반대되는 조건들이 필요한 일이었다.

문제는 대부분 보모들에게서 기인했다. 보모들은 애인을 만나기 위해 예고도 없이 우리를 내팽개치고 떠나버리거나 아니면 그들을 즉시 해고할 만한 심각한 잘못을 저지르곤 했다—그중 마지막 보모는 아기를 삶은 랍스터처럼 만들어놓았다.

나는 갑자기 장을 봐야 했다. 대형마켓에 손녀들을 데려가고, 그 아이들이 이런저런 것들에 관심을 갖게 하고, 아이들에게 『브리짓 존스의 일기』 같은 책들을 읽어주는 일을 해야 했다―내가 왜 이런 일로 골치를 썩어야 하는지 자문하면서. 나는 아이들에게 DVD와 티셔츠를 사주기 위해 바욘까지 달려가야 했다.

나의 나날들은 이런저런 방식으로 전복되었다. 애초에 알리스와 합의한 내용은 이런 게 아니었다. 나는 그 아이에게 장소 제공만 하기로 했었다. 그것으로 얘기는 끝난 거였다. 오로지 그것뿐이었다. 집에 들어와 살아도 된다. 이상 끝. 단, 나를 조용하게 내버려 둬야 한다. 오로지 그것뿐이었다.

"그래, 알아. 그럼 내가 어떻게 했으면 좋겠어? 걔들은 아빠 손녀들이야. 난 팔이 네 개라도 모자랄 지경이란 말이야."

아기가 알리스의 무릎에서 다시 고함을 내지를 준비를 하며 손발을 부르르 떨고 있었다. 그 아이의 쌍둥이 누나들은 시내 중심가의 수영복 상점들로 나를 끌고 가기 위해 내 등 뒤에서 기다리고 있었다.

나는 몸을 숙여 알리스의 귀에 대고 말했다. "로제에게 전화해. 그에게 상황을 설명해. 이번만큼은 와서 쌍둥이를 다시 데려가달라고 해."

"남의 일에 참견 말고 아빠 일에나 신경써. 쥐디트가 알아서 하게 내버려두라고. 쓸데없이 주책 부리지 말고."

"난 지금 탁아소를 운영할 상황이 아니다. 보면 모르겠니?"

나는 누벨 백화점에서 하루를 끝마쳤다. 쌍둥이는 그 백화점에 샴푸를 사러 왔다는 걸 잊어버리고 선크림을 고르고 있었다.

어스름이 깔렸다. 쥐디트는 사무실 문을 닫고 있었다. 무릎을 굽힌 채, 한 손으로는 문고리를 잡고 다른 손으로는 문 밑에 달린 자물쇠를 잠그면서.

쌍둥이가 달려들어 그녀의 목을 끌어안았다. 그들이 서로 포옹하는 순간을 이용해 나는 재빨리 그녀를 살펴보았다. 그녀의 얼굴에는 근심이 어려 있었다.

"당신이 그렇게 하는 건 잘못이야." 내가 말했다.

"집을 파는 게 내 일이에요. 난 이 일로 내 생계를 꾸리고 있어요."

우리는 카지노 쪽으로 내려가서 바다를 따라 걸었다. 가는 길에 서퍼 몇 명과 마주쳤다. 서핑에 미쳐 있는 사람들일 터였다. 간이 침대 하나와 가스버너 하나, 서핑보드 보관대 하나가 구비된 미니버스를 타고 밤새 달려온.

쥐디트는 고개를 숙인 채 로봇처럼 걸어가고 있었다. 나는 그녀의 처신에 내가 몹시 화가 나 있다고 말하고 싶었다. 그 녀석이 그처럼 흙탕물을 튀겨대면서 그녀를 위해 무시무시한 곡예를 벌였는데, 또다시 그녀가 그를 만나거나 그와 말을 섞을 여하한 이유가 있다는 게 나로서는 도무지 납득이 가지 않는다고 말하고 싶었다.

그녀는 망설이고 있다고 말했다. 그와는 단지 전화 통화만 했을 뿐이라고 했다.

"망설이고 있다고? 내가 제대로 이해한 건가? 당신에게 망설일 이유 같은 게 아직 남아 있다는 거야? 내가 제대로 이해한 거 맞아? 망설인다고? 뭘 망설여, 아주 간단한 일인데. 그를 다시 만나라고. 그러면 난 앞으로 당신한테 무슨 일이 일어나든 절대로 상관하지 않겠어. 그를 만나. 정말 뼈저리게 후회하게 될 테니까. 그때 가서 내가 미리 충고해주지 않았다고 나를 원망하지나 마."

우리는 아이스크림 트럭 앞에 멈춰 섰다. 나는 그녀와 더이상 함께 살지 않게 된 것을 회한하고 있었다. 그 생각을 할 때면, 내가 조아나에게 했던 짓을 쥐디트가 똑같이 나에게 했고, 세상의 정의라는 것이 이런 식으로 이루어지는구나, 라는 생각이 들기도 했다. 하지만 사실은 그런 게 아니었다. 그 두 가지는 비교할 수 없는 것이었다. 이유를 설명할 수는 없었지만, 여하튼 그 두 가지는 비교할 수 없는 것이었다.

나는 앵페라트리스 대로 쪽으로 눈길을 돌렸다. "알렉산드르 넵스키 성당의 돔 지붕이 푸른색에서 회색으로 변한 이유를 알고 싶군." 나는 대화 주제를 바꾸기 위해 그렇게 말했다. "항의하는 사람이 아무도 없나?"

*

그로부터 보름도 채 지나서 않아서, 집은 팔리지 않았고 그녀는

제레미와 다시 자기 시작했다. 그건 내가 생각도 하고 싶지 않았던
일이었다.

*

내가 제레미에게 돈을 주며 쥐디트의 뒤를 밟게 해 결국 그런 일
이 일어난 게 아니냐고 두세 사람이 나를 매몰차게 비난했다. 그건
그렇지. 하지만 이보게들.

*

나를 제일 처음 비난한 건 알리스였다. 그 아이는 내 집에 와서
나를 귀찮게 하는 것만으로는 성에 차지 않았다. 자신의 실패만으
로는 분에 차지 않았다. 나는 또다시 그런 소리를 입 밖에 낸다면
머리통을 부숴버리겠다고 했다. 심지어 집에서 내쫓을 거라고까지
했다. 하지만 알리스는 내가 어떤 식으로 아내를 배신했고 쥐디트
에게 얼마나 못된 짓을 했는지, 그리고 이제 더이상 나와는 상관도
없는 일에 끼어드는 꼴이 얼마나 주책없어 보이는지에 관해 자신
의 생각을 피력하고 싶은 욕구를 억누르지 못했다.

알리스는 자기 역시 결혼에 실패했고 자신의 철없는 연애 행각
들에서 자기가 바라던 짜릿함을 맛보지 못했다는 사실을 잊고 있

었다. 신문에선 샤이아 러버프*와 꼭 닮은 아무개와 알리스의 순정적인 사랑에 관해 떠들어댔지만. 알리스는 자기 배 속으로 낳은 자식이면서도 품에 안자마자 울음을 터뜨리는 젖먹이를 달랠 수 없어 순간순간 당혹감을 느낀다는 사실을 잊고 있었다. 알리스는 자기가 나를 그런 식으로 대해놓고도 여기 이곳, 내 집에서 지내고 있는 게 기적이나 다름없는 일이라는 사실을 잊고 있었다.

"내가 너를 내쫓지 않을 거라고 생각한다면 그건 오산이야. 난 충분히 그렇게 할 수 있어."

"아빠가 충분히 그러고도 남을 사람이라는 건 나도 알아. 엄마 말이 맞았어. 아빠란 사람은 잘해주면 잘해줄수록 그만큼 더 냉담해진다고 했지. 엄마 말이 하나도 틀리지 않았어."

나는 그 아이의 손목을 붙잡았다. "너 지금 뭐라고 한 거냐? 네 엄마와 나는 완벽할 정도로 사이가 좋았다. 그런 말 하지 마. 그런 터무니없는 소리 만들어내지 마. 부모자식지간이라도 할 말 안 할 말이 있는 거야, 알리스."

나는 알리스를 놓아주었다. 아니, 움켜잡고 있던 그 아이의 손목을 뒤로 확 밀어버렸다.

"설마 엄마랑 내가 아빠 얘기를 하지 않았을 거라고 생각하는 거야?"

---

* 미국 영화배우. 〈월 스트리트 : 머니 네버 슬립스〉를 통해 상대 여배우 캐리 멀리건과 영화 속 연인에서 실제 연인으로 발전했다.

나는 문밖으로 한 발을 내딛었다.

"아빠가 작가라는 것 때문에 우리가 두려워했다고 생각해? 우리가 그걸 대단하게 생각했을 것 같아?"

나는 밖으로 걸어나갔다.

"아빠가 어떤 사람인지 우리가 몰랐다고 생각하는 거야?"

그 아이는 아직도 뭐라고 덧붙여 말하고 있었지만, 나는 이미 그곳에서 멀어져 있었다.

*

다시 한 번 나는 앙다이까지 걸어갔다. 날씨는 좋았고 해변은 아직 한산했다. 나는 폰타라비 호텔 레스토랑에 가서 저녁을 먹고, 그곳에서 만난 친구들과 꼭지가 돌도록 술을 마셨다. 그중 한 친구의 아내가 저녁시간 내내 내 허벅지 위에 손을 올려놓고 있었다. 그녀의 남편은 나의 다음 책이 무슨 내용인지 알고 싶어했다. 그리고 그녀는 그에게 되풀이했다. "이봐요, 그런 바보 같은 소리 하지 말고 프랑시스를 그냥 내버려둬요. 당신 때문에 난처해하고 있다는 걸 모르겠어요? 이봐요, 그 따위 질문들은 그만두고 프랑시스를 그냥 좀 내버려두라니까. 프랑시스가 대답하고 싶어하지 않는다는 걸 모르겠어요? 이봐요……"

뤼시 안과 안 뤼시가 자기 엄마 화장품을 몰래 바르고 있었다. 나는 알리스가 내지르는 고함 소리를 들으면서 모니터에서 눈을 들었다. "저 한심한 애가 화가 머리끝까지 난 모양이군." 소설 전체를 방해하고 있는 어떤 한 문장 때문에 족히 이십 분이 넘게 분투하고 있던 나는 그렇게 중얼거리면서 다시 내 일로 돌아와 그 문장의 특별한 리듬을 되찾으려 애를 썼다. 적절한 문장이 떠오르지 않을 때 나는 스스로 긴장감을 유발하기 위해 노트북의 타이머를 작동시키는 습관이 있었다.

하지만 알리스가 고래고래 악을 쓰는 통에 그것조차 아무 소용이 없었다.

분명 화장품에 손을 대는 것은 그들의 작은 공화국 내에서 저지를 수 있는 가장 심각한 범죄행위에 해당했다. 쌍둥이는 이 세상에 눈을 뜬 그 순간부터 그 점에 대해 충분히 경고를 받아왔다. 내가 도착했을 때 알리스는 아이들에게 대체 무슨 생각을 한 거냐고 묻고 있었다. 쌍둥이는 고개를 푹 숙이고 눈은 내리깔고 서서 얼어붙어 있었는데, 이들의 침묵 때문에 아이들의 엄마는 더욱 격렬하게 고함을 질렀다.

나는 잠시 그대로 서서 그 놀라운 광경을 경탄하며 바라보다가 고함 소리를 피해 달아났다. 작가들의 얼굴을 볼 때도 그렇게 도망을 치는 경우가 있었다—작가의 외모는 정말이지 그의 문체를 닮는다. 정말 그렇다.

알리스에게 내 집 문을 열어주다니 내가 미쳤지, 위층에서 유리 깨지는 소리가 들리는 동안 나는 중얼거렸다. 육 개월 전부터 더이상 영화 출연 제의가 들어오지 않는 그 아이에게는 바로 이런 일이 일어나고 있었다.

나는 지방 함유량 0퍼센트의 프로마주 블랑* 한 사발을 간식으로 준비했다. 만약 그런 식으로 계속 고함을 질러댄다면 알리스는 더이상 목소리가 나오지 않을 것이고 그 아이의 딸들은 고막에 구멍이 숭숭 뚫릴 터였다.

나의 인내심이 이런 상황을 얼마나 더 버틸 수 있을지 의문이었다. 알리스는 나에게서 대단한 신뢰나 온전한 호의를 얻지 못하고 있었다. 나는 그 아이의 불운에 사분의 일 초 동안 연민을 느꼈고, 그 아이는 내가 엄격한 조건들을 미처 다 말하기도 전에 꼭지가 돌아버렸다. 상황은 해결은커녕 오히려 악화일로였다. 나는 위층에 대해 히스테리를 부릴 자격이 있었다. 그리고 대부분의 경우 한 가정을 이루고 사는 데에는 비명, 고함, 피, 눈물이 따르게 마련이라는 것도 알고 있었다. 하지만 아무리 그렇다고 내가 그 아이를 측은하게 여겨야만 하는가? 그 아이의 가혹한 운명을 동정해야만 하

---

* 떠먹는 요구르트 같은 흰 치즈.

는가?

나는 토스트를 몇 장 구워 나무딸기 퓌레를 발랐다. 그리고 그걸 입에 넣으려는 순간, 쌍둥이와 눈이 마주쳤다. 그 아이들은 머뭇거리면서 등을 둥글게 말고 주의를 기울이며 내가 두 손가락 사이에 들고 있는 아름다운 루비색 퓌레가 발린 토스트를 뚫어져라 보고 있었다.

나무딸기 퓌레를 바른 토스트를 좋아하면 먹으라고 아이들에게 접시를 내밀었다. 나는 아이들이 내 손을 게걸스럽게 먹어치우기 전에, 들고 있던 토스트까지 내려놓아야 했다.

나는 그 아이들에게 저녁때까지 엄마 눈에 띄지 않게 숨어 있으라고 했다. 〈바람과 함께 사라지다〉나 〈센스 앤 센서빌리티〉*를 다시 보는 것도 의미 있는 시간이 될 거라고 충고했다. 개인적으로는 후자를 강력히 추천했다. 그러면 나는 좀더 일할 시간이 생길 것이고, 나중에 아이들에게 가서 필요한 게 없는지 확인하면 될 터였다. 아이들의 엄마가 자기에게 먹을 것을 챙겨줘야 하는 두 딸이 있다는 걸 잊고 있다면 먹을 걸 약간 준다거나. 그 아이들은 나를 믿어도 되었다. 나는 그 아이들을 버려두지 않을 테니까. 〈사우스 파크〉? 물론 봐도 되지─나는 〈사우스 파크〉**가 뭔지조차 몰랐다.

---

* 제인 오스틴의 동명소설을 각색해 아르테 채널에서 방송한 드라마.
** 청소년 시청 불가의 미국 텔레비전 애니메이션.

*

알리스의 방을 다시 지나가면서 그 아이가 나지막하게 흐느껴 우는 소리를 들었다. 예전 같았으면 방문을 두드리고 괜찮은지 물어보았을 것이다.

*

알리스는 내가 자기한테 한 행동이 아버지답지 못하다고 생각하고 있었다. 자기가 이곳에 와서 지낸 지 이제 곧 육 개월째가 되는데, 그동안 내가 얼마나 냉담한 인간인지 충분히 보았고 나의 무관심이 어디까지 갈 수 있는지 확인할 수 있었다고 했다.

"내가 예상했던 것보다 훨씬 더 심해." 알리스는 그렇게 잘라 말했다.

내 행동이 고의라고 생각한다면 그건 그 아이의 오산이었다.

"만약 날 벌주려고 그러는 거라면……"

"널 벌주려는 거 아니야, 알리스. 나도 어쩔 수가 없어. 처음엔 그런 생각이 조금 있었을지도 모르겠다. 하지만 아주 잠시였을 뿐이야. 회복은 가능하지 않았어. 너에게 다른 말을 해줄 수 있었다면 나 역시 기쁠 텐데."

"정말이지, 자기 딸에게 이런 원한을 품을 수 있는 인간은 이 세상에 다시 없을 거야. 다시는."

　나는 자리에서 일어났다. 나는 쥐디트가 자기 침대에 제레미를 다시 불러들였다는 사실에 더 많은 신경이 가 있었다. 정보원에 따르면 제레미는 이제 간신히 몸을 회복하는 중이고 머리가 길게 자랐다고 했다. 그 일은 이미 모든 사람의 얘깃거리가 되어 있었다.

　어느 날 저녁 나는 돈을 주고 여자를 사서 집으로 데려왔다. 나는 그 여자가 매춘부라고 생각하고 있었다. 하지만 집으로 오는 도중에, 술기운 때문에 뇌가 아주 굼뜨게 돌아가고 있었음에도 불구하고, 나는 그녀가 중앙우체국에서 일하는 여자라는 사실을 깨달았다.

　나는 손가락을 세워 입술 위에 애매하게 갖다댔다. 그리고 그 여자의 목에 팔을 두른 채로 어둡고 조용한 집 안을 가로질러 간신히 서재로 갔다.

　나는 긴장을 풀 필요가 있었다. 알리스는 나의 결함과 무능함과 실패 들을 지적하는 일에 몰두하지 않을 때면 여기저기 전화를 걸었는데, 그 아이가 하는 일이 놀이공원의 롤러코스터처럼 오르락내리락 기복이 심한 분야인 만큼 오히려 전화 통화 때문에 맥 빠지는 경우가 더 많았다. 알리스는 기획사를 바꾸고 앞으로 연극무대에 전념할 것이며, 보모들을 소개해준 회사에 소송을 제기하겠다고 위협했다. 나는 그 아이가 집 안을 이리저리 휘젓고 다니며 벽장문을 쾅쾅 여닫는 소리를 들었다. 말 울음소리를 내거나 쿵쾅대며 발을 구르기도 했다.

알리스는 집 안 분위기를 최악으로 만들고 있었다. 나는 거의 어디서나 볼 수 있는 그런 여자의 인생을 맨 앞좌석에 앉아 관람하려고 푯값을 지불하지는 않았다. 나는 아무것도 묻지 않았다. 내가 혼자 사는 것에 대한 공포에 굴복했던 것이건, 부모라는 이유로 마음이 약해져 나도 모르게 반사적으로 행동했던 것이건 간에. 어쨌든 나는 아무것도 묻지 않았다. 여하튼.

알리스는 젖먹이에게 먹일 우유가 갑자기 떨어졌다며 대낮부터 나를 방해했다. 그리고 바로 그 순간, 허기진 아기가 끔찍한 발작을 일으켰다.

"힘든 하루를 보낸 얼굴이군요." 술집에서 다시 만난 그 여자가 말했다. 나는 그녀의 잔에 술을 몇 번 따라주었다. 카운터 쪽으로 내 머리가 기울자 그녀가 내 목덜미를 어루만졌다.

나는 불을 켜지 않았다. 평상시에 괴로워하며 손을 비틀어 꼬는 나를 지켜보곤 하던 그 방이 가루처럼 희뿌옇고 한없이 사랑스러운 강렬한 달빛에 잠겨 있었기 때문이다.

나는 바지 단추를 끄르고 세상의 모든 근심들과 함께 바지를 벗어던졌다. 하루의 시련들은 끝나게 마련이라고, 날마다 그날 치의 고통이면 충분하다고 순진하게도 확신하면서.

"베스파*를 사려고 저축을 하고 있어요." 여자가 옷을 벗어 의자 위에 접어놓으면서 말했다.

*

　알리스가 갑자기 뒤돌아서며 문을 거칠게 닫는 바람에, 헤밍웨이가 앤초비에 대해 감사의 뜻을 전하는 엽서를 넣어 벽에 걸어둔 액자가 떨어지며 유리가 산산조각이 났고, 쾅 하고 닫히던 문소리가 머릿속에서 계속해서 크게 울리는 바람에 나는 잠시 눈을 감고, 팬티를 무릎에 걸치고 두 손으로 우체국 여자의 커다란 엉덩이를 붙잡은 채로 불시에 감전을 당한 것처럼 꼼짝 않고 정지해 있었다.
　나는 당황해하는 여자에게서 아주 잠시 손을 뗐다. 하지만 거의 즉각적으로 발기가 풀려버린 내 물건은 이미 회복 불가능할 정도로 쪼그라들어 있었다.
　우체국 여자는 무덤덤한 표정으로 자신의 팬티를 다시 올렸다. 상당히 예쁜 그녀의 다리와 우윳빛 살결, 볼록한 작은 배가 보였다. 하지만 이미 물 건너간 일이었다. 나는 정신을 차리기 위해 우선 술을 한 잔 마시고 싶었다.

*

＊이탈리아 스쿠터 브랜드.

나는 알리스의 맹세를 받아들였다. 침착하게, 이제 다시는 나하고 말을 섞지 않겠다는 맹세를.

나는 내가 그것 때문에 죽을 만큼 괴로워하지 않으리라는 것을 알고 있었다.

*

내가 이미 저세상에 한 발을 내딛고 있는 것일까? 쥐디트와 헤어진 이후로 나는 자주 그런 생각을 했다—그리고 알리스가 극도로 기분 나빠하고 있다는 것, 사실 대수로울 것도 없는 그 사실이 나를 더 화나고 원통하게 했다. 내 존재에 의미를 주었던 네 명의 여자. 그중 둘은 죽었고, 하나는 떠났고, 마지막 남은 하나는 나와 말조차 섞지 않으려 하고 있었다.

나는 나에게 문학을 준 하늘에 감사했다. 그리고 나에게 일을 주고 내 가족이 살아가는 데 필요한 것들을 조달해주고, 나에게 성공의 전율과 창작의 고통을 체험하게 해주었으며 나를 성장시켜준 문학에 감사했다. 그리고 지금, 문학이 아직도 나에게 손을 내밀어주는 것에 감사했다. 하지만 앞으로도 그게 가능할까? 문학이 앞으로도 오랫동안 나에게 자신의 역할을 수행해줄까? 지금 나는 혼자가 되어 이렇게 허물어져내리고 있는데.

나는 이제 거의 외출을 하지 않았다. 나는 선의를 품은 사람들이 나에게 더할 나위 없이 적합하다고 여기는 독신녀—가슴골이 훤히 드러난 옷을 입고, 얼굴을 붉히고, 때로는 말이 없고 때로는 완전히 히스테릭한—를 나의 면전에 앉히는 그 저녁시간들에 넌더리가 났다. 나는 나를 동정하는 시선들, 쓸데없는 포옹들, 아연실색한 미소들, 자기 몸 하나 주체하지 못하는 스물여섯 살 건달 녀석의 품속으로 쥐디트가 빠져들게 된 이유들에 관해 한없이 계속되는 입방아들을 풀세트로 넉넉히 갖추고 있었고, 혹시라도 일이 순조롭게 풀리지 않거나 내가 슬픈 생각에 잠겨 있을 경우에 대비한 격려나 위안의 말들, 나를 거북하게 만들지 않고 보내올 초대장들을 밤낮으로 푸짐하게 비축해두고 있었다. 그런 염려들이 나에게 얼마나 견딜 수 없는 것인지, 얼마나 상처를 입히는지 어떻게 말로 다 할 수 있을까?

오늘이라고 기분이 나을 바 없다는 건 놀랄 일도 아니었다. 아주 실망스럽고 불쾌했던 전날의 발기불능에다, 내가 열대병—아니면 성병—에 걸리기라도 한 것처럼, 쌍둥이의 어리둥절해하는 눈앞에서 나를 피하는 알리스의 찡그린 표정까지 덧보태졌으니까.

"최소한 문은 두드렸어야지." 침묵의 이틀을 보낸 후 나는 말했다. "문을 두드리고, 들어오라는 허락을 기다렸어야지. 그건 기본적인 예의 아니냐? 정상적인 사람은 누구나 그렇게 행동해. 그걸 너한테 요구하는 게 그렇게 지나친 일이냐? 이 집에선 내가 '나만의' 공간을 가질 권리도 없는 거야? 내가 알기로 여긴 내 집이야.

알리스, 내 말 잘 듣거라. 나는 나에게 뿌루퉁해 있는 사람들을 내 집에 두고 싶지 않다. 인간이라면 당연한 거 아니겠니?"

알리스는 화를 내기에 앞서, 분노를 터뜨리기에 앞서, 놀라고 경악한 표정을 지었다. 그러고 나서 낚아채듯 자기 딸들의 손을 잡고 위층으로 올라가버렸다.

나는 문학잡지를 뒤적이면서 몇 분을 기다렸다. 작가의 외모와 문체가 얼떨떨할 정도로 닮았다는 사실(작가와 그 문체에는 정확히 동일한 형용사가 따라붙었다)에 대한 나의 지적은 날마다 입증되었다(나에게 한 작가의 초상을 가져오라. 그러면 그의 문체가 어떤지 말해주겠다). 시간이 지났는데도 위층에서 아무 소리도 들리지 않았기 때문에 나는 쌍둥이들이 어떻게 되었는지 궁금했다. 그래서 직접 가보기로 했다.

"짐을 싸고 있는 거냐?"

트렁크 여섯 개가 열려 있었고, 창과 벽장문들, 아이들이 마음대로 사용하고 있던 서랍들—나는 이미 그 서랍들을 한 번 비웠었고, 알리스가 다시 그 서랍들에 물건을 채워넣었다—역시 엄청난 난장판이었다.

알리스가 고집스럽게 나에게서 등을 돌린 채로 이를 악물고 아이들의 옷가지들을 개는 동안, 쌍둥이는 침대 가장자리에 앉아 한마디도 하지 않고 곤혹스러운 눈길로 나를 흘깃 쳐다보았다.

하지만 나는 알리스의 몸짓에서 일종의 혼란을 간파했다. 여기저기에 옷들이 널려 있었다. 마치 태풍이 휩쓸고 지나간 것 같았다.

"내가 아직도 성생활을 즐겨서 미안하구나."

알리스가 갑자기 동작을 멈췄다. 뒤를 돌아보지는 않았다.

그리고는 천천히 하던 일을 다시 시작했다.

나는 손녀들이 계속 내 눈치를 살피고 있다는 걸 알아차렸다.

"다시 생각해보거라." 나는 알리스에게 말했다.

*

그 아이가 갑자기 내 목에 매달렸다. 내 어깨에 기대어 말없이 울었다. 그 아이의 울음이 끝나지 않을 것 같은 생각이 들었다―기울어가는 하루의 빛이 그런 느낌을 더욱 강렬하게 하고 있었다.

"아빠 날 용서해줘." 알리스가 구슬픈 목소리로 말했다. "제발, 용서해줘 아빠, 용서해줘." 꿈속에서 흘러나오는 듯 끊임없이 이어지는 기도 같은 소리.

나는 등을 토닥거렸다. 그리고 그 아이의 머리에 한 손을 올려놓았다. 딸아이의 어깨 너머로 미풍이 불어와 장난치기 좋아하는 어린 짐승처럼 커튼을 들썩였다. 나는 딴생각에 빠져들며 알리스가 울음과 기도를 끝내기를 기다렸다.

*

바람이 몹시 불던 어느 잿빛 아침, 나는 부엌에서 커피를 내리는 동안 토스트를 구우면서 라디오에 귀를 기울이고 있었다. 그리고 세계의 뉴스가 이어지고 있을 때 문득 눈을 들었는데, 제레미가 보였다.

그는 도로 맞은편, 모래언덕 기슭에 서 있었다. 어찌나 늙었는지, 일 년 만에 어찌나 쪼그라들었는지 나는 한순간 너무 놀라 멍해 있었다.

나는 창에서 물러났다. 나는 그가 구사일생으로 살아났다는 것, 총알이 그의 심장에서 불과 몇 밀리미터를 비껴갔다는 것을 알고 있었다. 나는 물론 잘 알고 있었다―그걸 모르는 사람이 누가 있겠는가? 그렇지만 나는 유령, 진짜 귀신을 보게 되리라고는 예상하지 못했다. 엄청난 충격이었다. 나는 그가 이제 더이상 미친개처럼 아무한테나 달려들어 싸움을 걸지 않을 거라고 확신했다―병색이 완연한 다 죽어가는 사람들을 상대로 고르지 않는 한.

나는 놀란 가슴을 진정시키고 다시 몸을 숙여 그가 아직도 거기에 있는지 살펴보았다. 혹시 바람이 그를 허수아비로 오인하고 데려가지나 않았는지.

나로서는, 내게서 아내를 빼앗아간 인간 앞에 선뜻 나서는 게 쉽지 않았다. 설령 그 일이 전부 내 잘못으로 빚어진 결과라 할지라도. 그런데 그는 바람을 온몸으로 맞으며 그대로 우뚝 서 있었다.

두 손을 주머니에 찔러넣고, 고개를 푹 숙이고, 눈은 내리깔고서.
그리고 나는 그가 계속 그런 식으로 버티고 있을 것임을 알았다.

나는 문을 열러 나갔다. 그리고 주위를 한 번 살핀 다음 그에게
신호를 보냈다. 그가 다가오는 동안 나는 나의 모든 분노와 원한이
까닭도 없이, 마치 마법에 의해 증발해버리는 것 같은 기분을 느꼈
다. 그리고 양수 터진 임산부가 지금 이 순간 내가 느끼는 것과 똑
같은 기분을 느낄 게 틀림없다고 생각했다.

바람이 부는 현관 문턱에서 우리는 한순간 얼굴을 마주 보고 있
었다.

"내가 돌아왔다는 걸 알려드리고 싶었어요." 그가 마침내 입을
열었다.

나는 잠시 틈을 두고 나서 말했다. "알고 있었어. 여긴 손바닥만
한 곳이니까."

그가 고개를 끄덕였다. 지쳐 보이는 얼굴이었다.

"알리스도 요즘 여기서 살아. 딸아이들과 함께."

"아."

"자넨 돌아오지 않는 게 더 나았어."

"말하고 싶었……"

"빌어먹을."

"들어봐요……" 그의 등 뒤로 기다란 잿빛 구름들이 마치 기괴
하고 음산한 군용차량들처럼 스페인 영토를 따라 동쪽에서 서쪽

하늘로 지나가고 있었다. 하지만 시야는 아주 선명해서 마치차코 곳까지 다 보였다.

"아니, 자네가 내 말을 들어."

"내가 원했던 게 아니에요."

"천만에, 원했어."

"맹세코 아니었어요."

"빌어먹을."

"절대로 아니었어요."

"천만에, 그랬어."

도로 위에서 바람을 거슬러 날고 있던 갈매기 몇 마리가 소리를 지르면서 일련의 공중회전을 시작했다.

"빌어먹을."

"당신은……"

"이런, 젠장."

"당신 덕분에……"

"입 닥쳐."

"난 천벌 받을 놈이에요."

"그만해."

쌍둥이가 아래층으로 내려오는 소리가 들렸다. 제레미와 나는 마지막 시선을 주고받았다. 그러고 나서 나는 그에게 떠나라고 명령했다. 그가 다시 고개를 숙였고, 그래서 그의 머리칼이 그의 눈

앞으로 흘러내렸다. 갑자기 그가 내 손을 잡으려 했다. 하지만 나는 재빨리 그의 손을 피했다.

나는 집 안으로 들어와 내 일에 열중하기 위해 그가 사라지기를 기다렸다.

*

"누구야?"

"제레미."

"누구였냐니까?"

"제레미였다니까."

"농담하는 거지? 농담하는 거였으면 좋겠어. 제레미? 그 인간이 여긴 무슨 일이래?"

"음, 그러고 보니 그 친구가 용건을 말하지 않았군. 이상한 일이야. 어쨌든 아직도 썩 건강해 보이지는 않더구나."

"믿어지지가 않아."

*

나는 그를 위해 대단한 걸 해주진 못했다. 만일 그의 어머니가 저 하얀 구름 매트리스 위에서 나를 내려다본다 해도 그것 때문에 나를 너무 나무라지 않기를 바랐다. 나는 그러기를 바랐다. 하지만 그녀의 아들이 내 아내의 연인이 된 이후로 상황은 복잡하게 뒤얽혀버렸고, 나의 감정들 역시 복잡하게 뒤얽혀 있었다.

내가 쓰고 있던 소설의 결말을 마침내 완성하고 나자―나는 물론 내 힘의 대부분을 거기에 바쳐야 했다―허탈감이 몰려들어 나를 침몰시켰고, 거기서 빠져나오기란 여간 힘든 일이 아니었다. 그래서 알리스와 로제의 관계가 최근에 어떻게 되어가고 있는지, 심지어 그들이 정확히 어디에 있는지조차 전혀 모르고 있던 나는 며칠 후에 놀랍게도 비행기에서 막 내린 로제가 우울한 표정으로 내 집에 와 있으며, 그들이 다시 대화를 시도하기로 했다는 사실을 알게 되었다.

알리스에게 그가 어디서 오는 길이냐고 묻자 그 아이는 이렇게 대답했다. "아빤 우리 일에 끼어들지 마. 그 사람을 미워하지 마. 단지 내 말에 따랐을 뿐이니까."

"네 말에 따랐다고?"

"그래, 내 말에 따른 거야. 미안해."

"미안하지만, 그 녀석은 그냥 네 말에 따른 게 아니야. 내 눈을 똑바로 보면서 그 코미디를 연기했어. 하루하루, 내가 죽을 정도로 불안해한다는 걸 알면서도, 내가 신음하는 소리를 들으면서도, 내가 영원히 널 잃어버렸다고 믿게 내버려두면서 말이다. 네 말에 따랐다고? 그 녀석은 지옥 불에 타 죽어도 싸."

알리스는 짧게 한숨을 내쉬었다. "그 지긋지긋한 소리를 도대체 언제까지 우려먹을 거야? 그 소릴 더이상 듣지 않으려면 뭘 어떻게 해야 하는 거냐고!"

나는 어깨를 으쓱했다. 그리고 그걸 내가 어떻게 아느냐, 왜 그걸 나한테 묻느냐는 의미로 어깨를 계속 들썩이고 있었지만, 알리스는 몸을 돌리고 있었다.

내 의견은, 서로가 서로에 관해 오해를 하고 있다는 거였다. 전문가가 아니어도 그건 충분히 알 수 있는 문제였다. 그런 상황에서 함께 사는 것이 어떻게 쉬울 수 있겠는가? 나라의 근간이 무지와 오해라면 국민 전체가 광기에 빠지는 것을 어떻게 막을 수 있겠는가?

*

"그 녀석이 무기를 갖고 있지 않은지 당신이 확인해보면 좋겠어. 쥐디트? 그럴 수 없어? 이건 그냥 넘어갈 일이 아니야. 다른 사람들에게나 일어나는 일이라는 생각을 단 일 분이라도 멈추어줄 수 없어? 쥐디트, 단 일 분만 눈을 뜰 수 없어? 그 녀석이 그 빌어먹을 무기를 갖고 있는지 한순간만이라도 제대로 눈을 뜨고 확인을 하란 말이야!"

서재에서 소파베드의 팔걸이 위에 걸터앉아 창밖을 바라보면서, 나는 쥐디트에게 전화로 조언을 아끼지 않는 동시에—그녀가 아직도 분별 있게 행동할 수 있을지 의문스러웠다—눈으로는 저 아래 정원에서 공동생활의 규칙들을 재검토하느라 열중해 있는 알리스와 로제를 관찰하고 있었다.

알리스는 어떤 프랑스 시리즈물에서 중요한 배역을 얻어냈고, 그래서 자신이 배우로서의 삶을 계속 이어나가려면 아이들을 키우면서 시간을 보낼 게 아니라 로제와 타협점을 찾아야만 한다는 것을 재빨리 간파했다. 그들이 나누는 대화 내용은 들리지 않았지만, 로제가 격렬하게 두 팔을 흔들어대고 있었다.

"당신과 제레미가 그렇게 되도록 내버려두지 말았어야 했는데." 나는 한숨을 내쉬었다. "무슨 수를 써서라도 그걸 막았어야 했어. 내가 싸움을 포기한 건 당신을 위해 잘한 일이 아니었어. 당신 말을 귀담아듣지 말 걸 그랬어. 당신을 지하실에 가두고 내 귀를 틀어막았어야 했는데."

그러고 나서 그 그림이 펼쳐졌다. 알리스의 무릎 위에 앉은 안뤼시와 로제의 무릎에 앉은 뤼시 안. 비행기구름이 몽실몽실한 꼬리처럼 그어져 있는 하늘은 푸르렀다.

"당신보다는 내가 그 친구를 더 잘 알아. 물론 당신도 그를 아주 잘 알고 있겠지. 하지만 난 당신보다 훨씬 더 오래 그와 함께 지냈어. 아니, 내 말을 좀더 들어봐. 그가 출감하던 날 내가 교도소로 그를 데리러 갔어. 그런데 또 그 일을 되풀이하게 만들려는 거야? 나한테 자세한 얘기를 들려달라는 게 아니야. 단지 그에게 그 무기가 있는지 없는지 확인만 하라는 거지. 내 말대로 해. 그와 잔다고 해서 그가 어떤 인간인지 잊어서는 안 돼. 도대체 내가 몇 번이나 이 말을 되풀이해야 해?"

이제 그림은 좀전과 반대였다. 로제의 무릎 위에 앉은 안 뤼시와 알리스의 무릎 위에 앉은 뤼시 안. 하늘은 아주 파랬다. 하얀 비행기구름들과 함께.

"지금 내 기분이 별로 좋지 않다는 걸 알아. 나도 아주 잘 알고 있어. 하지만 오늘 아침엔 좋은 기분으로 당신을 대할 수가 없어. 그 이유는 설명할 수 없지만. 글을 쓰고 있냐고? 물론 난 글을 쓰고 있어. 다행스럽게도 난 글을 쓰고 있지. 지금 이 순간 내가 당신에게 이렇게 이야기를 하고 전화 통화를 할 수 있는 것도 내가 글을 쓰고 있기 때문이야. 내가 아직도 숨을 쉬고 있는 것도 바로 그것 때문이야. 내가 아직도 숨을 쉴 수 있는 건 당신 때문이 아니라 바로 그것 때문이라고."

이 소파베드는 글을 쓰는 것이 나의 마지막 보루임을 증명하기 위해 수십 년의 세월을 지나왔다. 글을 쓰는 것 말고는 더이상 아무것도 없다는 것을 증명하기 위해. 해마다 7월 2일*이면 나는 이 소파베드에 앉아 술을 한 잔 마시곤 했다.

"어쨌든 조심하는 게 좋을 거야. 미안해. 내 말 듣고 있어? 쥐디

---

* 1961년 7월 2일, 헤밍웨이가 엽총으로 자살했다.

트, 당신에게 겁을 주려는 게 아니야. 하지만 난 그 녀석이 어떤 인간인지 알아. 제기랄, 난 그 녀석을 아주 잘 알고 있다고!"

나는 그녀의 외도보다는 그녀의 어리석음 때문에 더한층 그녀가 원망스러웠다. 게다가 내 라이벌이 나이가 좀더 많았더라면 그나마 괜찮았을 것이다. 그랬더라면 상황이 조금은 덜 고통스럽고 덜 혐오스러웠을 테니까. 우리가 만들고 있던 그 추잡한 삼각관계, 고작 스무 살처럼 보이는 스물여섯짜리에게 내 아내가 숨을 헐떡이는 그런 일이 일어나리라고는 꿈에도 생각해본 적이 없었다. 나는 커다란 카메라를 옆에 끼고 모래언덕 사이에 숨어 있는 파파라치 두 명을 알아보았다. 빌어먹을 로제 녀석. 상황을 장기적으로 지켜보는 인간도 있군. 쥐디트와는 정반대로. 태양이 바다 위에서 탁탁 소리를 내는 것 같았다. 전화기 너머의 쥐디트는 계속 아무 말도 없었다.

"친구로서 하는 말이야." 그리고 나는 전화를 끊었다.

*

알리스는 그 문제에 있어서 나보다 견해가 훨씬 더 분명했다. 그 아이는 쥐디트의 행동을 감동적이라고 생각했다. 나는 애매하게 고개를 끄덕였다. 그리고 알리스가 자기 아이를 포대기로 감싸는 것을 바라보면서, 우리 사이에 존재했던 모든 것이 물거품이 되어 사라져버렸다는 것을, 내가 알리스를 되돌릴 수 없이 잃고 말았다는 것을 분명하게 확인할 수 있었다. 끔찍하고 당혹스럽게도.

"너도 잘 알고 있잖니. 쥐디트 때문에 창피해서 낯을 들고 다닐 수가 없다. 그런 웃음거리가 어디 있어. 그 녀석은 아들뻘이야. 어미가 아들놈과 붙어먹는 꼴이지."

알리스는 낮시간 동안 아이를 돌봐줄 보모를 구하지 못해 약간 신경질이 나 있었다. 로제는 쌍둥이를 해변으로 데려갔다. 아기는 칭얼대고 있었다—더 편안해지기를 기대하면서.

알리스가 나를 힐끗 보았다. "인정하지 그래? 아빠가 방금 한 말, 가소롭게 도덕이니 윤리를 들먹이는 늙은 부인네 같았어."

알리스와 쥐디트는 늘 사이가 좋았다. 엄청나게 좋았다고는 할 수 없었지만. 나는 자기 아버지의 재혼 소식을 접한 딸들이 으레 보이는 반응에 관해 꽤 많이 읽었고, 그래서 그 상황이 무기력하고 불확실하며 긴장을 낳기 쉽다는 것을 알고 있었다.

"문제는 그게 아니잖아."

"그게 바로 중년부부에게 찾아오는 위기라는 거야. 그게 왔던 것뿐이라고. 속 썩이지 말고 잊어버려."

"내가 그 사람 운명에 관심을 갖지 말아야 하는 거냐? 생판 남처럼 생각해야 해?"

"그건 나도 몰라. 어쨌든 난, 사람들이 아빠를 조롱하는 게 싫어."

*

그래서 알리스는 제레미가 다시 돌아온 것을 조금도 좋게 생각하지 않았다. 그리고 쥐디트가 그의 집을 찾아가는 것도. 그 집에서 단 오 분이라도 머물러 있는 것도.

"좋지 않아, 아빠 평판을 위해서나 내 평판을 위해서나." 알리스가 말했다. "신중하지 못한 행동이야."

내 딸에게 유머감각이 전혀 없다는 걸 내가 확실히 알고 있지 않았더라면, 나는 그 말을 듣는 즉시 그 아이가 농담을 하는 거라고 생각했을 것이다.

"알리스 말이 맞아요." 로제가 신문에서 눈길을 들지도 않고 말했다. "두 사람 모두의 이미지에 아주 나빠요."

그렇군. 나는 앞으로 그들과 상종을 하지 않겠다고 결심했다.

*

그래서, 알리스의 다양한 간청들—눈물에서 애원까지, 구슬리는 말에서부터 협박에 이르기까지 그 모든 어조와 말투—에도 불구하고, 방학 동안 쌍둥이가 내 집에 머무는 건 허락하겠지만 이제 알리스나 로제는 절대로 받아들이지 않겠다고 못을 박았다. 나는 더이상 그들을 내 집에 머무르게 하고 싶지 않았다. 두 사람 다. 그로써 과거는 청산되고 새로운 장이 펼쳐지고 있었다.

알리스는 나를 지긋지긋하게 여겼다. 그래서 그 아이는 내가 성마르고 변덕스럽고 꽉 막힌 고집불통에다 시도 때도 없이 심술을 부리고 친딸조차 집에 들여놓지 않으려 하는 성질 더러운 늙은이로 변했다고 온 사방에 떠들고 다녔다. 나이 든 작가들 중에는 세상 사람들과 어울리지 못하는 괴팍한 성격으로 변해가는 이들이 많은데 내가 딱 그 꼴이라고 했다. 내가 개 한 마리를 데리고 커다란 텅 빈 집 안을 맴돌면서 종이에 글이나 시커멓게 채우며 살아가는 바로 그런 인간이라고 말이다. 염세적인 한 마리 늙은 짐승.

그래, 그렇단 말이지. 나는 그 아이가 나에 대해 사방에 떠들어대며 광고해주는 것에 고마워했다. 나에 대해 아무 말도 하지 않는 것보다는 험담일지라도 떠들어주는 게 낫다는 논리에 따라. 그걸 가지고 에이전트가 뭐라고 하지는 않을 테지.

한 시간쯤 지나서 나는 쥐디트의 부동산 사무실로 전화를 걸어, 내가 달갑지 않은 그 두 사람에게 내린 새로운 조치를 알려주었다. 하늘은 맑았다. 그리고 시간이 없으니 쌍둥이를 데리고 있는 문제에 관해 가능한 한 빨리 의논해야 한다는 말을 덧붙였다.

나는 꿋꿋하게 버티면서 부모로서의 내 의무에 굴복하지 않은 것이 자랑스러웠다―그리고 역설적이게도 그건 그다지 어렵지 않았다. 이제 나에게는 어려운 게 아무것도 없을 것 같아, 나는 혼자 중얼거렸다.

나는 쥐디트가 집으로 올 것에 대비해 이런저런 준비를 했다. 그녀가 도착하기 전 이틀 동안 그녀의 방을 환기시켰다. 그리고 포르투갈 출신의 가정부를 고용하고 타이 출신 정원사를 불렀다.

나는 쥐디트와 내가 이번 방학 때 함께 보내게 될 시간들, 이 잠정적이고 일시적인 귀환에 아주 만족하고 있었다. 한편으로는 아주 초조하고 불안해하면서.

지난 한 달 동안 그녀와 말을 나누긴 했지만 그녀를 직접 만난 적은 없었다. 그녀는 건강해 보였다. 그녀가 자기 차에서 내려 하얀 정장에 파란색 하이힐을 신고 정원을 가로질러 오는 모습을 지켜보았다. 이제 그녀는 부상에서 완전히 회복된 것 같았다. 총알이 그녀의 옆구리를 관통했지만, 이제 겉으로는 멀쩡해 보였다. 나는 그녀의 모습이 정말 놀랍고 강인해 보인다고 생각했다.

나는 각각 30킬로 정도 되는 트렁크 두 개를 그녀의 방으로 옮겼다.

기회가 닿는 대로 그녀에게 몇 마디 말을 하고 싶었다.

"고마워." 나는 말했다.

안 뤼시와 뤼시 안은 모든 걸 다 알고 있다는 듯한 미소를 띤 채 프티 바토 쇼핑백을 들고 있는 나를 향해 달려들었다—그 전에 나와 이런저런 얘기를 나눌 때 그 아이들은 자기들도 할머니처럼 기본 스타일의 면직물을 즐겨 입는다고 말했었다.

나는 기분이 아주 좋았다. 쥐디트와 나는 소박하지만 멋진 저녁시간을 함께 보냈다—물론 서로가 그렇게 하기로 분명히 작정한 결과였다. 그렇긴 해도 아직 모든 게 해결된 건 아니었다. 우리가 아직도 서로 마주 보고 앉을 수 있다고 보장해주는 건 아무것도 없었다. 우리 둘 중 한 사람이 느닷없이 자리에서 일어나 그건 불가능한 일이라고 더없이 격하게 말할 수도 있었다. 아직 아무것도 해결된 건 없었다. 두 사람 모두, 그 옛날 반딧불이가 날아다니는 포근한 정원에서 마무리 짓던 그 멋진 저녁시간을 되찾기까지는.

알리스는 머플러로 머리를 감싸고 눈에는 커다란 검은 안경을 쓰고 있었다—그 아이는 여우주연상을 은근히 노렸지만 칸 영화제에서 아무것도 받지 못했다.

"아빠한테 애원하진 않겠어." 알리스는 나를 구석으로 끌고 가서 나직이 말했다. "나는 아빠 무릎에 달려들어 도와달라고 간청하지 않을 거야, 절대로."

나는 그 아이에게 진심 어린 미소를 보냈다. "아직 지킬 수 있는 건 지키자꾸나, 너무 경솔하게 굴지 말고."

쌍둥이는 자기들 짐이 컨베이어 벨트 위에 나타났다는 것을 알리려고 나에게 마구 손을 흔들어댔다.

알리스가 고개를 숙이고 길게 느껴지는 몇 초 동안 차가운 침묵 속에 처박혔다.

"쥐디트는 왜?" 그 아이가 마침내 알아듣기 힘든 목소리로 입을 열었다.

나는 알리스가 다시 고개를 들어 내 눈을 쳐다보기를 기다렸지만, 그 아이는 그대로 꼼짝도 하지 않았다.

"이유야 수도 없이 많지."

*

물론, 우리는 다시 함께 살 생각은 없었다. 쥐디트와 나는 이전으로 되돌아갈 수 없으며 각자의 실수를 만회할 수 없다는 것을 서로 잘 알고 있었다. 그럼에도 불구하고 시간이 흘러가면서 우리는 이제 때때로 서로를 도와주곤 했다. 사이좋게 지내는 것만큼 가치 있는 게 있을까. 약간의 희망을 암시하는 결말보다 나은 게 있을까. 비록 허무맹랑하다 할지라도, 소설 저편 기슭을 근거 없는 감미로움으로 휘감는 결말보다 나은 게 있을까.

*

그런데, 그 아름다운 여름, 내가 더이상 믿지 않는 그 평정, 그 피난처는 자칫 비현실적이고 무자비한 혼돈 속에 빠져들 수도 있었다.

그래서 몇 달 전, 다른 모든 사람들 가운데서도 특히 알리스가 가하는 압력들―그건 모두 나의 체면과 관련이 있는 듯했는데, 내 딸이 그즈음 세상에서 가장 집착하고 있던 게 바로 나의 체면인 것 같았다―이 나의 화를 돋우다 내가 심하게 화를 터뜨렸을 때, 나는 마침내 맹세코 상처를 헤집어서 괴롭힐 결심을 하고, 광물성을 띤 어느날 저녁 드디어 그 결심을 실행에 옮기기로 했다. 뜨거운 공기가 땅속에서 먼바다를 향해 으르렁거리며 불고, 거품으로 뒤덮인 바다 위에서 구름이 풀어헤쳐지던 그 저녁에.

나는 창백하고 음울한 모습으로 제레미의 집 문 앞에 도착했다. 솔방울들이 테라스 위에 굴러다니고 있었고, 바람은 삐걱거리고 바드득거리는 소리를 내는 나뭇가지 사이로 구슬프게 울고 있었으며, 수평선은 흐릿해져 창백한 촛불처럼 흔들거리고 있었고, 돌풍 속에서 야옹거리고 울면서 좌우로 흔들리는 1900년대풍 랜턴에서 새어나오는 불빛이 현관을 비추고 있었다.

예전 같았으면 안 마르그리트가 문을 열어주었을 것이다. 내가 그 집을 찾아갔던 건 그녀를 만나기 위해서였고, 내가 술을 한 잔 마시면서 나의 불행을 털어놓으러 그 집을 찾아갔던 것도 바로 그녀가 있어서였다. 하지만 안 마르그리트는 떠났고, 그녀 대신 쥐디트를 그 집 문턱에서 발견한 나는 충격을 받았다—거기서 그녀를 보게 되리라 예상하고 있었음에도 불구하고.

나는 쥐디트가 술잔을 들고 있다는 것을 알아차렸다. 그녀의 양쪽 귀는 약간 불그스름해져 있었다.

"이런 상황에서 당신 귀가 빨갛게 달아오르는 건 지극히 정상적인 일인 것 같군." 나는 앉으면서 말했다. "당신 뺨도 그래. 완전히 정상적이야."

그녀는 눈을 내리깔았다. "제레미가 곧 올 거예요."

"뭐? 알았어. 급할 거 없으니까."

그녀가 나에게 술을 따라주었다. 나는 다리를 꼬았다.

그리고 다시 다리를 풀었다.

"나는 시간이 충분해." 몇 분이 지난 후 내가 말했다.

나는 그녀를 한참 동안 살펴보고 나서 그녀 쪽으로 몸을 기울이며 내 잔에 술을 따라달라고 하고는, 그녀가 악마에 홀린 건지 아니면 미친 건지 물었다.

"내 생각엔 둘 다인 것 같네요." 그녀는 두번째 술병을 따면서 대답했다.

나는 그녀가 취한 모습을 거의 본 적이 없었다. 그녀의 그런 모습은 우리가 함께 산 그 십이 년 동안 있었던 특별히 즐겁거나 우울했던 몇몇 에피소드를 떠올리게 했고 그래서 한순간 그 순간들이 진심으로 그리워졌다.

쥐디트는 조아나와 달랐다. 그녀는 분명히 조아나보다 덜 잔인한 방법으로 나를 떠났다. 그럼에도 그것 역시 고통스럽기는 매한가지였다.

시간은 적이었고 물리적 거리였다. 하루하루 지나면서 조아나의 이미지가 내 마음속에서 흐려져갈수록 나는 그녀를 미화했고, 그럴수록 점점 더 그녀를 세상의 모든 미덕으로 가득 채웠다. 그 어떤 여자도 내 머릿속에서 한껏 미화된 그 이미지와 경쟁할 수 없었다. 여하튼 나 자신도 그걸 어쩔 도리가 없었다. 이성적 사고 같은 건 아무 소용도 없었다.

나는 주위를 둘러보았다.

"청소했어?"

"여기요? 아뇨."

"아. 됐어."

"뭐가요?"

"이런, 젠장."

"청소 같은 건 안 했어요. 무슨 말이 듣고 싶은 거예요?"

그녀가 카펫 위를 미끄러지듯 지나가는 동안 나는 잔을 비우고 이리저리 서성이기 시작했다. 그러다가 그녀 앞에 우뚝 멈춰 섰다.

"알리스 말이 맞았어. 이런 만남은 정말 우스꽝스러워. 그렇지 않다고 말하지 마. 그는 어디 있지? 나한테 말해주면 좋겠어."

다시 한 번 내 시선은 벽난로 위에 놓인 제레미 아버지의 사진에 이끌렸다. 그 남자는 여전히 타이츠를 입고 경주용 자전거 앞에서 포즈를 취하고 있었다. 그리고 나는 시선을 피하는 눈길과 엷은 미소를 지닌 그 남자가 우리가 여기서 마주치게 될 많은 골칫거리들의 근원이라는 사실이 이상하게 생각되지 않았다.

"그리종 소고기햄? 물론 좋아해. 난 스위스에서 살았으니까. 하지만 분명히 해두자고. 난 아페리티프를 마시러 온 게 아니야, 쥐디트. 날 겁주지 마. 조심해. 우린 악수를 하면서 헤어지진 않을 거야, 내가 장담하지."

"그는 당신에게 줄 월귤 열매 파이를 만드느라 오후 내내 분주했어요."

"못 믿겠는데."

"당신을 정말로 많이 좋아하는 것 같아요. 정말로 많이. 내 말이 믿기지 않는다면 부엌으로 가서 오븐을 확인해보면 되잖아요."

나는 돌아서서 자리에 앉았다.

"지금이라도 도망가는 게 낫겠군." 나는 곰곰이 생각한 후에 말했다. 그리고 고개를 흔들고 나서 자리에서 일어났다. 밖으로 나가는 길에 오븐 안을 살펴보았는데 파이는 분명히 그곳에 있었고, 그의 냄새도 그곳에 배어 있었다. 그리고 나는 그가 내 요리법을 이용했다는 것을 단번에 알아차렸다.

일단 밖으로 나온 나는 길게 숨을 내쉬었다.

그리고 다시 안으로 들어갔다.

*

"당신, 전혀 찾아보지 않은 거야? 전혀 안 찾아봤어? 쥐디트, 어
떻게 그럴 수가 있지? 전혀 찾아보지 않았단 말이야?"
　그녀는 내 시선을 견디려 애썼다. 하지만 그녀의 시선은 끝내 흔
들리고 말았다.

*

　거의 한 시간이 지난 후, 그가 길가에 차를 세우고 있었다. 쥐디
트는 토하고 난 후에 기분이 훨씬 나아져 있었다—'후에'라는 것
은 흔히 사면救免의 뉘앙스를 띠니까. 그리고 그녀가 생수 한 병을
비우고 난 순간, 제레미의 차가 인도 옆에 늘어선 쓰레기통들을 치
는 소리가 들려왔다. 바람 소리에도 불구하고 음악의 파편들도 들
을 수 있었다. 지미 헨드릭스의 〈올 얼롱 더 워치타워〉인 듯했다.
　"제레미는 지금 뭘 하고 있어요?"
　"운전석에 그냥 앉아 있어. 맥주를 마시고 있군. 날 봤는지 모르
겠어."
　우리는 밖으로 나갔다. 나는 달빛이 환하게 비치는 정원을 가로

질러 갔다. 그러고 나서 내가 조수석 쪽으로 몸을 기울이려 하자 그의 차가 단숨에 앞으로 달려가 몇 미터 떨어진 지점에서 멈춰 섰다. 나는 그냥 웃어넘기기로 마음먹고 몸을 일으켰다. "아주 재미있군!"

차가 지나갈 때, 그의 부어오른 얼굴과 좌석 위에 놓인 맥주가 보였다.

"자네 또 무슨 짓을 한 건가?" 나는 한숨을 내쉬면서 차를 향해 다시 걸어갔다. "이 바보 같은 친구야, 또 누구랑 싸웠어?"

차가 다시 한 번 앞으로 내달렸다.

"그러지 마, 제발!" 그의 개가 차 뒷문으로 뛰어내려 펄쩍펄쩍 뛰면서 나를 따라왔다. "제레미, 우린 나눌 얘기가 있는 것 같은데." 내가 차 문에 손을 얹으면서 말했다. "나는 시간이 없……" 그가 갑자기 액셀을 밟는 바람에 하마터면 내 손이 떨어져나갈 뻔했다.

"오케이." 나는 두 팔을 공중에 들어올리고 발길을 돌리며 말했다. "내가 졌어."

제레미가 전속력으로 차를 돌려 우리 쪽으로 내달렸다. 나는 쥐디트의 팔꿈치를 붙잡아 그녀를 낚아챘다.

"이봐요!" 그가 말했다.

나는 대답하지 않았고, 그에게 최소한의 관심도 기울이지 않았다. 나는 쥐디트를 단단히 붙잡은 채 걸어가고 있었다. 내가 힘이 빠진 순간 그녀가 그 젊은 연인 쪽으로 돌아가버리지나 않을까 두려워하면서. 하지만 그녀는 아주 약간 저항할 뿐이었다.

"이봐!" 그가 급정거를 하면서 다시 외쳤다. 우리는 정원으로 접어들고 있었다.

귀를 멍하게 만드는 총성이 우리를 그 자리에 얼어붙게 만들었다. 나와 쥐디트의 시선이 마주쳤다. 솔직히 말해서 나는 그녀를 나 자신만큼 원망하지는 않았다. 하지만 그토록 멍청하고, 그토록 순진하고, 그토록 어리석고 경솔하고 무분별하며 부주의한 우리의 태도가 우리를 꼼짝 못하게 하고 있었다. 제레미는 두 손으로 권총을 움켜쥐고 있었다. 주유소를 습격했고, 자신의 팔목을 칼로 그었고, 자기 가슴 한복판에 방아쇠를 당겼던 바로 그 청년, 그 사내아이, 다른 누구도 아닌 바로 그 제레미가 다시 두 손에 무기를 들고 있었다. 그리고 나는 그가 취해 있다고 확신했다. 나는 나지막이 욕을 내뱉었다.

제레미가 차에서 내리더니 마치 상자에서 튕겨 나오는 악마처럼 우리에게로 곧장 돌진했다. 찢어진 티셔츠, 참담한 얼굴, 깨진 콧등, 멍이 들고 부풀어오른 동시에 번들거리는 눈―내 생각으로는 그가 그 운동을 시작한 이래로 가장 완벽한 스트레이트 펀치를 얻어맞은 게 틀림없었다. 그의 등 뒤로, 저 멀리 번갯불들이 번쩍이며 트루아 쿠론 호텔을 비추고 있었다.

그는 마치 성모마리아의 발아래 엎드리는 가련한 사람처럼 쥐디트 앞에 무릎을 꿇고 빌었다. 계속 이런 식이라면 그는 앞으로 아주 고통스러운 순간들을 겪게 될 것이었다. 한 여자의 발아래 무릎을 꿇는 행위가 보장해주는 건 아무것도 없다는 사실을 그는 깨달아야만 할 터였다. 서양의 관습에 따르면 그것은 인생의 무시무시한 교훈들 중 하나였다.

그런데 두번째 총성이 터졌고, 피와 피보다 더 끈적끈적한 다른 물질들이 우리, 그녀와 내 몸 위로 튀어올랐다. 제레미는 뒤로 나자빠졌다. 그리고 이번에는 쥐디트가 비탄에 잠긴 눈을 커다랗게 뜨면서 자기가 잘못된 궤도 위에 놓여 있다는 것을 깨닫고 있었다.

자조의 미학, 그리고 조화로운 불협화음

가령 우리가 지금 예순 살이라면, 그래서 우리의 지난 삶을 되돌아본다면, 우리 대부분은 다음과 같이 말할 수 있을 것이다. 혹은, 적어도 이 말에 고개를 끄덕일 수 있을 것이다. 젊은 날에는 자유가 모든 것이었고, 자유 없는 삶은 죽음보다 더 무생물적이며 황량한, 무의미한 연명에 불과해 보였다. 지금으로부터 이십오 년 전에, 삼십대 중반의 젊은 필립 지앙은 그래서 한없는 자유를 쫓는 젊음을 그렸다. 광기와 혼동되리만큼 처절한, 절대적인 자유에 목숨을 거는 파괴적인 젊음을. 그것은 가슴 서늘한 충격이었고, 그래서 우리는 『37.2도 아침』의 베티를 아직도 또렷이 기억한다. 자기 자신에게 그토록 솔직할 수 있었고 그로 인해 처참하게 파멸되어갔던 그 미친 여자를 어떻게 잊을 수 있을까. 이십오 년의 세월이 흐른 후에, 실제로 예순 살을 맞이한 필립 지앙은 이제 그 자신

의 분신처럼 여겨지는 프랑시스와 함께 우리 앞에 다시 모습을 드
러냈다. 자신들을 둘러싼 세계의 부조리에 타협하지 않으려 했던
순수하고 열정적이었던 인물(『37.2도 아침』에서 화자 조르그이건
그의 연인 베티이건 간에)은 이제 그만큼의 세월에 풍화되어 굴
욕적일 정도로 이기적이고 위선적인 영혼이 되었다. 예순 살이 되
었다는 것은 그만큼 많은 경험과 추억 들이 쌓였다는 것을 의미하
고―게다가 좋은 추억보다는 나쁜 기억이 훨씬 더 많을 것이다―
젊은 날에는 몰랐던 수많은 근심과 고통에 매몰되어 살아가고 있
다는 것을 의미한다. 그런데 필립 지앙의 예순 살은 보다 여유롭
고 지혜로워지고 관대해지는 나이가 아니라 슬프게도 더욱더 이기
적이고 치졸해지고 파렴치해지는 나이다. 그래서 이 공감하기 어
려운, 그러나 결국에는 사무치게 공감할 수밖에 없는 늙은 작가 프
랑시스는 자기 혼자 기대치를 만들고 자기중심적인 잣대를 들이댄
다. 자기 혼자 배신감에 몸을 떨면서 엄폐호를 쌓고 그 속에 틀어
박혀 고독과 고통을 말 그대로 '즐긴다'. 외롭다 외롭다 노래를 부
르면서 정작 그 외로움을 잃을까 두려워하는 자기모순에 빠진 채.
자신만의 동굴 속에서 이 남자는 자신의 왜곡된 프리즘을 통해 측
근들을 관찰하고 분석한다. 그의 시선에서 연민이나 이해 같은 건
조금도 찾아볼 수 없다. 타인들에 대해 눈과 귀를 닫고 있는 자기
중심적인 장님. 자신의 고통밖에 모르며 자기가 필요할 때만 주변
으로 눈을 돌리는 인간. 그래서 그 자신을 제외한 다른 모든 사람

들은 비난을 받아 마땅한 존재, 결함을 지닌 미성숙한 인간이 된
다. 주변의 모든 인간들이 그를 배신했고, 그래서 그는 그들을 용
서할 수 없다(그리고 우리는 그들을 용서하지 못하는 옹졸한 그
자신 역시 용서할 수 없다는 함의를 읽어내야 한다). 그러므로 이
소설 속의 모든 인물들은 용서할 수 없는 인간들이 된다. (참고로,
이 책의 원제는 '용서할 수 없는 사람들 *Impardonnables*'이다.)

　한때는 유명했지만 십 년이 넘도록 제대로 된 글을 쓰지 못하
고 있는 프랑시스는 쉼 없이 글 타령을 한다. 그는 소설을 쓰는 것
이야말로 자신의 명예를 회복시켜주고 자신의 존재 가치를 증명
할 수 있는 모든 것이며, 이 세상에서 제일 대단한 일인 동시에 다
른 어떤 장르와도 비교할 수 없을 만큼 고통스러운 작업이라고 끊
임없이 과시하고 투정하고 세뇌하려 든다. 그리고 딸의 실종이 그
런 그의 글쓰기에 최초의 자극제로 작용한다. 사실 그가 주변 사람
들을 못된 인간, 용서할 수 없는 인간 들로 만드는 것도 바로 그 이
유, 자신이 다시 소설을 쓸 수 있기 위한 자극이 필요하다는 지독
하게 이기적인 이유에서 비롯되었을 것이다. 어쨌든 그는 마침내
소설을 완성한다. 그런데 이 파렴치한 인간이 써낸 소설은 과연 어
떤 내용을 담고 있으며 얼마나 대단한 것일까? 필립 지앙은 타인
들에게 분노하는 자아도취에서 머물지 않고 한 고비를 넘기며 우
리로 하여금 그런 의문을 갖게 만든다. 그리고 바로 그것 때문에

그는 한 차원 높은 단계로 올라선 작가가 되고, 프랑시스는 결국 연민하지 않을 수 없는 인간적인 인물이 된다.

십여 년 전 겪어야 했던 아내 조아나와 딸 올가의 죽음, 그리고 갑작스러운 알리스의 실종, 쥐디트에 대한 의처증, 안 마르그리트의 죽음, 제레미와 관련된 이런저런 일들, 그리고 죽음의 파국에 이르기까지 복잡하게 얽혀드는 사건들을 그는 대체로 냉철하고 명석한 시선으로 바라보지만 때로는 완전히 장님이 되기도 한다. 자기가 구축해온 인생이 경악할 정도로 허술하기 짝이 없어 언제라도 허물어져내릴 준비를 하고 있다는 것을 마침내 알아차리는 예순 살 먹은 남자, 그의 자조로 가득 찬 시선 앞에서 우리는 이십오 년 전의 그 전율과는 또다른 전율을 느끼지 않을 수 없다. 젊은 시절과는 다른 의미의 막다른 골목에 내몰린 늙음 때문에. 그 우스꽝스러운 비극을 고스란히 드러내는 자화상 때문에. 외로움이 빚어낸 아집과 그 아집이 만들어내는 외로움, 꼬리를 물고 끝없이 순환되는 그 절망적인 고리 때문에. 인생의 그 슬픈 아이러니 때문에.

필립 지앙은 그처럼 자신의 모습, 자신의 현재에 충실한 작가다. 그는 자신의 삶을 따라가면서 언제나 자신의 현재를 이야기한다. 그것도 숨김없이, 징그러울 정도로 투명하게. 타인들을 매도하는 자신을 여과 없이 드러내면서. 자기 자신을 사정없이 후려치고 '나'를 객관화하고 희화하는 잔인한 시선은 자연스럽게 '자조'를 낳는다. 그리고 이 소설은 바로 그런 자조로 가득 차 있기 때문에, 자조가 근간을 이루고 있기 때문에 더한층 아름답다.

이 소설에서 중요한 것은 사건들이 아니라 조금씩 드러나는 과거이며 화자의 자의식이다. 우리는 시간의 순서 없이 자신의 기억 속을 뒤적이는 것 같은 프랑시스의 내레이션을 통해 사건들을 암암리에 알아가게 된다. 그는 때로는 아주 짧은 단락에서 때로는 다소 긴 단락에서 인물들에 관한 정보를 조금씩 흘린다. 현재에서 과거로 훌쩍 넘어가거나 미래로 갑작스럽게 뛰어드는 전개방식, 무례할 정도로 대담한 생략과 건너뛰기 때문에 우리는 때때로 당혹스럽다. 희미하게 가려진 세부들은 끝까지 명확하게 설명되지 않는다. 그런가 하면 동일한 과거의 사건들이 몇 번이고 되풀이되기도 하고, 짧고 단속적인 문장과 정교하게 다듬어진 서정적인 풍경 묘사가 나란히 어우러지기도 한다. 마치 완고한 늙은 작가의 변덕처럼. 그럼에도 그 무례한 불협화음이 신기하게도 조화를 이루면서 우리의 가슴을 파고든다. 그 힘은 무엇보다도 삶과 자기 자신에 대한 작가의 정직함, 다른 말로 '가차 없는 자조'에 있다 해도 과언이 아닐 것이다.

끝으로, 이 책에 나오는 음악들을 찾아 들으며 책을 읽는 것도 이 소설을 읽는 또 하나의 즐거운 독서 방법일 것이다. 필립 지앙은 록 음악에 조예가 아주 깊고, 스위스 가수 스테판 에셔의 노래들에 가사를 쓰기도 했다. 따라서 그가 선정한 음악들은 그 나름의 의미를 가지고 소설의 분위기를 이끈다. 일례로, 프랑시스가 창밖에 비가 내리던 어느 날 그 리듬에 맞춰 흐느적거리며 춤을 추던 애니멀 콜렉티브의 〈밴시 비트〉는 가족 중에 죽을 사람이 있다는 것을 알리는 요정 밴시의 울음소리가 빗소리와 함께 프랑시스의 상처들을 어루만지며 그의 내면을 절묘하게 형상화시킨다. 그 음악들을 들으며 책을 읽다보면 이 소설 속의 장면들은 우리의 머릿속에 영화의 장면처럼 선명하게 그려질 것이고, 음울하면서도 평화롭고 나른하면서도 강력한 음악들, 우리의 감성을 춤추게 하는 음들이 그의 문장들에 배어들어 있음을 느끼게 될 것이다.

2012년 7월

윤미연

옮긴이 **윤미연**
부산대학교 불어불문학과 및 동 대학원을 졸업하고 프랑스 캉 대학교에서 공부한 뒤 전문 번역가로 활동하고 있다. 르 클레지오의 『허기의 간주곡』을 비롯하여 『어느 완벽한 2개 국어 사용자의 죽음』 『세상에서 가장 작은 동물원』 『우리는 함께 늙어갈 것이다』 『마지막 숨결』 『사랑을 막을 수는 없다』 『구해줘』 『괜찮나요, 당신?』 『라가―보이지 않는 대륙에 가까이 다가가기』 등 다수의 책을 우리말로 옮겼다.

문학동네 세계문학
나쁜 것들

초판인쇄 2012년 7월 16일 | 초판발행 2012년 7월 20일

지은이 필립 지앙 | 옮긴이 윤미연 | 펴낸이 강병선
책임편집 김미혜 | 편집 김이선 | 독자모니터 류연미
디자인 김선미 이원경 | 저작권 한문숙 박혜연
마케팅 정민호 김도윤 박보람 | 온라인마케팅 이상혁 장선아
제작 안정숙 서동관 임현식 | 제작처 한영문화사

펴낸곳 (주)문학동네
출판등록 1993년 10월 22일 제406-2003-000045호
주소 413-756 경기도 파주시 문발동 파주출판도시 513-8
전자우편 editor@munhak.com | 대표전화 031) 955-8888 | 팩스 031) 955-8855
문의전화 031) 955-3576(마케팅) 031) 955-8868(편집)
문학동네카페 http://cafe.naver.com/mhdn

ISBN 978-89-546-1868-7 03860

www.munhak.com